LEI LUPING SHIWENJI

雷履平
诗文集

雷敏 编

语文出版社
·北京·

图书在版编目（CIP）数据

雷履平诗文集 / 雷敏编. -- 北京：语文出版社，2017.4
ISBN 978-7-5187-0515-3

Ⅰ．①雷… Ⅱ．①雷… Ⅲ．①散文集－中国－当代②诗词－作品集－中国－当代 Ⅳ．①I217.2

中国版本图书馆CIP数据核字(2017)第046002号

责任编辑	谢 惠
装帧设计	刘姗姗
出　　版	语文出版社
地　　址	北京市东城区朝阳门内南小街51号　100010
电子信箱	ywcbsywp@163.com
排　　版	北京杰瑞腾达科技发展有限公司
印刷装订	北京市科星印刷有限责任公司
发　　行	语文出版社　新华书店经销
规　　格	787mm×1092mm
开　　本	1/16
印　　张	17.75
字　　数	256千字
版　　次	2017年4月第1版
印　　次	2017年4月第1次印刷
印　　数	1-1,000
定　　价	45.00元

📞 010-65253954(咨询) 010-65251033(购书) 010-65250075(印装质量)

1957年6月12日午后4时30分,雷履平(二排右四)在中南海怀仁堂受到毛泽东、刘少奇、朱德等党和国家领导人接见并合影留念

雷履平在家中　摄于1982年秋

父亲雷履平与母亲石素华

摄于 1976 年春

雷履平与当时的研究生和在研究所进修的大学老师（雷敏与父亲雷履平唯一一张合影） 摄于 1983 年冬

（前排左起：雷敏、雷履平、屈守元教授、王仲镛教授）

与母亲、三姐在广元 120 信箱厂区外　摄于 1986 年夏

（左起：雷敏、母亲石素华、三姐雷瑄）

与哥哥姐姐在家中讨论出版父亲雷履平的文集　摄于 2016 年春节

（左起：雷敏、二哥雷涌、大哥雷代勋、大姐雷珣、二姐雷莹、三姐雷瑄、四姐雷珏）

雷履平自传（代序）

雷履平，名保泰，1917年生于成都一个蒙古族家庭。原籍内蒙古敖汉旗，姓勒克勒氏，汉译雷。现在是四川省人大常委会民族委员会委员，中国作家协会会员，作协四川分会常务理事，成都市文联委员。

我出生在一个旧知识分子家庭。父亲文富，清光绪二十九年（1903）癸卯科举人；叔父文德，同年满文翻译举人。入民国后，父亲曾在四川旧军人赖心辉等军中做过谘议和顾问，1930年失业。我没有兄弟姊妹，家里又无寸田尺土，和父母一道过着十分贫困的生活。中学毕业后，只好去投考一个小学教师训练班，毕业后分配到一个贫民夜校做教师。

读中学时，正值"九·一八事变"，读江藩《汉学师承记》，深感顾炎武的际遇。当时民族危机严重，国民党反动政府丧权辱国，与顾炎武所说"神州荡覆，宗社丘墟"的明末现实相似，而一般官僚政客"悖礼犯义"，也和明末"士大夫无耻"相同。我决心走顾炎武的治学道路，治经治史来改变国民性，洗雪国耻。1937年进入了四川大学中文系，一面读书一面在成都满族、蒙古族合办的三英中学、少城小学里教书，半工半读，维持一家三口的生活。当时正是日本帝国主义侵华的"七七卢沟桥事变"之后，这使我逐渐意识到读书救国是没有出路的。我在寄友人的一首长诗中有一段写道："我生二十载，猛志跂前规。谓斗可取酌，谓山可与齐。翻念所禀性，野马不受羁。群经汉师法，心性辨渑淄。谁能守门户,神王在藩篱。借鉴乙部书,将以处乱离。乱离犹未已,天地尽疮痍。都市居不易,民生信艰危。谈迁与彪固,不办肉与糜。"当时虽未找到救国救民的途径,但涉猎版本、目录、校雠、训诂之学,都是从这个时候开始的。

后来,四川大学因避日机轰炸,疏散到峨眉山。我因失掉了半工半读的机会而失学。在成都教了一年小学,便转学到华西协合大学中文系,仍然一面读书一面在成都的中学兼课,加上获得了一项哈佛燕京奖学金,才于1942年毕业获得学士学位。毕业后,在成都的中学教书。1947年,被聘为成华大学中文系讲师,讲"中国文学史"和"专家文选",直到新中国成立。

这期间,由于教学需要,我转入中国古典文学的研究。著有《匡谬正俗校注》《北齐文林馆学士考》《唐代妇女衣饰丛考》《世绥堂本韩昌黎集校记》,稿本在"文化大革命"空前的大内乱期间被抄失。

新中国成立后,任四川师范学院副教授。写有中国古代作家研究和古典文论研究的一些论文,如《苏轼的生平、思想和艺术成就》《苏轼词的风格》《爱国诗人宇文虚中》《杜甫的咏物诗》《李贺诗的意境》《读司空图〈诗品〉札记》《元好问〈论诗绝句〉选笺》等,发表在《四川文学》《社会科学研究》《草堂》等刊物上,曾参加编写人民文学出版社出版的《中国历代文选》的部分篇章以及先秦至宋部分的定稿工作。目前,承担了"国家十五大作家集"中的《韩愈全集校注》的部分工作。

个人研究集中在南宋词上,准备对清人查为仁、历鹗的《绝妙好词笺》作补正。目前已写出《词综发凡笺正》《梅溪词研究》等论文,准备对南宋婉约派作家姜夔、吴文英、张炎、周密、王沂孙等一一作深入研究,并在此基础上写出《绝妙好词笺补正》稿,同时对古典诗论、词论作系统研究。我的设想是,以马克思主义的美学理论为指导,探索宋词不同流派的审美观点和艺术美。我认为,对宋词的研究,既不应同于新中国成立前的学者的研究,也不应同于国外汉学家的研究,除占有详尽的资料，即有科学性外，还应有革命性，才能批判继承，探讨不同流派不同作家的艺术规律，起到艺术方面的借鉴作用。

在民族文学研究方面，曾拟研究元代蒙古作家萨都剌，拟取明成化赵兰本《雁门集》，弘治李举本《萨天锡诗集》，毛晋汲古阁本《雁门集》，校以顾嗣立《元诗选》及日本岛田翰所得永和本《萨天锡逸诗》，并为之编年笺注。唯教学任务较重，这一工作尚未排上日程。

我曾总结自己大半生：青年时期想当学者，缺乏深厚的学术基础，落空了；想当诗人，缺乏诗人的才华，又落空了；结果从事文学教学四十多年，在学术研究上成就甚微，这是始料所不及的。

（原载《中国少数民族现代作家传略》，青海人民出版社，1982年11月）

目　录

雷履平自传（代序）……………………………………………… 1

第一章　岁华多丽话成都

成都的花市………………………………………………………… 3
宁静肃穆的文殊院………………………………………………… 5
狮子山看桃花……………………………………………………… 7
狮子山晨曲………………………………………………………… 9
成都茶园…………………………………………………………… 12
今日锦城真似锦…………………………………………………… 14
岁华多丽话成都…………………………………………………… 20
成都漫话…………………………………………………………… 24
成都史话——辛亥革命前成都剪影……………………………… 32
古代诗人眼中的成都……………………………………………… 39
左思彩笔绘成都…………………………………………………… 43
董诰的《成都府图》……………………………………………… 46
谈王闿运的杜甫草堂联…………………………………………… 49
人民公园谈往……………………………………………………… 52

上莲池的今昔	54
成都满城（少城）考	56
李白笔下的成都	70
《茅亭客话》里的四川人物	72

第二章　文化与风俗史话

论杜甫夔州律诗	81
苏轼的词	91
谈谈陆游的《咏梅》词	96
杜甫的《成都府》诗	98
李白	101
鲁迅谈独立思考——纪念鲁迅逝世20周年	104
谈邹容	107
贾培之塑造的文天祥	110
精雕细刻——川剧《情探》谈屑	112
黄吉安的《青陵台》	116
曾孝谷在春柳社的戏剧活动	126
听扬琴《三难新郎》	129
志古堂与周达三	131
访绵阳李杜祠	133
古代蒙古人民的英雄形象——读《格斯尔传》	135
乌尤剪影	137
乐山大佛	139
三苏祠巡礼	141
春节风俗谈	143

元宵灯节史话……145
迎春话历书……147
一唱雄鸡天下白——谈贴鸡的风俗……149

第三章　典籍与书画人物

石刻题跋索引……153
册府元龟……155
曲海总目提要……157
太平御览……159
太平广记……161
中国地方志综录……163
什么叫类书……165
有关《不怕鬼的故事》的几本书……167
顾恺之——纪念我国古代十大画家之一……169
善画金碧山水的李思训——纪念我国古代十大画家之二……171
王诜——纪念我国古代十大画家之三……173
"白描大师"李公麟——纪念我国古代十大画家之四……175
充分发挥水墨作用的画家米芾——纪念我国古代十大画家之五……177
米友仁和他的《潇湘白云图》——纪念我国古代十大画家之六……179
倪瓒和他的《秋庭嘉树图》——纪念我国古代十大画家之七……181
王绂的竹墨和山水——纪念我国古代十大画家之八……183
写意画大师徐渭——纪念我国古代十大画家之九……185
朱耷的写意画——纪念我国古代十大画家之十……187
怎样学习书法……189

第四章　诗词联语叙平生

新春楹联·· 195
　春联四副·· 195
履园剩稿·· 196
　敦仁寄书以治学相勖，走笔报之（庚辰）·················· 196
　秋夜至万里桥，和纫秋·································· 197
　一院·· 197
　读史·· 198
　四月一日，病起·· 198
　读庄子·· 199
　端午和敦仁（甲申）···································· 199
　晨耕（庚申）·· 199
　西湖放棹（丁酉）······································ 199
　三峡夜航·· 200
　总理逝世述哀（乙卯）································· 200
　读树梁近作，率成五绝句（丙辰）·················· 200
　移居和敦仁··· 201
　村舍酬树梁··· 201
　树梁六十寿诗·· 202
　读史五首·· 202
　主席逝世纪痛四首···································· 203
　九日与守元、树梁、敦仁、梦乔游草堂（丙辰）··· 204
　春日草堂看梅花作（丁巳）··························· 204
　旅京三诗（戊午）····································· 204
　抵成都（戊午）·· 205
　摸鱼儿（丁巳）·· 205

－ 4 －

行香子·拟稼轩，柬小韩 ········· 206
　　鹧鸪天·建国三十周年前夕，读叶帅报告喜赋 ········· 206
　　庚申元日（口号） ········· 207
　　纪念建党六十周年（辛酉） ········· 207

师友存稿 ········· 208
　　无题 ········· 208
　　霜天晓角 ········· 208
　　夜飞鹊 ········· 209
　　菩萨蛮 ········· 209
　　少年游 ········· 209
　　蝶恋花二首 ········· 210
　　琵琶仙 ········· 210
　　临江仙二首 ········· 210
　　长亭怨慢 ········· 211
　　三台令二首·和石帚师 ········· 211
　　赠王庆余先生 ········· 212

时事有感 ········· 213
　　读党十二大文件，纪以四绝句（壬戌） ········· 213
　　今重来北京，感愧交集，纪以二绝 ········· 214
　　鹧鸪天·中国民主同盟四十年纪念（辛酉） ········· 215
　　元旦二首（口号） ········· 215

附一　雷履平先生发表文章年表 ········· 218

附二　雷履平先生往事追忆 ········· 227
　　父亲雷履平先生事略（雷敏） ········· 227
　　父亲笔下的狮子山——读父亲雷履平《狮子山晨曲》
　　《狮子山看桃花》有感（雷敏） ········· 230

谁言寸草心　报得三春晖——读父亲雷履平笔下的

　　成都有感（雷敏）·················· 233

我的老师（雷敏）····················· 239

回忆我的父亲（雷敏）··················· 242

养育之恩　在生难忘——回忆我的父亲母亲（雷敏）······ 245

忆我的姥爷雷履平教授（刘馨）·············· 254

后记···························· 258

第一章

岁华多丽话成都

成都的花市

春天,是花开的季节。成都,是鲜花的城市。

提到成都的花,就会想到一年一度的花市来。

花市也叫花会,市集在青羊宫侧,每年农历二月十五日到月底是会期,种花的人把他们培育出来的名花异卉运到这儿来出售。多样的品种,别具匠心的花圃设计,忽雨忽晴、乍暖乍寒的天气,置身其间,扑鼻的芳香,炫眼的色泽,这是多么好的一个赏花时节和赏花环境啊!

把开市定在农历二月十五日,大概因为那天是"百花同日生"的花朝节。举行一次市集来替百花做寿,是一件很有情趣的事。

成都的花市已经有一千年以上的历史。

宋时,成都是月月有市的:"正月灯市,二月花市,三月蚕市,四月锦市,五月扇市,六月香市,七月宝市,八月桂市,九月药市,十月酒市,十一月梅市,十二月桃符市。"(赵抃《古成都今记》)花市的起源比别的市集还要早些。唐人肖遘于881年写的《成都》诗里已经有"月晓已闻花市合,江平偏见竹簰多"(《全唐诗》卷二十二)的话了。

宋时花市设在哪儿,现在虽说不能确指,但陆游在离开成都后写的怀念成都的诗篇却给我们透露出一点消息。他说:"尚想锦官城,花时乐事稠。金鞭过南市,红烛宴西楼。千林夸盛丽,一枝赏纤柔。狂吟恨未工，烂醉死即休。"(《海棠》)又说："当年走马锦城西，曾为梅花醉似泥。二十里中香不断，青羊宫到浣花溪。"(《梅花绝句》)他提到花时乐事是金鞭过南市，花市自然在南门外了；他又提到青羊宫到浣花溪一带是二十里中香不断的香国，花市自然不会离青羊宫太远。后人把花市设在成都西南郊青羊宫侧，也就差不离了。成都人把到花市去叫作"赶青羊宫"，是盎然有诗意的。

成都春天的花，有为杜甫所观赏的东亭梅花，有为陆游所称许的西府海棠，有为胡元质所标举的宣华苑牡丹（胡元质《牡丹记》），却以西府海棠最有名。陆游甚至写道："碧鸡海棠天下绝，枝枝似染猩猩血。蜀姬艳妆肯让人？花前顿觉无颜色。扁舟东下八千里，桃李真成奴仆尔。若使海棠根可移，扬州芍药应羞死。风雨春残杜鹃哭，夜夜寒衾梦还蜀。何从乞得不死方？更看千年未为足。"(《海棠歌》)"直将宫锦裹宫城"（陆游《花时遍游诸家园》），百草千花把成都打扮得多出色！

今天，鲜花开遍地上，也开放在人们的心上。生活在今天百花齐放的国度里的人们，当劳动之后散步在百花齐放的"市"的时候，想想花市的历史，看看周围的一切，将使我们对生活、对家乡、对祖国的爱愈来愈深沉，愈来愈笃厚。

（原载 1956 年 3 月 10 日《成都日报》）

宁静肃穆的文殊院

文殊院是成都人民节假日游憩的好地方，盛暑时好，清秋时更好。

它是成都的古刹之一。现在的文殊院是清康熙二十年（1681）重建，道光十八年（1839）扩建的。它的前身是唐时的"妙园塔院"，也就是宋人王象之《舆地碑记目》里所说的"信相寺"。这座寺院到现在已经有了千年的历史，建筑质朴宏伟，不事华饰。从天王殿到宸经楼，殿堂三重，多采用角式结构，配上怀州硖石做的闪闪发光的巨柱和两侧宽敞高大的长廊，不借助于丹青藻饰，却宁静肃穆，别具风格。当人们劳动之后来到这里，它以特有的宁静的氛围，使人们逐渐忘记疲劳，给人以弥满的精力。

它又是一所别具风格的花圃。成都市区内的古迹，在花木方面，武侯祠有翠柏千章，草堂寺有红梅千树，望江楼有绿竹万竿，文殊院却以它的幽兰万盆和它们争芳竞艳。

文殊院的兰草，大都是新中国成立后培植起来的。院内现有珍贵品种如徽州墨兰、银色大贡等四百多种，只秋素一类就有极珍贵的从化素、永福素、峨眉素和青城素的川素多种，经常展出的达五千多盆。"滋兰九畹，树蕙百亩"，在古人只是一种用作譬喻的虚构的境界，在今天却快变成了现实。目前，正是兰花盛开的季节，步入幽兰丛中，晨露未干，秋阳微熏，兰叶流光，兰花怒发，清香阵阵，随风飘送，这是劳动后一种美的享受。加上院里的桂花正开，桂馥兰馨，融成一片。院内丛林宽二三十亩，古柏修篁，傲然挺立，掩天蔽日，郁郁葱葱，更加强了清秋的宁静气氛。

它又是一座小小的博物馆。特别应该提到的是宸经楼（一般称它为藏经楼），楼中收藏的大藏经多达三部：南藏、北藏和日本印的大正藏。藏经是佛教大丛书。明代初年，所刻佛经之多，规模之大，远远超过宋元，南京刻的南藏和北京刻的北藏是藏经中的珍宝。院里也自刻佛经多种。楼中还藏有印度贝叶经、缅甸玉佛和舍利塔等。这些文物，说明了我们民族在发展、丰富世界文化和沟通中印文化上作出了杰出的贡献。郭沫若在《题赠文殊院》诗里谈得好：

四十余年始来游，西天文物粹斯楼。

只今民族翻身日，也见宗门庆自由。

游文殊院还可以扩大我们的知识面。

清秋的文殊院在桂馥兰馨中显得特别宁静，这种宁静意味着劳动后的欢乐，也意味着生活在党的阳光下的温暖和幸福。

（原载1961年10月7日《成都晚报》）

狮子山看桃花

狮子山的桃花盛开了。

步出东郊,从沙河堡右行,穿过掩映在嫩柳轻拂下的成昆铁路,便到了狮子山麓。远远望去,一座座橘子林郁郁葱葱,橘子林中间一片红霞映衬在万绿丛中,构成了一扇多彩的屏障。

上了土山,两行玫瑰夹着一条曲折的山路。山路两侧,玫瑰树丛的后面,是一畦畦的茉莉,一畦畦的小桃红。小桃红正在著花,花畦上面便是桃林了。桃树有好几百株,烂烂漫漫,满树红艳,有单瓣的、双瓣的、复瓣的,颜色有深红的、粉红的、浅紫的,品种有鸳鸯桃、人面桃、白花桃。深红的如火如荼,粉红的淡妆素雅,簇簇拥拥,密密麻麻,仿佛雨后斜阳霞蔚云蒸,衬上下面的矮枝干、丛生像灌木的小桃红花,活像谁织成的一匹彩地红花的锦缎。

它的右侧,又是一片桃林。这片桃林也有几百株桃树,特色是树干很老,虬枝槎丫,皱皮枯瘿,上面繁花满枝,很像一株株老梅。桩头很矮,枝干远扬,姹紫嫣红,争奇斗艳。

由此向西行去,经过一片片苹果林,沿途有许多桃树和李树。尽管不像前面桃林成片,但是雪白的李花和鲜艳的桃花红白相间,映照或彩。行约里许,又是一大片桃林,连柯交理,花朵怒发,又多又密,一望无际,我恍如游曳在群花的海洋之中。从这片桃林一直下山到观音桥,几步一花,数里不断。

狮子山的桃花和城内一些园庭里的桃花有着显著的不同:丰腴饱满,水分很足,含露乍放,娇艳欲滴,显示了异常旺盛的生命力。

成都的桃花,古来就有名。杜甫赞美道:"桃花一簇开无主,可爱深红映浅红。"(《江畔独步寻花》)刘禹锡赞美道:"山桃红花满上头,蜀江春水拍山流。"(《竹枝词》)诗人爱桃花,因为它带来了浓郁的春色,带来了生气勃勃的春意。

这些桃花,每个叶芽,每个花瓣,每丫小枝,都浸透着花农的心血。他们揣摩着桃树的性格,投合着它们的爱好,整年整月劳心劳力,抚育着它们成长。一般说来,桃树的寿命不长。为了延长它们的寿命,花农用嫁接的办法把嫩枝并在老桩上,使桩头多姿,枝头多劲,花朵添腴,园栽具有盆景的意味,桃花具有梅花的体态。他们,用热情和劳动为我们迎来了春天。他们,用热情和劳动为我们美化了生活。狮子山的胜景,成都花农的盛情,多么使人爱恋啊!

(原载 1962 年 3 月 16 日《成都晚报》)

狮子山晨曲

天麻麻亮，薄雾淡淡，太阳像喝了早酒的游山的旅客，通红着脸，莽莽撞撞地闯上山头，带来了紫红色的光芒。狮子山沐浴在晨曦中。

狮子山只是一带起伏不大、逶迤不尽的小坡，并不壮丽，但是它却以特有的宜人景色打扮着号称"锦城"的成都，给多丽的锦缎绣上了花边。东山灌溉渠系统的小溪，脉密网布，细流淙淙，碧油油的，安详地流向沙河。堤旁的桉树，因为吸饱了溪水，枝叶上滴挂着水珠，朝霞投射，晶莹耀眼。初冬的早晨，狮子山显得分外秀雅。

一望无际的柑橘园叫人陶醉。初冬，是果子成熟的季节。红的耀眼的橘子，金澄澄的广柑，簇簇拥拥，挤在枝头。滚动着露水珠的绿叶，在太阳光下反射出缤纷的彩色。隔着薄雾望去，就像谁在轻茜的纱上缀满了碧玉、玛瑙和珍珠，流光映衬，瑰丽极了。

堰塘边传来了四川师范学院学生的琅琅书声，他们迎着朝霞在读着屈原的《离骚》和郭璞的《游仙诗》："日月乎其不淹兮，春与秋其代序""朝搴阰之木兰兮，夕揽洲之宿莽""愧无鲁阳德，回日向三舍"。三个一群，五个一团的，用书声迎接了黎明。是啊，时间不等人。朝搴木兰，夕揽宿莽，挥戈驻日，及时自修，不断学习，不断成长，好好地安排我们珍贵的时间，屈原和郭璞的诗句多少表达了我们的意愿。

一阵喧哗，把我引到果林深处。

四五个二十岁左右的姑娘，手里拿着喷雾器围着一位年老的果农在"辩理"。老人家停着给菜地松土的锄头，装出一副很生气的样子。看来，他们的争论已经延续了不短的时间，快接近尾声了。

听了一阵，我明白了这场顶嘴的经过：老人家摸黑下地，给果树下的莲花白壅土。锄头的声音惊飞了安眠的喜鹊，多事的喜鹊引来了这群多嘴的姑娘。姑娘们和老人家"干"起来了，姑娘们责难老人家违背了劳逸结合的政策，老人家却说她们不懂果菜并举的方针，他们谁也说不服谁。不知哪个姑娘鲁莽地说老人家没有听党的话，老人家才火了起来。一半是动了真气，一半是装的，想用他高大的嗓门压服这群素来尊敬老人的姑娘。……

师范学院晨操的电笛呜呜地响了起来，姑娘们一哄而散，跑到堰塘边菜地上除虫去了。这场好戏便不了而了地谢了幕。

我开始留心我的脚下，果树下面还种上了蔬菜，肥硕的正在卷心的莲花白，露在泥土外面剑拔弩张的莴笋叶子，碧茸茸的红萝卜缨子，一厢厢，一行行，一窝窝，肥大壮健，一股细细的菜香，飘散在晨风中。

信步走去，果农们都下地了，有的壅土，有的除草，有的上肥，有的除虫。宁静的狮子山，被人们烘得热腾腾的。

书声，锄声，甚至包括我碰上的有趣的争吵声，奏出了初冬的晨曲。狮子山多美啊！人们按照自己的意志改造了自然，画出了这幅最新最美的图画。

我站在山头眺望，师范学院的学生们一片一团地做着广播体操。冬天，是果树丰收的季节，也是人们锻炼的季节啊！我仰望了一下缀在枝头的果子，眼前出现了这样一幅图景：成千上万的中学，鱼鳞甲片的教室，讲台上已经站上了今天还在这儿做着早操的学生，他们正在讲述着宇宙的奥秘和人类美妙的理想。整座师范学院也幻化成了花果的海洋，鲜花

如锦,苔枝缀玉,好多的果子呀!初冬的季节,却透露出盎然的春意来,我不禁低吟起古人的诗句:

一年好景君须记,最是橙黄橘绿时。

(原载 1961 年 11 月 22 日《成都晚报》)

成都茶园

在成都,我所偏爱的莫过于茶园了。

这是因为,在茶园内,有人默然独坐,啜茗读书,沉思冥想;有人呼朋唤友,促膝谈心,笑语声喧;有人对坐弈棋,有人围坐谈艺。各人面前都摆着热腾腾的一碗茶,使宁静的茶园变得生气勃勃。

四川是茶的故乡,东川的兽目、绵州的松岭、彭州的仙崖和剑南的绿昌,都是唐宋以来产茶的地区;雅州的露芽,蜀州的雀舌、鸟嘴和彭州的石花,都是唐宋以来名茶的品种。名茶又集中在成都附近的州县,成都人吃茶可以说是得天独厚的。

成都的大街小巷都有茶铺,但最好的却是公园和名胜古迹所在的茶园。如人民公园里的茶园,宽敞的水阁就建筑在茂密的浓荫之中。面临人工湖,湖岸一排排碧柳,长长的柳丝随着微风轻轻地摇曳着。临近柳树是长长的一架珠藤,闪烁着碧绿的光泽。湖中绿波映着对岸的假山,几只小小的游船荡漾在柔波之中。坐在这里吃茶,本身就是一种享受。干完活儿的人们来到这里,都会渐渐忘记了疲劳。

又如望江楼的茶园,就修建在绿竹林旁。春天,满园尽是含苞的嫩笋、抽节的新枝,若你在这儿品茗,定感生趣盎然;夏天,浓荫带着绿色,阳光透过竹叶,形成万千小小的清圆的光圈,坐久凉生;秋天,金风和露，浓竹凝烟，又是一番风韵；冬天，霜雪压枝，岁寒相共，更显示出竹子的坚毅。加上薛涛井井水清冽香甜，有些茶客还把茶具携到竹林深处，坐在垫席上一面吃茶一面赏竹，尽情领略茗香竹韵。

郊外的茶社，如犀角河茶社、磨子桥茶社、猛追湾茶社等，又别具一番风采。有的旁绕曲曲的溪水，有的面对空旷的田畴，树木葱茏，花草多姿。在这儿，可以瞭望天际飘荡着的白云，近看闪着微光的溪水、竹林、农舍，尽览川西坝子的田园风光。

成都的茶社也是市民大众的文娱中心。本来茶园和戏园就是孪生姊妹，成都以往的悦来茶园、群仙茶园、万春茶园都是有名的戏园。现在的茶社里，有的也常常举行各种文艺活动。在猛追湾茶社里，茶客一边吃茶，一边听"围鼓"（川戏清唱）。这些唱"围鼓"的川剧业余爱好者，多数是退休的老工人。鼓声、琴声，使茶社增添了情趣。香茶、好歌，吸引了远近的茶客。

（原载《中国风貌》1982年第2卷第2期）

今日锦城真似锦

成都,这座历史悠久的名城,犹如祖国衣带上一颗晶莹的珍珠。它有平如砥掌的土地,四时如春的气候,花木繁荫的庭院,四通八达的铁路、公路、水道和航空线,美丽如画的公园名胜古迹,星罗棋布的高等学校,还有像雨后春笋般出现的工厂在四郊林立。

早在公元前311年,秦惠文王的部将张仪、司马错等发动成都人民在这块锦绣平原上修筑了城市,城上的房屋楼观十分华丽。到汉代,因织锦发达便专门设置了锦官来管理,因而有了"锦城"的名字。后蜀皇帝孟昶命人在城上遍植芙蓉,一到秋天,花开似锦,高下辉映,从此又获得了"芙蓉城"的称号。现在的成都,东北面紧靠绵延起伏的龙泉山脉,西南面是一望无垠的肥沃原野,宽阔的锦江河水清澈透明、波光粼粼,缓缓地缘城而过。全市实有面积3861平方公里,辖两个县、三个郊区和两个城区,人口360多万。城区东西宽13公里,南北长10公里,是四川的省会,全省政治、经济、文化的中心。

历史上的文化名城

花团锦簇的成都是一座具有文化传统的城市。

公元前170年左右，成都就有了学宫——文翁石室，这是有文献记载的最早的一所国家办的学校。它所培训出的人才，或派充郡县官吏，或派到基层管理民事和鼓励耕作，蜀郡因获大治。西汉王朝把这种办学方法在全国推广，使天下郡国皆立学宫，为我国教育史写下了闪光的一页。

由于文化教育发达，成都的人才灿若星辰：有汉代辞赋家司马相如、扬雄；有唐代《乐府杂录》（又名《琵琶录》）的作者、著名音乐家段安节，古琴制作家雷威；有五代词人孙光宪、欧阳炯；有五代画家黄筌、黄居寀父子；有宋代医药家——《证类本草》的作者唐慎微和《黄帝素问·灵枢集注》的作者史崧；有宋代史学家——参加《新唐书》编写工作的范镇和参加《资治通鉴》编写工作的范祖禹，他们的著作和艺术作品丰富了祖国的文化宝库。

杰出的诗人杜甫、陆游以及著名的词人韦庄流寓成都时，写下了大量的反映时代风貌和充溢着浓烈生活情趣的诗词。他们作品中的那些精妙的艺术构思、脍炙人口的名句，在一定程度上是得到这个"天下谓之天府"的江山之助的。

成都的管弦音乐也很有名。杜甫初来成都，就突出地感觉到这是一座"吹箫间笙簧"的"名都会"，后在《赠花卿》诗里又赞美过"半入江风半入云"的锦城丝管。由专业的"杂剧"艺人把民间歌曲和民间艺术融合一体，并大量吸收外来剧种的精华发展而成富有地方色彩的川剧，无论从剧本的思想性和艺术性，或是就从艺人员的表演艺术来说，都是十分高超的。

另外，远在874年左右，成都民间已经用墨版雕印"字书"和一般伎艺书籍，曾给出版史留下过光辉的篇章。

成都，还是一座有着诗情画意的花城。

早在唐代，成都就有了花市。当时诗人描绘这一盛景道："月晓已闻花市合，平江偏见竹簰多。"（肖遘《成都》）后蜀皇帝遍种芙蓉后，"四十里如锦绣"，成都几乎成了花的海洋。宋时，成都月月有市。二月花市，十一月梅市。从旧历二月十五到二月底，花农们来到成都南郊的花市辟圃卖花，"陈列百卉，蔚为香国"。

成都，虽是座著名的文化古城，但过去文化都被少数人垄断。新中国成立后，这种状况得到了彻底改变，现各类高等院校、中等专业学校、普通中学遍布全市各地，在校学生总数达83万人。

这里的艺术表演也是丰富多彩的，除闻名全国的川剧外，有表演惊险、扣人心弦的杂技，有歌声优美、舞姿婀娜的歌舞剧，有风格独特、地方味浓的曲艺，还有京剧、话剧、木偶戏等。文艺团体每天为成都人民演出各类文艺节目，丰富了人民的文化生活。

成都的许多名胜古迹更是海内闻名，为人艳称。武侯祠古柏苍郁，殿宇宏丽；杜甫草堂亭榭典雅、风景清幽；前蜀王建陵墓墓室华丽，雕刻精美；为纪念女诗人薛涛而修建的望江楼，园内风光绮丽，颇有江南园庭建筑特色；还有佛教庙宇文殊院，那儿佛像生动，文物荟萃。至于以花草、盆景闻名的文化公园、人民公园，以及占地三百余亩，拥有大熊猫、小熊猫、金丝猴等珍贵动物两百余种的动物园，也是人们向往的地方。

手工业发达的城市

成都是锦缎的故乡。汉代以后，蜀中织锦工艺逐渐发达，三国时已有高度成就，诸葛亮的军需开支几乎全靠锦缎贸易。那时，流传着一种饶有诗意的传说：锦缎织成后要放在锦江里洗濯，使它特别增色。"成都织锦既成，濯于江水，其文分明，胜于初成；他水濯之，不如江水

也。"(谯周《益州志》)

还在宋神宗时,成都便设立了织锦作坊"锦院"。院内不仅厂房林立,有织锦机多台,而且对几百名工人作了挽丝、用杼、练染、纺绎的分工,俨然是较为完备的手工工场,可以织出三十多种绚丽多彩的名锦。

除蜀锦外,蜀笺纸、蜀陶器也很有名。唐代女诗人薛涛制出的十样彩笺,莹洁的纸面上呈现着布纹或绫绮纹,纸上有各种美丽的图案,颜色有红、黄、青、绿等十种。而《景德镇陶录》也说蜀中窑器"体薄而坚致,色白声清,为当时所重"。

成都的手工业也得到了马可波罗的赞赏。他记叙元代的商贾工匠用轻便的易于拆卸的活动木头小屋,在桥头列肆执艺。忽必烈的税吏在桥头设关征税,"每日税收不下精金千量"。由此可见,元代成都手工业的发达。

清末的手工业向多方面发展,分工更细,日趋专业化。昌福馆的银丝器皿,东御街的铜器,染房街的骨器,科甲巷的刺绣,福兴街的制帽,纯阳观街的制鞋,构成了多种手工业竞相媲美的繁华城市特色。

如今,成都市的蜀锦、蜀绣、漆器、金银制品等产品更是风格独具,焕发异彩。以蜀锦为例,它针法严谨,色彩鲜艳,图案新颖,富于变化,既擅长织造花、鸟、虫、鱼,又善于表现气势磅礴的山水图景。四大名绣之一的蜀绣,绣工精细,以鲤鱼、熊猫为题材绣成的产品,神态逼真,惹人喜爱。还有那些以木胎为主的平整光亮、造型细致、清雅瑰丽的成都漆器,那些以无胎成型的结构严谨、玲珑剔透、技艺精湛的成都银丝工艺品,以及那些丝细如发、轻薄如绸、依胎成型、编制精巧的成都竹丝瓷胎等,无不誉满中外,畅销世界各地。此外,成都生产的皮革、皮鞋、皮件、丝绸衣料、绫缎、乐器、挑绣、羽毛球等产品也在国内外享有盛名。

千年古城换新貌

成都虽然手工业比较发达，但多少年来几乎没有什么现代化工业。新中国成立前夕，全市工业生产总值仅为9000万元，比城市人民生活消费总值小得多，是个典型的消费城市。

新中国成立后，成都先后建起许多工厂，现在拥有冶金、电力、煤炭、航空、无线电、重型机械、农业机械、精密机械、化工、轻纺、电子、建材、建筑以及食品等各种工业。全市工业企业共达2300多个，新建发展了几片集中的新工业区，一大批科研机构蓬勃兴起。现在的成都，不仅能生产供人民吃、穿、用的各种产品，还能生产钢材、生铁、化肥、重型机械、大型电机、机床、仪表、收音机、电视机、汽车、拖拉机和国防产品等好几百种。全市工业总产值1978年比1949年增长了112倍，三十年来每年以平均递增17.7%的速度向前发展。成都生产的工业产品不仅行销国内，部分产品还远销国外。

城市建设更是变化显著。新中国成立前，整个市区大都没有柏油路、公共汽车和自来水，现在仅市区新建的水泥路和柏油路就有90多万平方米，市区内的公共汽车、电车往来如梭。现在全市开辟有30多条线路，营业里程300多公里；市区近郊也形成了四通八达的交通网。至于对外交通，仅每天从市南门中心汽车站开往省内各地的客运汽车就有100多次；铁路有宝成线、成渝线、成昆线，并次第地实现着电气化。昔日被人哀叹"蜀道难"的成都，今天已成为全省和西南地区的铁路交通枢纽。这里还新辟了大型民用机场，每周定期班机省内可通重庆、南充、达县、西昌等地，国内直达北京、上海、天津、武汉、西安、昆明、拉萨等市。

"安得广厦千万间，大庇天下寒士俱欢颜"，诗人杜甫的美好愿望也只有在今天才变成了现实。市内上千幢的高楼大厦平地而起，一批批新的工人住宅区和居民住宅区相继建成，新住宅区还配合布置了幼儿园、学校、商店、医院、银行、邮电所以及为生活服务的其他公共建筑，以满足住户需要。成都新建的住宅面积比新中国成立前的住宅面积总和还多。

成都，这座千年古城，已变得容光焕发、生机勃勃。可以预料，未来的成都定是更加美丽，人们将从内心深处发出由衷的赞美——"今日锦城真似锦！"

（作者雷履平、郭昆林，原载《话成都》，1981年）

岁华多丽话成都

各地的风土人情，总有一个基调。有人问我：成都风俗的基调是什么？答曰：乐观主义精神。这不但有苏轼"蜀人衣食常苦艰，蜀人游乐不知还"（《和子由蚕市》）的诗句和费著的"地大物博，俗好娱乐"（《岁华纪丽谱》）的记载作依据，也为现在还保留着的一些习俗所证明。有了这点精神，古老的习俗就能顺应时代前进的步伐和历史发展的趋势，在艰苦创业之中存积极进取之想。缅怀过去，欢呼现实，是有助于激扬意志、策励未来的。

鸡 日

春节（旧历的元旦）是万象更新的日子，这一天的传统习俗是我们民族在几千年历史发展的过程中形成的。正月初一，天刚亮，有的人家就把用红纸剪好的鸡贴在大门门楣上。有些剪纸形象极美：高冠长距，振翅延颈，英姿勃勃，临风欲鸣。

这种风俗来源很早。相传西汉东方朔的《占书》里就有这样的记载："一日为鸡，二日为狗，三日为豕，四日为羊，五日为牛，六日为马，七日为人。"三国时，魏人董勋谈礼俗引了以上的记载，接着写道："正旦画鸡于门，七日贴人于帐。"古人把正月初一称为鸡日，并在门上画鸡，成都人改用剪纸，大概因为更简便、更美观吧。可见，我国人民是以勤劳勇敢见称的。"一唱雄鸡天下白"，鸡的鸣声是一支雄壮进军的乐曲。贴鸡的风俗，表现了成都人民珍惜春光、富于朝气的进取精神。

人 日

正月初七是人日。"七日贴人于帐"，成都没有在床帐上贴人的剪影的风俗，但人日游草堂的乡风却保留到现在。杜甫的成都草堂是后代人纪念杜甫的圣地。到了人日，成都人成群结队出游草堂，怀念这位流寓成都的伟大诗人。这是因为杜甫的诗友高适做蜀州刺史时写有《人日寄杜二拾遗》诗，其中有"人日题诗寄草堂"的句子。高适死后，杜甫在离开四川出峡途中写了两首《人日》诗，在湖南潭州还写了《追酬高蜀州人日见寄》诗。柳条弄色，梅花满枝，锦里春光，瑶墀侍臣，引起了成都人民对诗人的深沉怀念。清代诗人何绍基为草堂撰的对联中写道："锦江春风公占却，草堂人日我归来。"草堂游赏，是能拨动后代诗人为时代放声歌唱的优美琴弦的。

灯 会

成都的灯会，在唐代就很有名，几乎可以和当时的京师长安媲美。当时，放灯从旧历正月初二就开始了，"点灯张乐，昼夜喧阗"（《岁华纪丽谱》）。现在，青羊宫一年一度从旧历正月初九左右开始延续二十多天的灯会，便是这种风俗的发展。各种灯球，争奇竞艳，有的像玉树琼花，有的像飞禽走兽，荷箭连盏射出夺目的光辉，玉壶清冰给人以爽心的感觉，火树银花，五光十色，这里成了不夜城。近年以来，利用灯会传播光学知识，太阳灯、碘钨灯、激光、微波传输、光电转化，如此等等，这就不单纯是为了游赏了。

花　市

青羊宫也是成都花市所在地。宋时，成都是月月有市的：正月灯市，二月花市，三月蚕市，四月锦市，五月扇市，六月香市，七月宝市，八月桂市，九月药市，十月酒市，十一月梅市，十二月桃符市。（赵抃《成都古今记》）花市的起源，还可以远溯到唐代。唐人肖遘于881年写的《成都》诗已经有"月晓已闻花市合"的句子了。以往，从旧历二月十五日开始，成都花农把他们培育出来的名花异卉运到这儿来出售，多样的品种，别具匠心的花圃设计，忽雨忽晴、乍暖还寒的天气，置身其间，扑鼻的芳香，炫眼的艳色，是够人心醉的。"陈列百卉，蔚为香国"，这儿又成了鲜花的城市。为什么要把开市定在旧历二月十五日这一天呢？大概因为那天是"百花同日生"的花朝节吧。举行花市来给百花祝寿，这不正好说明成都人"为了名花抵死狂"的情趣！今年，灯会期间举行花展，把灯会和花市结合在一起，这种做法应该肯定。

游　江

旧历二月二日是踏青节。宋代，士大夫从这天起，在成都南门万里桥一带，数十艘彩船嬉游其中，叫小游江；浣花溪一带江中，游艇的规模更大，叫大游江。（《岁华纪丽谱》）现在，成都新南门滨江公园一带江面，游船如织，有的迅楫齐驰，喧声振动两岸，有的小舟容与，歌声弦管悠扬，就是这种风俗的延续。

成都的风土人情，既有和其他城市相同的地方，如端午竞渡、七夕乞巧等，也有上面谈的只是它具有独特地方色彩而又沿袭至今的几种习俗。岁华多丽话成都，让我们在追怀美好风俗的同时推陈出新，捧出多彩的花束，高举璀璨的明灯，划动时代的航船，擂响进军的战鼓，把诗情画意的成都装点得更新、更美。

（原载《龙门阵》1980年第1期）

成都漫话

成都，坐落在素有"天府之国"之称的成都平原中部，长江支流岷江的上游。地处东经104°5′，北纬30°39′。年平均气温为17℃，夏季最热时为37℃左右，冬季最冷也不低于－5℃，年平均降雨量1000毫米左右，因此夏无酷热，冬少冰雪，气候温和，雨量充足，土地肥沃，物产丰富。加上有举世闻名的都江堰水利灌溉之利，从古至今，无不赞誉它为得天独厚、美丽富饶的地方。

成都，是一座历史悠久的名城。它曾因织锦发达，在汉代即专门设置锦官管理，被称为"锦官城"（或称"锦城"）。后因后蜀皇帝于城市遍种芙蓉，所以又名"芙蓉城"（或称"蓉城"）。现在的成都，东北面紧靠绵延起伏的龙泉山脉，西南面是一望无垠的肥沃原野，宽阔的锦江河水清澈透明、波光粼粼，缓缓地缘城而过。全市实有面积3861平方公里，辖两个县、三个郊区和两个城区，人口360多万。城区东西宽13公里，南北长10公里。它是四川省会驻地，全省政治、经济、文化的中心，西南地区的交通枢纽，是一座欣欣向荣的新兴工业城市。

千古名传一锦城

在漫漫的历史长河中,成都这座古老的城市已有 2300 多年的悠久历史了。

"一年而所居成聚(村落),二年成邑,三年成都",这是古老都市形成的一般过程。远在丛帝[①]的后世,就曾把都城从郫县辗转迁至成都,由于流徙不定,用土坯修的城市仅具雏形。公元前 316 年,秦惠王灭了蜀国,即派张仪、司马错、张若等仿照秦都咸阳城的样式修筑了成都城——大城和少城,"仪筑成都,以象咸阳"。到了这时,才具备了"金城石郭"的规模,所以定名"成都"。城上盖有房屋楼观,十分壮丽。唐代诗人岑参说:"常爱张仪楼,西山正相当。千峰带积雪,百里临城墙。烟氛扫晴空,草树映朝光。车马隘百井,里闬盘二江。"(《陪狄员外早秋登府西楼因呈院中诸公》)远映百里外终年积雪的玉垒山,周围盘绕着内江和外江,沃野开阔,山川形胜,令人心驰神往。

张仪建城以后,成都城池经过几次大修,唐僖宗乾符三年(876)的一次大修,参加民工达 10 万人,整个工程共用 960 万个工作日。当时诗人顾云在《筑城篇》里描绘道:"风吹四面旌旗动,火焰相烧满天赤。散花楼晚挂残虹,濯锦江秋澄倒璧。"白天旌旗满天,晚上火炬如海,散花楼、濯锦江更加绚丽多姿。这是多么宏伟的劳动场面啊!花团锦簇的成都是历代千千万万默默无闻的劳动者用汗水浇灌的结晶。元代的成都城,曾使 13 世纪意大利有名的旅行家马可·波罗为之心醉。

在历史上,成都不仅是公孙述的成家、刘备建立的蜀汉、李雄建立的大成和后来王建建立的前蜀、孟昶建立的后蜀的国都,而且是一个具有革命传统的城市。远在南北朝时期,南朝宋文帝元嘉九年(432),就爆发了梁显、程道养等反对益州刺史刘道济"聚敛伤政"的起义。北宋乾德初年,又爆发了蜀中士兵为反对王全斌军队"掠子女,夺财物"的

[①] 据《华阳国志》载,开明族统治古蜀国时(大约是春秋中期至战国后期)的第一国王号丛帝。

起义。尤为著名的是北宋淳化四年（993）的王小波、李顺起义，他们提出了鲜明的"均贫富"的政治口号，并攻占了成都，建立了"北抵剑阁，南距巫峡"的大蜀政权。明末农民起义军领袖张献忠，也曾于崇祯十七年（1644）攻入成都，并把它定名为西京，成都便成为大顺政权的政治中心。

1911年，保路同志会为争取自修川汉铁路，在成都与腐朽的清王朝进行了尖锐的斗争，致使保路风潮成为辛亥革命的先导。五四运动前夕，在成都曾建立了少年中国学会成都分会，创办了《星期日》周报，登载了李大钊、陈独秀、吴虞等人的文章，有力地配合了蓬勃发展的五四新文化运动。1921年，中国共产党诞生以后，在党的领导下，成都也和全国一样开展了工运、学运以及反饥饿、反迫害、反内战等运动，与国民党政府进行了顽强的斗争。今天，仍然矗立在人民公园里的"辛亥秋保路死事纪念碑"和文化公园里的"十二桥死难烈士墓"，就是烈士们为革命光荣牺牲而留下的丰碑。

从历史上看，成都又是一座具有文化传统的城市。远在公元前170年左右，成都就有了学宫——文翁石室，规模虽小，但它是有文献记载的最早的一所国家办的学校。

由于文化教育发达，出生在成都的人才是多方面的：有汉代辞赋家司马相如、扬雄；有唐代的音乐家段安节、古琴制作家雷威；有五代的词人孙光宪、欧阳炯，画家黄筌和他的儿子黄居寀；有宋代的医药家唐慎微（《证类本草》的作者）和史崧（《黄帝素问·灵枢集注》的作者），史学家范镇（参加《新唐书》编写工作）和范祖禹（参加《资治通鉴》编写工作），他们的著作和艺术作品丰富了祖国的文化宝库。

成都的管弦音乐也很有名。杜甫初来成都，就突出地感觉到这是一座"吹箫间笙簧"的"名都会"，后来在《赠花卿》诗里又赞美过"半入江风半入云"的锦城丝管。中晚唐时，成都就有专业的"杂剧"艺人。由民间歌曲和民间技艺融合一体，并大量吸收外来剧种的精华发展而成的川剧，无论从剧本的思想性和艺术性，或是就艺人的表演艺术来说，都是极其卓越的。

从历史上看，成都还是一座有名的手工业城市。它是锦缎的故乡，蜀绣的历史源远流长。《景德镇陶录》说："蜀窑器'体薄而坚致，色白声清，为当时所重'。"元代的商贾、工匠用轻便的易于拆卸的活动木头小屋在桥头列肆执艺，这些小屋早晨搭好、晚上拆去。忽必烈的税吏在桥头设关征税，"每日税收不下精金千量"。由此观之，元代成都手工业的发达可以想见。

清末的手工业向多方面发展，分工更细，日趋专业化。昌福馆的银丝器皿，东御街的铜器，染房街的骨器，大墙后街的木制用具，科甲巷的刺绣，福兴街的制帽，纯阳观街的制鞋等，构成了多种手工业品竞相媲美的繁华景象。

除此之外，从历史上看，成都还是一座有着诗情画意的花城。早在唐代，成都就有了花市。唐代诗人肖遘在《成都》诗里这样描绘道："月晓已开花市合，江平偏见竹簰多。"继至宋代，花市更为繁盛，甚至月月皆有。尤为盛者，当是二月花市。每到此时，花市上"陈列百卉，蔚为香国"。历来不少诗人都曾为成都的花所倾倒，写下了不少著名的诗篇。

"既丽且崇，实号成都"，左思这句概括性的话说得多好啊！美丽和高大就是古代成都的形象。

锦城今日展新颜

成都，这座世世代代劳动人民以非凡的智慧和艰辛的劳动建设起来的美丽城市，在历史上虽然颇为著名，但在漫长的2300多年间，也经历了数不清的灾难：战争的毁坏，自然力的摧残，更多的是人为的破坏。新中国成立前夕，这座古老的文化名城已经是遍体鳞伤，奄奄一息。那时，流传着这样几句话："马路不平，电灯不明，阴沟不通，电话不灵，百鸟不鸣（指公园），市虎伤人（指汽车）。"这就是当时成都市容的真实写照。

新中国成立后，成都进入了历史上从未有过的迅速发展时期。今日的成都，城区面积比新中国成立前扩大了两倍，从城市到农村，到处是一派生机勃勃的景象。

在历史上，成都手工业比较发达，但近百年来几乎没有什么现代化工业。过去，城市人民生活基本需要的东西，除了吃的是由附近农村提供外，穿的、用的大部分是靠外国进口或沿海城市供给。新中国成立前夕，全市工业生产总值仅为9000万元，是个典型的消费城市。

多少年来，成都人民渴望振兴实业的愿望始终如梦幻一般。直到新中国成立后，梦想才变为现实。从第一个五年计划开始，成都先后建起了许多工厂，现在拥有冶金、电力、煤炭、航空、无线电、重型机械、农业机械、精密机械、化工、轻纺、电子、建材、建筑以及食品等各种工业，大批科研机构如雨后春笋般蓬勃兴起。现在的成都，不仅能生产供人民吃、穿、用的各种产品，还能生产钢材、生铁、化肥、重型机械、大型电机、机床、仪表、收音机、电视机、汽车、拖拉机和国防产品等各类工业品好几百种，它们不但行销国内，部分产品还远销国外。成都蜀锦厂、成都蜀绣厂、成都漆器厂、成都金银制品厂等工厂的商品更是别具一格，大放异彩。

成都市郊的农业生产也是一派兴旺。成都的农业人口占全市人口的三分之二，他们在269万亩耕地上精耕细作，辛苦劳动，不断夺得了一个又一个丰收年。如果你乘车到城郊去，就会看见那广阔的平地上河渠纵横密布，泥土油黑发亮，田原美丽似锦，定会感到千里沃野的"天府之国"在今天更加名不虚传。由于成都气候、土地、水利条件优越，因此盛产水稻、小麦、油菜、棉花、玉米、甘薯、海椒、烟叶等多种农作物，粮食平均亩产在千斤以上。成都的蔬菜是很有名气的，一年四季陆续不断，完全保证了城市供应。为了满足城市人民的需要，市郊种植了

780多万棵果树，占地面积55 000多亩，产量达5000多万斤。每年轮番上市的瓜果品种多样，有广柑、蜜橘、柚子、桃子、苹果、梨子、杏子、樱桃、柿子、西瓜、甘蔗、地瓜、石榴、板栗等。在这众多的瓜果当中，呈甜酸味的成都"青苹"，被香港市场誉为"四川的一枝独秀"。还有那皮薄、无核、剥出的肉犹如鸡腿般厚嫩的柚子，味美、质好、储藏时间长的红毛橙、色泽鲜嫩、含糖分很高的白凤桃，以及品种优良的白花桃、血橙、鹅蛋柑、脐橙等，都是畅销省内外甚至国内外的优质水果。其他如生猪、奶牛、家禽、家畜、水产等副食品发展也很快，使市区内供应充足，市场繁荣。

古老的成都，在历史上经历过四次大修，但城市的规模最终也只有"穿城九里三分"的范围。新中国成立前，市内道路破烂不堪，路面最宽不过十来米，市容萧索。

新中国成立后，随着工农业生产的发展，城市规模的扩大，全市已初步形成了四通八达的交通网，仅市区新建或改建的水泥路和柏油路就有90多万平方米。今天，当你来到成都，可以看到有连通火车南、北站长达10公里的中心干道——人民南路，有纵贯南北交通的解放路、红星路，有横穿东西方向的新华路、胜利路，有直达工业区的东风路、建设路和永丰路，有环绕全城20公里长的一环路和围半城的二环路，还有沿南河的滨江路。这些主干道街面宽阔，道路两旁绿树成荫，楼房整齐巍峨。每当夜幕降临时，水银灯、碘钨灯、日光灯齐明，把蓉城的夜景点缀得格外美丽。

成都城市建设的变化，以市中心"皇城坝"的改变最为显著。皇城，原是四百多年前明代朱元璋第十一个儿子朱椿为蜀王时修建的藩王府第，清代时改为贡院。国民党统治时期，大部分沦为杂草丛生、瘟疫流行的场所。就在这样的地方，曾有过2000多户走投无路的劳苦贫民，用几块破苇席、几张牛皮纸隔出一块天地，铺上一床草垫，权且栖身。皇城的东北角是一座"煤山"，相传是清代雍正年间宝川钱局在此铸钱所堆渣淬而成。实际上，新中国成立前夕的"煤山"已成为一个大垃圾堆和乱葬坟。时至今日，昔日皇城的旧址上屹立着高38米、面积为3万平方米的展览馆大楼。大楼前面雄伟宽广的人民南路广场，是全市政治活动的中心，省、市大型集会都在这里举行。绿树成荫、宽64米的人民南路柏油大道两旁，百货大楼、新华书店、剧场、医院、职工住宅等鳞次栉比，接待中外来宾的锦江宾馆和壮丽的锦江大礼堂也雄峙在这里。

昔日的"煤山"，如今已变成了可容数万人的体育场。每当清晨霞光初露的时候，这里成了老人、青年、妇女和儿童锻炼身体的好地方。毗邻体育场的后子门一带，近年来已新修了不少住宅楼房。回想新中国成立前，整个成都的住宅只有430万平方米，而且大部分为地主、军阀、官僚、资本家占有。今天，一批批新的工人住宅区和居民住宅点相继建成，在住宅区周围还合理地配置了幼儿园、学校、商店、医院、银行、邮电所以及为生活服务的其他公共建筑，以满足住户的需要。现在，成都新建住宅的面积比新中国成立前住宅面积的总和还多，加之对原有住房的维修，成都人民盼望改善的住宅问题得到了一定程度的解决。

除住宅外，昔日四川的交通也很困难。早在唐代，大诗人李白就曾嗟叹："蜀道难，难于上青天。"然而，在半殖民地半封建社会的旧中国，四川人民渴望修建铁路的愿望又怎能实现。新中国成立后，仅仅用了两年的工夫，成渝铁路便竣工通车了。随后又陆续修筑了宝成、成昆、成达等铁路，使西南四塞之域成为通衢。昔日"猿猱欲度愁攀缘"的蜀道，而今已是铁路纵横、来去自如了。过去坐汽车出川，光是翻秦岭这座大山就要一整天，现在坐火车从成都出发只需要两天一夜就可以到达首都北京。

随着国民经济建设的需要，成都的航空事业也在迅速发展。这里新辟了大型民用机场，不仅能满足国内客运需要，还可提供国际大型客机。每周定期班机，省内可通重庆、南充、达县、西昌等地，国内直达北京、上海、天津、武汉、西安、昆明、拉萨等市。如果你早上坐飞机从成都出发，中午就可到位于"世界屋脊"的太阳城——拉萨。

新中国成立前，成都的对外公路能通客货运输的仅有3条。现在，成都四周新建和改建的公路四通八达，原有成都至雅安的公路已延伸到西藏。公路干线除了川（四川）藏（西藏）线外，还有川（四川）滇（云南）、川（四川）陕（陕西）、成（都）渝（重庆）等线。在成都市区内，交通更是方便，现在全市开辟有30多条线路，营业里程300多公里。市区近郊也形成了四通八达的交通网，曾经作为主要交通工具的黄包车和鸡公车，已成为历史的遗物了。

美丽的成都，容光焕发，欣欣向荣。在这座千古名传的锦城及附近地区中，许许多多的名胜古迹，数不尽的文化珍宝，更使人追思遐想，心驰神往。让我们凭借本书以下各篇的介绍，去游览锦城的名胜古迹，领略成都的风土人情，欣赏蜀中的美丽风光吧。

（作者雷履平、郭昆林，原载《锦城成都》，上海教育出版社，1981年2月）

成都史话
——辛亥革命前成都剪影

历史悠久的古城

成都,祖国西南的名城,祖国衣带上的一颗晶莹的珍珠。一想到它,眼前便呈现出一幅壮丽的图景:平如坻掌的土地;四时如春的气候;花木繁荫的庭院;四通八达的铁路、公路、水道和航空线;美丽如画的蔬菜基地,田连阡陌,一望无际;星罗棋布的高等学校;像雨后春笋一样出现的工厂在四郊林立;成钢,钢水映红了锦水,浓烟笼罩着蜀山,这座古老的名城也焕发出了青春的光彩。

成都,这座有着近2300年历史的城市,一想到它就会使人产生一种遥接万代的情绪,想到它的过去,想到绵绵不断的历史长河里千千万万劳动人民艰苦缔造的匠心和向大自然、向封建统治阶级英勇斗争的业绩。

早在公元前311年,秦惠文王的部将张仪、司马错等就发动成都人民在这块锦绣平原上修筑了大城和少城。城上的房屋楼观,十分华丽。这座由无数劳动人民血汗修筑起来的大城,到了唐代还留下了尚可追寻的遗迹。诗人岑参就曾留下了这样的诗句:"常爱张仪楼,西山正相当。千峰带积雪,百里临城墙。烟氛扫晴空,草树映朝光。车马隘百井,里闬盘二江。"(《陪狄员外早秋登府西楼因呈院中诸公》)远映百里外终年积雪的西山，周围盘绕着岷江和沱江，辽阔的市区，葱葱郁郁的草树在朝阳下闪烁着春光，自然和人工的相互融合构成了赏心悦目的美景。

成都城池先后经过了四次大修。其中876年的扩修工程是巨大的：每天参加筑城的工人达10万人，整个工程共用了960万个劳动日。劳动人民是在封建统治阶级鞭杖下承担了无比的痛苦来进行建设的，因此他们对这座城市的功绩和创造才华将会长久地留在人们的记忆中。

成都盛产锦缎，早在汉朝就设置了管理这项手工业生产的锦官，因而有了"锦城"的名字。后蜀的皇帝孟昶命人在城上遍种芙蓉，一到秋天花开似锦，高下辉映，因而又有了"芙蓉城"的称号。环境是绮美的，凤凰山、狮子山等一些小丘陵，给花团锦簇的芙蓉城镶嵌上一围绿色的花边。

像千万匹脱缰的怒马一样的岷江，当它从川西丛山里浩浩荡荡奔腾到成都平原的时候，会造成多大的灾难啊。所以，早在2200多年以前，千万劳动人民跟随李冰父子"踊跃用命"，"挑关筑埝"，在灌县玉垒山的急流中修起了都江堰。它滋润着川西300万亩的沃土，岷江的支渠锦江像脉络似的散布在成都平原。都江堰水利工程给成都带来了富庶和繁荣，"旱则引水浸润，雨则杜塞水门"，"水旱从人""时无荒旱"，使成都平原成了一座巨大的米粮仓。

人民创造了幸福的生活环境，但他们的生活却并不幸福。"蜀中富饶，罗纨锦绮等物甲天下"，劳动果实却都被封建统治阶级剥削掠夺了。热爱人民、关心人民生活的伟大诗人杜甫761年寓居成都草堂时，看见成都人民的悲惨生活，借景抒情，用被刀斧割剥以至于死的枯棕作了动人的比譬："伤时苦军乏，一物官尽取。嗟尔江汉人，生成复何有？有同枯棕木，使我沉叹久！"

成都的人口，根据历史上的统计数字，清朝初年（1646）全城只剩下7212人，后经过大量移民，在七十多年后的1716年也只有12万多人，直到清朝末的1908年才发展到将近30万人。

手工业发达的城市

成都是锦缎的故乡。城叫锦城,水名濯锦江,正标志着人们在生产上取得的伟大成就。

汉代以后,蜀中织锦工艺逐渐发达,三国时已有高度成就,诸葛亮的军需开支几乎全靠锦缎贸易。那时,流传着一种饶有诗意的传说:锦缎织成以后要放在锦江里洗濯一下,锦江用它的一河银液浸润着锦缎,使它特别增色,而如果放在别的河里洗濯就逊色多了。唐代诗人刘禹锡用诗歌的语言追摹了濯锦的场景:"濯锦江边两岸花,春风吹浪正淘沙。女郎剪下鸳鸯锦,将向中流定晚霞。"(《浪淘沙》)

蜀锦图案的优美,唐末陆龟蒙在《锦裙记》里细致地描写了他所见到的一种蜀锦裙:左边是二十只衔花欲飞的白鹤,右边也有二十只耸肩舒尾的鹦鹉。它们大小不一,都隔以美丽的花卉。谈到它的绣绘功夫,其细致柔美,是难以形容的。

如此美丽的锦缎,是怎样织成的呢?中唐诗人王建在《织锦曲》中作了真实地反映:"大女身为织锦户,名在县家供进簿。长头起样呈作官,闻道官家中苦难。回花侧叶与人别,唯恐秋天丝线干。红缕葳蕤紫茸软,蝶飞参差花宛转。一梭声尽重一梭,玉腕不停罗袖卷。窗中夜久睡髻偏,横钗欲堕垂著肩,合衣卧时参没后,停灯起在鸡鸣前。一匹千金亦不卖,限日未成宫里怪。锦江水涸贡转多,宫中尽著单丝罗。莫言山积无尽日,百尺高楼一曲歌。"手腕不停,终夜不睡,这是多么沉重又痛苦的劳动;锦江贡船转多,宫中锦缎山积,这又是多么残酷的掠夺!

1083年,吕大防在这里设了一个很大的织锦作坊"锦院"。院内厂房137间,织锦机154台。挽丝工164人,用杼工54人,练染工11人,纺绎工110人。每年用素丝12.5万两,染色丝21.1万斤,织出30多种不同的蜀锦。

唐代,成都的手工造纸业也发达起来。女诗人薛涛制出了十样彩笺,莹洁的纸面上呈现着布纹或绫绮纹。纸上有各种美丽的图案,颜色有红、黄、青、绿等十种。

到了清末，手工业更向着多方面发展。昌福馆的银丝器皿，东御街的铜器，染房街的骨器，科甲巷的刺绣，福兴街的制帽，纯阳观的制鞋，制作精工，带有独特的地方色彩。

1876年，丁宝桢在成都办起了机器制造局，撒下了现代工业的种子。接着，就有了制革厂、火柴厂、织布厂、电灯公司和造纸公司。到了1908年，已经有了17家工厂。

手工业的发达带来了商业的繁荣。宋时，成都月月有市：正月灯市，二月花市，三月蚕市，四月锦市，五月扇市，六月香市，七月宝市，八月桂市，九月药市，十月酒市，十一月梅市，十二月桃符市。花市的起源比别的市集还要早些，唐人肖遘在881年写的《成都》诗里已经有"月晓已闻花市合，江平偏见竹簰多"的句子。宋代爱国诗人陆游在离开成都以后，怀想成都南市的花时乐事说："千林夸盛丽，一枝赏纤柔。"（《海棠》）可见宋代花市规模的庞大。后来，花市发展成为花会。从唐代算起，它已经有一千年以上的历史了。

文化名城

劳动人民的生活和创造性的劳动是文化艺术取之不竭的源泉，成都的沃土也培育出万紫千红的文化琼花。

出生在成都的人才是多方面的：有为许多人所熟悉的汉代大词赋家司马相如、扬雄，有在绘画山水、竹石、花鸟方面取得重大成就的五代著名画家黄筌、黄居寀父子，有《乐府杂录》《琵琶录》的作者、唐代著名音乐家段安节，有提供了许多单方且对祖国药典有卓越贡献的《证类本草》的作者、宋代著名药学家唐慎微，有参加《新唐书》《资治通鉴》编写工作的宋代著名史学家范镇、范祖禹，还有向民间曲子词学习的五代著名词人孙光宪和欧阳炯，他们的著作和艺术作品丰富了祖国的文化宝库。

爱国诗人杜甫和陆游长期寓居成都，他们的创作更深刻地反映了当时社会的真实面貌，至今尤为人们所传诵。

武侯祠、大慈寺、草堂、望江楼成为人们艳称的名胜古迹。

武侯祠，建于唐代。杜甫对诸葛亮是备极推崇的，760年他在成都游武侯祠时写下了《蜀相》诗："丞相祠堂何处寻，锦官城外柏森森。映阶碧草自春色，隔叶黄鹂空好音。三顾频烦天下计，两朝开济老臣心。出师未捷身先死，长使英雄泪满襟。"祠内风景幽美，"映阶碧草自春色，隔叶黄鹂空好音"，无怪杜甫那样赞赏。

大慈寺，也建于唐代。这里是唐五代壁画的宝库，有上百的庭院，近万的壁画。可惜的是，这些优秀的艺术遗产却没有被保存下来。

草堂，是杜甫流寓成都时（760年）修建的。诗人在这儿先后住了六年，写了不少的诗篇。当时，草堂只有一亩大的地方，一座并不十分坚固的草房，杜甫从亲友处要了些绵竹和树秧种上。这个过去的简陋的建筑、曾经为秋风所破的茅屋，由于人们对伟大诗人的敬仰，现在已经成为祖国文学史上的一块圣地。

望江楼，清光绪年间初建。其包括崇丽阁、吟诗楼、濯锦楼、浣笺亭、泉香榭、清婺堂，一整套建筑都是为纪念唐代女诗人薛涛修建的，这里本是薛涛造笺纸的地方。

公元前170年左右，成都就有了巨大的书院"文翁石室"（文翁是西汉时人，他曾在成都倡学；石室是他兴办学校中保留得相当久的一所建筑，后来就代替了这所学校的名字），书院里有学生108人。这是我国第一所官办的学校，也是全世界第一所官办的学校。

874年左右，成都民间已经用墨版雕印"字书"和一般技艺书籍，给出版史留下了光辉的一页。

成都的歌曲是很有名的，杜甫在《赠花卿》诗里就赞美过"半入江风半入云"的锦城丝管。由民间歌曲和民间技艺融合并且吸收了外来剧种的精华发展而成的川剧，从剧本到表演，都具有强烈的人民性和现实主义精神，虽然不断遭受封建统治阶级的篡改和糟蹋，但它那爱憎鲜明的主题倾向，生气勃勃的生活气息，浓郁的地方情调和机趣幽默的喜剧风格，仍然被民间艺人所保留。因此，新中国成立后经过改革，川剧就成为祖国艺术宝库里一颗光彩夺目的宝石。

战斗的成都

在那黑暗的岁月里，历代反动统治者残酷的经济剥削和政治压迫激起了人民无数次的反抗，劳动人民用鲜红的热血写下了一篇篇悲壮的史诗。翻开史书，成都一地在432年就有梁显、程道养反对统治阶级"聚敛伤政"的起义。965年左右，有蜀兵拥立全师雄为帅反对外省军阀劫掠的起义。993年，农民领袖王小波、李顺的起义军更提出了"均贫富"的政治口号，受到广大劳动人民的拥护，震撼了反动统治者在川西的统治基础。李顺占领成都以后自立为大蜀王，人民在城内江渎庙绘画了李顺和他的跟从者的英姿。1644年9月，农民革命领袖张献忠率领的起义军也进入了成都。他们可歌可泣的事迹，教育和鼓舞了人民。尽管这些起义军的规模有大有小，又或迟或速地失败了，但正如毛主席在《中国革命和中国共产党》一文里所指出的那样："在中国封建社会里，只有这种农民的阶级斗争、农民的起义和农民的战争，才是历史发展的真正动力。"

帝国主义的入侵更引起了成都人民的强烈反抗。1894年以后，热爱祖国的成都人民不止一次地与帝国主义进行了斗争，并在斗争中提高了民族意识。1911年，保路同志会争取自修川汉铁路，在成都与腐朽的清王朝展开了尖锐的斗争，点燃了资产阶级民主革命性质的辛亥革命的第一把火。"辛亥秋保路同志死事纪念碑"至今巍然屹立，耸入碧空。

成都，这座世世代代的劳动人民以非凡的智慧和艰辛的劳动建设起来的美丽城市，在长长的近2300年中经历了无数的灾难，有战争的毁坏，有自然力的摧折，有反动统治者的破坏摧残，生产者的城市成为剥削阶级的乐园，文化的名城已变成人间地狱，只有在新中国成立后的今天，古代人民智慧和力量的结晶才重新放出奇光异彩。

（原载1959年10月25日《成都日报》）

古代诗人眼中的成都

古代许多诗人都曾用诗笔描绘过成都,他们的诗篇像金碧重彩的画卷,像传神写照的浮雕,山川的秀丽,历史的烟云,社会的风貌,物产的丰蔚,仿佛在我们眼前一一浮现。读着这些诗篇,将使我们对生活、对家乡、对祖国的爱越来越深沉,越来越笃厚。

成都,这座世世代代的劳动人民以非凡的智慧和艰辛的劳动建设起来的美丽城市,在历史上是颇为著名的。晋代诗人左思的《蜀都赋》中说:"金城石郭,兼市中区。既丽且崇,实号成都。"城郭坚固,城区繁荣、美丽、高大,这就是成都的象征。到了唐代中期的756年,成都更以陪都的面貌出现,称为南京。当时,曾流行"扬一益二"的说法,即是说"天下都市,以扬州为第一,成都为第二"。伟大的唐代诗人李白在《上皇西巡南京歌十首》中把成都和古长安细致地作过比较,他说:"九天开出一成都,万户千门入画图。草树云山如锦绣,秦川得及此间无?"又说:"柳色未饶秦地绿,花光不减上林红。"再说:"北地虽夸上林苑,南京还有散花楼。"在诗人的眼里,玉垒浮云,锦城花柳,使长安的上林苑已不能专美于前了;秦川,渭水,又算得了什么?提到散花楼,诗人把它放在金融融的晨光之中加以歌颂:"日照锦城头,朝光散花楼。金窗夹绣户,珠箔悬琼钩。"(《登锦城散花楼》)贴金窗棂夹在雕花门楼之间,珍珠门帘挂在碧玉弯钩之上,多么富丽,多么豪华!成都不但供游赏的楼观很有名,连城楼张仪楼也很壮观。与李白同时的诗人岑参写道:"常爱张仪楼,西山正相当。千峰带积雪,百里临城墙。烟氛扫晴空,草树映朝光。车马隘百井,里闬盘二江。"多美的景色啊,远映百里外终年积雪的玉垒山,周围盘绕着内江和外江,辽阔的市区,葱葱郁郁的草树在朝阳下闪烁着春光。当时的成都比起扬州和西安来,不说是超过,至少是毫无逊色的。

  这座历史名城是以手工业见称的,它是锦缎的故乡。汉代,织户、机坊已逐渐兴盛。晋代,织锦的规模更大。左思写道:"阛阓之里,伎巧之家。百室离房,机杼相和。贝锦斐成,濯色江波。"(《蜀都赋》)上百的不同的手工作坊,万机齐鸣,此唱彼和,简直是一座织锦的城市了。唐代诗人刘禹锡用诗歌的语言描绘了劳动场景:"濯锦江边两岸花,春风吹浪正淘沙。女郎剪下鸳鸯锦,将向中流定晚霞。"(《浪淘沙》)盛开着鲜花的锦江两岸,春风吹暖了波淘浪洗的白沙,女工们剪下织成鸳鸯图案的绚丽的蜀锦撒向江中,就此定下了晚霞般的色调。这首诗为左思诗句的色彩斑斓作了形象的诠释。

  这座历史名城又是以树木花草见称的,它是鲜花的城市。在唐代就有了花市,李白称道过它的"花光""柳色",杜甫赞美过它的"稠花乱蕊"。到了宋代,成都花市每年旧历二月在南郊的花市辟圃卖花,"陈列百卉,蔚为香国"。宋代著名诗人陆游离开成都多年后,对成都花市仍怀念不已。他盛夸花市的海棠:"尚想锦官城,花时乐事稠。金鞭过南市,红烛宴西楼。千林夸盛丽,一枝赏纤柔。"(《海棠》)他怀念花市的梅花:"当年走马锦城西,曾为梅花醉似泥。二十里中香不断,青羊宫到浣花溪。"(《梅花绝句》)成都的花草,除木芙蓉外,东亭梅花、西府海棠也为诗人杜甫、陆游所激赏。陆游还盛夸成都的西府海棠:"碧鸡海棠天下绝,枝枝似染猩猩血,蜀姬艳妆肯让人?花前顿觉无颜色。扁舟东下八千里,桃李真成奴仆尔。若使海棠根可移,扬州芍药应羞死。何从乞得不死方？更看千年未为足。"（《海棠歌》）成都的花草，给诗人留下了多么美好的回忆啊！

大好的祖国江山孕育了许许多多的人才。左思写道："江汉炳灵，世载其英。蔚若相如，皭若君平。王褒韡晔而秀发，扬雄含章而挺生。"（《蜀都赋》）汉水，又名西汉水，即嘉陵江。岷江、嘉陵江为我们诞生了多少学者、作家啊！左思一口气数了司马相如、严遵、王褒、扬雄四位名人，除资中的王褒外，其他都是成都人。杜甫对摆脱名教桎梏的封建叛逆者司马相如和卓文君特别倾慕，《琴台》诗写道："酒肆人间世，琴台日暮云。野花留宝靥，蔓草见罗裙。"凭吊相如的抚琴台，看见成都的酒店，想到了文君当垆、相如涤器的风流韵事。无如酒店尚在人间，琴台但有暮云，野花盛开，像文君的花钿，蔓草绿遍，像文君的罗裙。诗人怀着对婚姻自由的向往，慨叹那种归凤求凰的情歌再也听不到了："归凤求凰意，寥寥不可闻。"杜甫的诗句涉及人才的诞生和思想的解放二者之间的关系。

这只是历史上成都的一个方面。另一方面，劳动人民创造了高度的文化和幸福的生活环境，但他们的生活并不幸福。杜甫761年寓居成都草堂时，看见成都人民的悲惨生活，借景抒情，用被刀斧割剥以至于死的枯棕作了动人的比譬："伤时苦军乏，一物官尽取。嗟尔江汉人，生成复何有？有同枯棕木，使我沉叹久。"成都是以织锦见称的，中唐诗人王建对此作了真实地反映："大女身为织锦户，名在县家供进簿。长头起样呈作官，闻道官家中苦难。回花侧叶与人别，唯恐秋天丝线干。红缕葳蕤紫茸软，蝶飞参差花宛转。一梭声尽重一梭，玉腕不停罗袖卷。窗中夜久睡髻偏，横钗欲堕垂著肩。合衣卧时参没后，停灯起在鸡鸣前。一匹千金亦不卖，限日未成宫里怪。锦江水涸贡转多，宫中尽著单丝罗。莫言山积无尽日，百尺高楼一曲歌。"（《织锦曲》）人们彻底不眠的劳动，也完成不了没有休止、日益增加的贡赋，残酷的封建剥削阻碍着成都的进步。今天，只有在今天，党领导我们早已推翻了"三座大山","四个现代化"的宏图大业正激励着我们加速成都的建设。"直将宫锦裹宫城",明天它才有可能成为名副其实的锦城。

（原载《话成都》，1981年）

左思彩笔绘成都

左思,西晋初年的杰出诗人。他花了十年工夫写成了《三都赋》,文章一出,当时京师洛阳的人争着传抄,连洛阳的纸张也因此涨价。这就是文学史上人们艳称的"洛阳纸贵"的故事。

其中《蜀都赋》一篇有着许多关于成都的描写,像一幅幅用彩笔精勾细勒的图画,山川的秀丽,历史的烟云,社会的风貌,人才的荟萃,物产的丰蔚……都一一在我们面前展现。既有传统辞赋的求美,也有他所追求的逼真;既有诗人的激情,也有历史学家的冷静,那样美,又那样真。

在漫长的历史长河中,成都这座城市"兆基于上世,开国于中古",已经有多年的建城历史了。"上世",指的是传说里的蜀帝开明,他的后代把蜀国的都城从郫县辗转迁到成都,用木栅土坯作为垣墙的城市雏形出现了。到了秦惠文王灭蜀国后,才叫张仪、张若仿照秦都咸阳城的样式建造了成都城,这就是"开国于中古"的具体内容。

多么庄严啊,西南的灵关山像敞开在它前面的门户;多么华贵啊,西北的玉垒山像簇拥在它后面的屏障;柔波泛绿的内江和外江盘绕在它的四周;神姿仙态、千险万阻的峨眉山屹立在它的对面。大路高举双臂,流水奏着欢歌,路连路,水接水,通到四面八方。从此,千里沃野的祖国西南，便添了这个物产丰蔚的重镇——成都。

从《蜀都赋》上可以看到，成都的城市建筑："金城石郭，兼市中区。既丽且崇，实号成都。开二九之通门，画方轨之广途。营新宫于爽垲，拟承明而起庐。"内城是坚固的，外郭也是坚固的。美丽和高大，成了成都的象征。汉武帝元鼎元年（前116）开辟的十八座高大的城门，连接着又端直又宽广的道路。高燥的地方建起了宫殿，其规模可以和西汉长安的承明庐媲美。城内车迹四通八达，里门相对骈立，房屋挨着房屋，梁栋接着梁栋，高大的门庑和精美的别室成千上万。左思用具有魅力的语言把成都描绘得多么光彩照人。

在诗人色彩缤纷的彩笔描绘下，成都的市场衢路纵横，一排排，一行行，上千的商店，上万的商人，物资堆积得像地上的小山，精美的商品像天上的繁星。从外地运来的珍贵商品有橦华木上结的红棉和桄榔树上结出的面粉；邛竹杖出口到大夏国，蒟酱远销到了广东。成都素以锦缎闻名。汉代因织锦发达，专门设置了锦官来管理。到了晋代，织锦的规模就更可观了。诗人写道："阛阓之里，伎巧之家。百室离房，机杼相和。贝锦斐成，濯色江波。"上百的不同的手工作坊，万机齐鸣，此应彼和，简直是一座织锦的城市了。刘逵《蜀都赋》注引谯周《益州志》记载着一个饶有诗意的传说：蜀锦织成后要放在锦江里洗濯，"其文分明，胜于初成，他水濯之，不如江水也"。

天府之国，人杰地灵，大好的祖国河山孕育了许许多多的人才。"江汉炳灵"，岷江、嘉陵江为我们诞生了多少文人学士啊！左思一口气数了严遵、司马相如、扬雄、王褒四位名人，除"资中男子"王褒外，都是成都人。严遵，即严君平，《老子指归》的作者。司马相如、扬雄不仅是杰出的文学家，写了大量的辞赋，给成都带来了"扬马之乡"的称号，而且是知识渊博的学者，司马相如的《凡将篇》和扬雄的《训纂篇》《方言》都是古汉语的重要著作。扬雄还是卓越的哲学家，对当时及后世影响巨大，桓谭说他的著作必传，王充甚至把他比作学术界的大力士乌获。

严遵、扬雄的书阐明了哲学的真谛,"幽思绚道德",这是多么准确、多么深刻的评价啊!成都是汉代中叶的文化中心,为众人所仰望,"游谈者以为誉,造作者以为程",扬、马的著作成了后代作家写作的榜样。

　　以上只是《蜀都赋》里谈到成都的一部分,已经给我们留下了一个晋代成都的剪影。

　　晋代的成都与今天以电子工业和纺织工业闻名的新兴的成都是不能同日而语的,也是无法比拟的,但诗人用生花妙笔记录了历史的脚步,讴歌了古代成都人民的进取精神,给我们以爱国主义教育。对这样的诗人和他的作品,历史和人民是不会忘记的。

(原载《文明》1982年第2期)

董诰的《成都府图》

这幅《成都府图》相传是董诰《四川全图》一百五十幅之一。

董诰（1740—1818）虽说一生没有到过四川，但他在乾隆四十一年（1776）做过四库全书馆副总裁，乾隆六十年（1795）做过国史馆副总裁，嘉庆四年（1799）做过实录馆和国史馆的正总裁（《清史列传·董诰传》）。康熙、乾隆两朝，曾在全国范围内测制地图（翁文灏《清初测绘地图考》），在董诰的职务范围内，是会接触到许多有关四川府厅州县的地图的。

这幅图的最大特点是它反映了二百年前的成都面貌。

成都的少城是康熙五十七年（1718）修筑的，康熙五十九年（1720）才把驻扎在湖北荆州的满蒙八旗兵调防到成都来，设置了成都副都统。乾隆四十一年，八旗官兵超过了2500人，这才添设了成都将军。图上只有副都统衙门没有将军衙门，说明这幅图所根据的原图是不会晚到乾隆四十一年以后绘制的。

杜甫草堂遗址右侧的少陵书院是明代修建的，崇祯末年（1640）被毁（同治重修《成都县志》）。乾隆十四年（1749），沈澹园修草堂书院（吴省钦《草堂书院记》），不久也废去。图上有少陵书院，反映的还是1749年前后的成都情况。

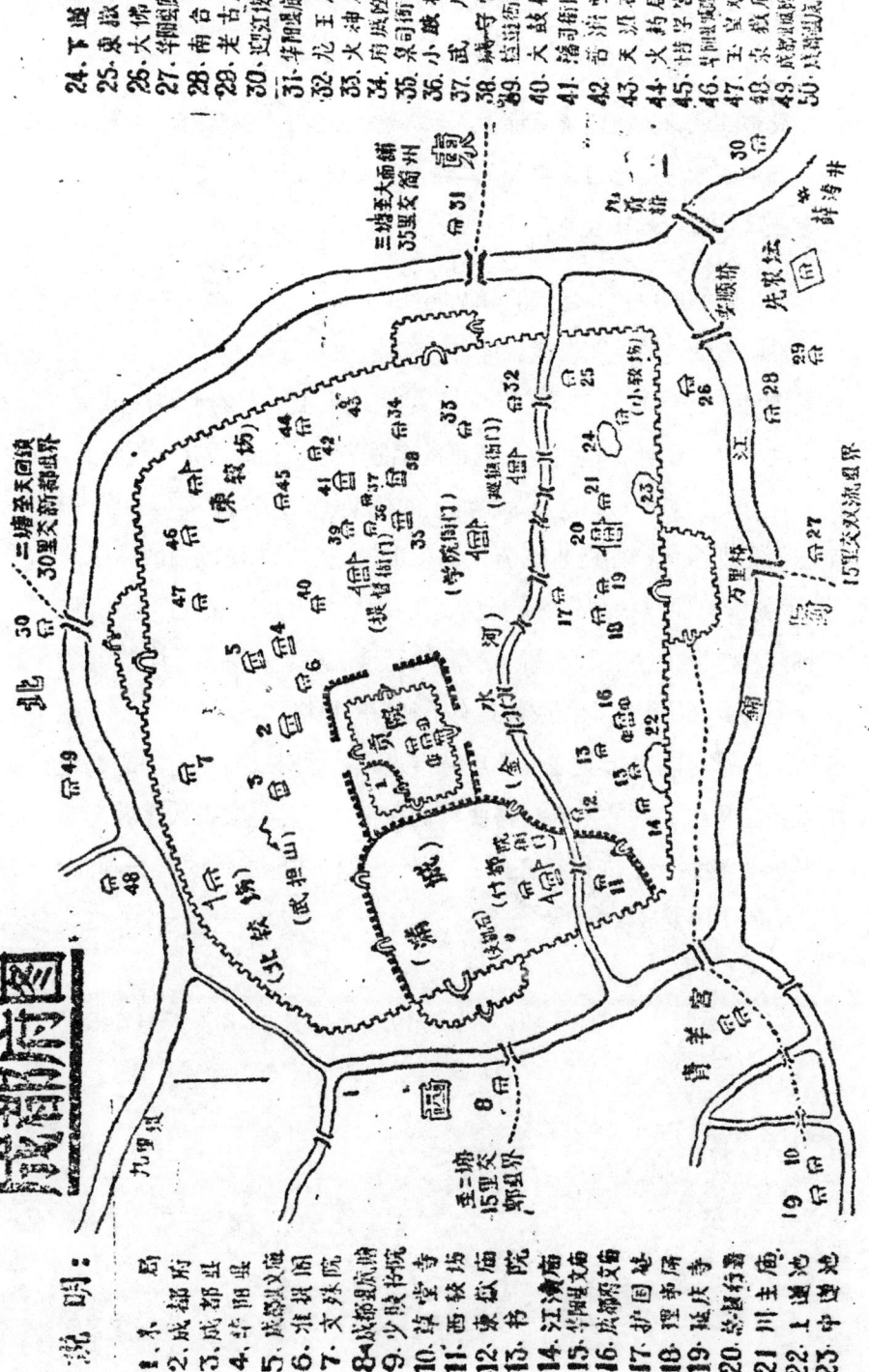

成都府图

说明：

1. 木刻版
2. 成都府治
3. 华阳县治
4. 咸都县治
5. 成都县文庙
6. 府庙
7. 文殊院
8. 成都县府旧署
9. 少城书院旧址
10. 草堂寺
11. 西较场
12. 武侯庙
13. 书院
14. 江渎庙
15. 华阳县文庙
16. 府署县署
17. 护国寺
18. 理学书屋
19. 延庆寺
20. 总府行署
21. 川主庙
22. 上莲池
23. 中莲池
24. 下莲池
25. 东嶽庙
26. 大佛寺
27. 华阳陈流镇
28. 南台寺
29. 老古庙
30. 迎江码头
31. 华阳底底塘
32. 忠王庙
33. 火神庙
34. 府城防局
35. 臬司街门
36. 小校场
37. 武庙
38. 城守营
39. 督巡街门
40. 天鼓楼
41. 天涯堂
42. 晋涂石
43. 天约局
44. 大约局
45. 惜字宫
46. 玉皇观
47. 秋店
48. 成盛围底塘
49. 茂绿园及底塘
50. 凤绿园及底塘

《成都府图》原图本来没有一个阿拉伯数字，为了便于制版，在复绘此图时才用阿拉伯数字来代替图中的50个地名；又图中里程原未也不是阿拉伯数字，都是在复绘时改写的。

这幅图的另一个特点，是它与我国传统的地图一样——地图上有说明。如：

> 成都县底塘（西门清源桥）：至二塘十五里，交郫县界。
> 成都县底塘（北门大桥）：二塘至天回镇三十里，交新都界。
> 迎江场塘：此塘六处，八十里交彭山。

塘、铺是驿站的单位，起点的驿站叫底塘。

这些说明，使这幅地图有代替地志的作用。

这幅图还有一个特点，是它除了详尽地绘出了成都的河流、城垣、官廨、寺观而外，还详尽地绘出了成都的名胜古迹，如薛涛井、天涯石、武担山、九里堤、支机石，以及金水河上的桥梁。

金水河（即金河）由西水门流入，东水门流出，为唐朝白敏中所开（洪亮吉《乾隆府厅州县图志》）。金水上的桥梁，由西往东有：金花桥、三桥、锦江桥、卧龙桥、青石桥、一洞桥、余庆桥、一锭桥。宁静的金水河，幽邃的少城住宅区，使成都具有了独特的风格。

今天，成都是国家工业建设重点城市之一。面对二百年前的成都地图，瞻望着它更加光辉的未来，将使我们在把成都建设成现代化城市的工作中骄傲地感到：过去只有在舆图学家想象里才能出现的美丽画面，快要在我们的手里变成现实了！

（原载 1957 年 2 月 24 日《成都日报》）

谈王闿运的杜甫草堂联

　　自许诗成风雨惊,将平生硬语愁吟,开得宋贤两派;
　　莫言地僻经过少,看今日寒泉配食,远同吴郡三高。

　　这是王闿运 1885 年春天为杜甫草堂写的一副对联。至今犹悬挂在诗圣堂前,许多年来一直很受游人的赞赏。

　　王闿运(1830—1917)是清末的文学家和史学家。他的《湘军志》在一定程度上透露了一些有关太平军和捻军的比较真实的情况,是一部"间有直笔,因之不为曾(指曾国藩)派所容"的好书。

　　游览杜甫纪念馆的人,总想知道为什么要用北宋诗人黄庭坚(1045—1105)和南宋诗人陆游(1125—1210)来配祀杜甫,王闿运在这副对联里作了精辟的回答。

　　用陆游来配祀是 1812 年的事,理由是杜甫和陆游都是爱国诗人,都流寓成都很久,离开成都以后都对四川念念不忘。这就是杨芳灿在《重修杜少陵草堂以陆放翁配飨记》里说的"以其心迹之相同也"。的确,杜甫和陆游心迹是相同的。陆游的朋友杨万里也早就指出过:"重寻子美行程旧,尽拾灵均(屈原)怨句新。"(《跋陆务观剑南诗稿》)

　　用黄庭坚和陆游来配祀是 1884 年的事,理由是"以江西之诗派,感南渡之词人"（吴克让《浣花草堂附祀黄涪翁陆放翁记》）。人们认为江西诗派的领袖黄庭坚和南宋爱国诗人陆游的诗都是学杜甫的，黄庭坚也曾流寓四川，这也就是钱保塘"杜祠"联语里说的"荒江结屋公千古；异代升堂宋两贤"。

王闿运的看法却比以上这些看法准确得多，实际得多。

王闿运在上联里说杜甫的成就太卓越了。杜甫赞美李白"昔年有狂客，号尔谪仙人。笔落惊风雨，诗成泣鬼神"（《寄李十二白二十韵》），实际上也是对自己诗歌的评价，而这种成就对后代有着深厚而广泛的影响。在思想性方面，感慨时事，愁吟悲歌，更多地影响着陆游；在艺术性方面，横空盘硬语，讲诗律，讲意境，更多地影响着黄庭坚。杜甫的才能是多方面的，只是硬语便开了江西一派，只是愁吟又开了剑南一派。这就比"异代升堂"的笼统赞扬要准确得多，而这种准确是建立在对中国古典诗歌的源流衍变有着深刻的理解上的。

下联王闿运更从三位诗人的身世提出自己的看法。这三位诗人都是寂寞当时、名垂后代的。在旧时代里，敢于替人民说话的诗人，自然不为当时所容。"幽居地僻经过少，老病人扶再拜难"（杜甫《客至》），不就是杜甫寂寞当时的最好写照吗？后代的文人对杜甫这样的诗人是热爱的，他们沿着杜甫走过的道路前进，黄庭坚跟着走，陆游又跟着走，当时的寂寞算得什么呢？人民对自己的诗人是热爱的，像他们热爱那些不和反动统治者同流合污的隐居高士一样。江苏人追念着范蠡、张翰、陆龟蒙三位高士，修了一座三高祠，说他们"清风峻节，相望于松江太湖之上"（范成大《三高祠记》）；四川人民追念着杜甫、黄庭坚、陆游三位诗人，重修草堂，永远奉祀他们，当时的寂寞又算得什么呢？不要再说什么"地僻经过少"了吧，到草堂来瞻仰的人络绎不绝，他们的生命多永恒啊！这就比"以其心亦之相同也"的空洞说法要实际得多，而这种实际是建立在对生活的正确理解上的。

联语和抒情诗一样，也可以用议论来抒写作者对生活的理解。只是联语里的议论必须警粹精辟,用充满生活的激情的语言来表达,才能作用于人的感情,这就是前人所说的"理趣"。我们从这副对联里不难看出作者王闿运睥睨一世的情感,不难看出作者对寂寞当时的诗人的追慕,简单的四十个字,像玛瑙珍珠一样闪耀着作者人格的光辉。我们透过联语的语言接触到作者跳动着的脉搏,议论也是可以构成生动的形象的。

这副联语使我们了解了杜甫对后代的影响,使我们了解了三位诗人为人民所热爱的原因。它的理趣在我们心里钩起了对杜甫、黄庭坚、陆游无限深沉的热爱,使我们懂得:诗人,只有你为人民歌唱的时候,你的诗篇才会久久地震撼人心,像杜甫、黄庭坚、陆游那样。

(原载1957年5月5日《成都日报》)

人民公园谈往

如果把成都比作绣着百草千花的锦缎，人民公园就是图案上繁花丛里的一朵顶花。

这朵顶花是怎样被人们培育出来的呢？让我们谈谈四十几年前的往事吧。

1910年，人们把祠堂街附近的马棚、箭厅拆卸掉，把低洼的柴火园填平，栽上了很多树木、花草，修上了两座阁楼——杨楼和松楼。人民公园的前身少城公园就这样诞生了。它的地基很小，北面靠金河，西边到今天从大门进去的林荫大道，只包括今天茶社和金鱼亭直到土山、楠木林一段地方，占地还不到现在公园的十分之一。

1912年，在尹昌龄（仲锡）先生的倡议下，人们把东面的仓房街圈了进来，西面又扩入了头甲巷子、双桅杆巷子几条街。

开挖了环绕公园的小河，把金河的水引了进来，用挖出的泥土堆成了土山，人们可以在静如镜面的绿波里划船了。

添修了亭台，新辟了茶社，还从外地买了一部留声机放在茶社里，人们可以在那儿边品茶边听当时一般人认为稀奇的玩意——留声唱片的轻声低语。

台球室和动物园也修建起来了。动物园里，有皂雕、老虎、一对鹿子和一对狗熊。

这时才开始具备了公园的规模。

当时人方于彬（字颉云，号觚斋）是这样记下它的面貌的：

少城隙地，创造公园。修竹夹道，苍藤缭垣；亭台曲折，花木便蕃。

或登楼而啜茗，或引竿而刺船。机器则留声而娱客，球场则斗腕而抛钱。锻皋雕之健翮，系文虎于重栏，两熊双鹿，逐逐眈眈，飞走之属，累百盈千。（觚斋《七诱》，原载《娱闲录》1913年第1期）

人民公园的前身少城公园是美丽的，但更美丽的却是它今天成为人民公园以后，正以其各种美景和各项文娱活动接待着来自不同岗位的劳动者。

（原载1955年11月11日《成都工商导报》）

上莲池的今昔

从文庙前街、何公巷口穿城墙缺口出城，可以看见一片青翠的菜圃和一个小篮球场。这个地方看来不稀奇，可是在一千多年以前，它却是一个美丽繁华的地方，这便是上莲池。

上莲池，从前又名"江渎池"。宋人景焕在他的《野人闲话》里说："五代后蜀时，池子'四岸皆种垂杨，或间杂木芙蓉，池中种藕，每至夏秋花开，鱼跃柳阴之下'，'士女拖香肆艳'前来游玩。"试想，荷花如锦，荇藻满池，随风拂动的柳枝在水面留着倒影，这是一个多么可爱的地方！

到了宋代，爱国诗人陆游在成都居住的时候（1172—1178）为它写了不少诗篇。当我们读着"迎马绿杨争拂帽，满街荔枝不论钱"（《江渎池醉归马上作》），"雨过荒池藻荇香，月明如水浸胡床"（《江渎池纳凉》）的诗句时，还想象得到诗人在池畔行吟的情况。

离池子不远，就是江渎庙。庙里供奉的是江神奇相。根据传说，奇相是汶川地方震蒙氏的女儿，因得到了轩辕黄帝的玄珠而得了道，到江里成了江神。自从她做了江神以后，长江不再有水患。人们纪念着她的功勋，才修庙奉祀她。宋时，江渎庙的壁画很有名。陆游在《老学庵笔记》里说："北壁上画有宋初在成都起义的农民领袖李顺的画像，李顺

'据银胡床坐，从者甚众'。"现在的四川省成都卫生学校就是在江渎庙的遗址上建立起来的，江渎庙的古物和明代的铜钟、铁花瓶等还保存在人民公园里。

可惜这个美丽的地方遭到了历代反动派的严重破坏，在"强占山，霸占水"的掠夺下，这个军阀占一段，那个官僚霸一块，过去"广袤三十亩"的莲池到新中国成立前夕已经成了只有几亩大的污水坑，而且还堆满了垃圾，臭气熏天，人们不得不掩鼻而过。新中国成立后，这里的垃圾清除了，洼地填平了，还种上了菜蔬，修成了一个小的篮球场。夕阳影里，人们在这里玩着球，这个地方又回到了劳动人民手里。

（原载1955年7月8日《成都工商导报》）

成都满城（少城）考

我国是各民族共同缔造的统一的多民族国家。清代的驻防制度在客观上起了促进各民族之间经济文化交流和加强民族团结互助的作用，有助于消除民族隔阂、打破民族壁垒。成都的满城和全国其他各地的满城一样，是民族团结的象征。

驻防骑兵，据《清史稿·兵志》所载，共有四类：一、畿辅驻防兵；二、东三省驻防兵；三、各省驻防兵；四、藩部兵。各直省的驻防，最早只是为了保卫地方的安定。昭梿《啸亭杂录》卷十《驻防》说："古人云：千里持粮，士有饥色。则知调拨之兵，非惟缓不救急，抑徒靡费国帑，疲劳士卒。故国家驻防之兵，最为良制。尽选虎贲劲旅，屯戍四方，督其操练，严其律令，使四方稍有不靖，自可驱除，不须远方调拨以误时日。"派遣八旗官兵驻防济南等处，始于顺治二年（1645）。（《皇朝文献通考》卷八十七）驻防的总兵官，只有察哈尔、乌鲁木齐及天津水师称都统，其他称某处将军，品级一品，职位在提督之上；盛京（沈阳）最初称内大臣，后来也改称将军了（《啸亭杂录》卷十《将军》）。

一、建　置

　　成都满城的建筑，始于康熙五十七年（1718）。这年八月，决定增设成都府四川驻防满洲兵。清《康熙皇帝实录》卷二八〇载：五十七年八月庚寅（十四日）："先是，四川巡抚年羹尧疏言：'川省地居边远，内有土司番人聚处，外与青海西藏接壤，最为紧要。虽经设有提镇，而选取兵丁，外省人多，本省人少，以致心意不同，难于训练。见今驻扎成都之荆州满洲兵丁，与民甚是相安。请将此满洲兵丁酌量留于成都，省城西门外空地造房，可驻兵一千。若添设副都统一员管辖，再将章京等官照兵数量选留驻，则边疆既可宣威，内地亦资防守。第今正值用兵之时，应将此事暂缓，其修葺城墙，盖造兵丁住房之处，理应须为料理。'得旨：'年羹尧欲于四川地方设立满洲兵丁，似属甚是。著议政大臣等会议面奏。'至是，议覆：'川省设防满洲兵丁一千，恐不敷于调遣防守，应再添六百名。俟军务毕时，令巡抚年羹尧会同副都统宁古礼，将现在四川驻防之二千荆州满洲兵丁内照数拨派。二旗合设协领一员，每旗各设佐领二员，拖沙喇哈番品级章京各二员，骁骑校各二员，留驻四川，再添设副都统一员管辖。其盖造兵丁住房等项，交年羹尧须为料理。'从之。"到了十月，因为要用兵松潘，康熙帝玄烨告谕议政大臣说："从前四川地方亦曾设总督（以往设湖广四川总督、川陕总督，到了康熙元年［1662］到九年［1670］四川才单独设总督，康熙十一年［1672］以后又改为川广总督、川湖总督，康熙十三年［1674］至十九年［1680］又单独设总督。康熙二十年［1681］以后，仍与陕西合设川陕总督。见《清史稿·疆臣年表》），年羹尧系巡抚，只理民事，无督兵责任。现今军机紧要，将年羹尧授为四川总督。"又说："成都驻扎之满洲兵，止有二千，为数甚少。将荆州之满洲兵再派一千前往成都驻扎预备。此满洲兵俱令都统法喇管辖。"（王先谦《十一朝东华录》康熙卷一〇二）在成都派八旗兵驻防，本是年羹尧的建议，同时他开始修筑满城。

满城，在成都府城的西边，一称少城，因晋人左思《蜀都赋》"亚以少城，接乎其西"得名，据说满城即是依原少城旧基修筑的；又称内城，因为在成都大城之内。"城垣周共四里五分，计八百一十七丈七尺三寸"（嘉庆《四川通志·舆地志》），"高一丈三尺八寸"（同治《成都县志》）。其中，西御街西口到羊市街西口一段，系利用明嘉靖时蜀藩朱让栩所筑藩王府旧城垣，高二丈（约6.67米）；从西大街起至西南较场一段，系利用成都府城的城墙，就更为高大了。

满城城门五座：西御街小东门名迎祥门，羊市街小东门名受福门，小北门名延康门，小南门名安阜门，大城西门名清远门。城楼除西门外，都是三间，四门共十二间。成都驻防的满蒙八旗兵以三甲为一旗（其他驻防城市，有五甲或八甲为一旗的），共二十四旗。每旗官街一条，披甲兵丁小胡同三条。八旗官街共八条，兵丁胡同共三十三条。（嘉庆《四川通志·舆地志》）

到了康熙六十一年（1721），满城才初具规模。副都统法喀开始做成都驻防旗兵的移眷工作，眷属陆续来川。川省满城房屋，主要由川省武进士、武举等捐资盖造。建城告一段落后，雍正元年（1723）三月，年羹尧向朝廷条奏八事，其中就有对川省捐造满城营房的官民请求给予叙议一条（清《雍正皇帝实录》卷五、《清史列传·年羹尧传》）。移眷工作，直到乾隆初才全部完成。

到了乾隆四十一年（1776）正月，平定了金川，定西将军阿桂建议特设成都将军。清《乾隆皇帝实录》卷一四〇〇载：三月己卯（初八日）谕："前经军机大臣议覆：'定西将军阿桂筹办善后事宜案内，合于大功告成后，特设成都将军一员，驻扎雅州，统兵镇守，节制绿营，并于两金川之地安设营讯，移镇提镇，以资控驭。'今两金川全境荡平，即应驻设。所有成都将军员缺，即著明亮补授。移成都满兵一千至雅州，随将军驻守。其后设之成都副都统，仍留驻省城，分兵防守。俟二三年后，再令将军驻扎成都，副都统移驻雅州，永资绥靖边圉之益。所有移驻满兵事宜，及两金川设镇安营诸事，统令阿桂会同新设将军及总督等妥议具奏。"三月辛巳（初十日），乾隆帝弘历又告谕军机大臣说："该处所以设将军之意，原因是金川事变皆由历来地方官酿成。今费五年之力，十万之师，七千余万之帑，始能将两金川削平。兹议于其地安营设讯，移提镇大员统兵驻守，并添设将军驻边弹压。但所设之将军，若不委以事权，于地方文武不令其统属考核，仍与内地之江宁、浙江等处将军无异，尚属有名无实。自应令成都将军兼辖文武，凡番地大小事务，俱一禀将军，一禀总督，酌商妥办。所有该处文武各员，升迁调补，及应参应讯，并大计举劾各事宜，皆由将军为政，会同总督提奏，庶属员有所顾忌，不敢妄行，而番地机宜，亦归画一。"（清《乾隆皇帝实录》卷一四〇〇）可见，成都将军的事权是很大的。直到宣统元年（1909），为了搞好汉满民族关系，政务处才奏请朝廷，将军只辖驻防满、蒙八旗兵，其他全归四川总督管辖（《皇朝续文献通考》卷一三七）。

　　成都将军的驻扎地方原在雅州。成都将军明亮奏称："将军、总督，时有会筹之事，不宜两地相悬（指将军驻雅州，总督驻成都）；而雅州地势逼仄，于满城挈眷亦不相宜，请移四川往镇其地（当时雅州属喀木，即后来的西康，所以请移四川），将军仍驻成都。"（《清史列传·明亮传》）这个建议由当时主持金川善后事宜的定西将军阿桂领衔上奏。五月，廷议决定："两金川全境荡平，应于沿边扼要地区，特设将军，移驻重兵，以资控驭，应令新设之将军驻扎雅州。但查将军总督同驻省城，原所以便筹商而重节制，若两地相悬，则遇紧要番情，不获立时商榷。若意见参差，往返咨询，更稽时日，且雅城傍山面河，地势逼仄，难容携眷之众兵。应请新设之将军，仍驻成都。所有满兵均毋庸移动。"（嘉庆《四川通志·武备志》）经过廷议，同意了这个意见，并在满城内建立了将军帅府（俗称将军衙门）。

　　傅崇矩《成都通览》谈满城形势说："以形势观之，有如蜈蚣形状。

将军帅府,据蜈蚣之头;大街一条(今长顺街),直达北门,如蜈蚣之身;各胡同左右排比,如蜈蚣之足。城内景物清幽,花木甚多,空气清洁,街道通旷,鸠声树影,令人神畅。"

二、坊 巷

前引嘉庆《四川通志》说"满城内共有官街八条,兵丁胡同三十三条",这只是嘉庆前的情况。后来由于人口增多,又新建了一些坊巷,兵丁胡同已超过了这个数字达到四十二条,出现了前后胡同和头条、二条胡同以及同名异街的情况(如镶黄旗有仁里胡同,镶红旗有仁里头条、二条胡同)。八旗的序次,镶黄、正黄、正白、镶白为上四旗;正红、镶红、正蓝、镶蓝为下四旗。现依这个顺序,把官街和兵丁胡同表列于后。清末以来,世俗对某些坊巷的称呼,也附带指出。(刘显之《成都满蒙族史略》)

官街八条

旗 分	街 名	俗 名	附注(今名)
镶黄旗	仁德胡同		今东马棚街
正黄旗	阿产胡同		今西马棚街
正白旗	都统胡同	大人街	今商业街副都统署所在地
镶白旗	左司胡同	左司街	今东胜街将军署左司,主办兵、刑、工三部事务
正红旗	甘棠胡同	官学街	今实业街上四旗官学所在地
镶红旗	右司胡同	右司街	今西胜街将军署右司,主办吏、户、礼三部事务
正蓝旗	永济胡同	仓房街	今人民公园内满营永济仓所在地
镶蓝旗	永升胡同	厅子街	今蜀华街下四旗官学所在地

兵丁胡同四十二条

旗　分	街　名	俗　名	附注（今名）
镶黄旗	延康胡同	笆笆巷	今八宝街
	里仁胡同		今东二道街
	仁里胡同		今上半节巷
	集贤胡同		今过街楼街
	普安胡同		今红墙巷
正黄旗	清远胡同	西门大街	今西大街
	清顺胡同		今西二道街
	忠孝胡同		今三道街
	联升胡同		今四道街
	忠义胡同	下半节巷	今竹叶巷
	上升胡同		今焦家巷
正白旗	五福胡同		今东门街
	长发胡同		今长发街
	松柏胡同		今黄瓦街
	育婴胡同		今娘娘庙街
镶白旗	太平胡同	刀子巷	今多子巷
	仁厚胡同	清大人巷子	今仁厚街
	丹桂胡同		今桂花巷
	斌升胡同	塔大人巷子	今斌升街
正红旗	槐荫胡同		今槐树街
	吉祥胡同	新巷子	今吉祥街
	光明胡同		今奎星楼街
	仁风胡同		今小通街
	仁风后胡同		今栅子街

(续表)

旗　分	街　名	俗　名	附注（今名）
镶红旗	泡桐胡同		今泡桐树街
	君平胡同		今支机石街
	仁里头条胡同		今宽巷子
	仁里二条胡同		今窄巷子
	明德胡同		今井巷子
正蓝旗	永安胡同	猫猫巷	今将军街
	永顺胡同		今牌坊巷
	永顺二条胡同		今东半节巷
	永兴胡同	二甲巷子	今永兴街
	永平胡同	头甲巷子	约在今人民公园游泳池一带
	永清胡同	双桅杆巷子	约在今人民公园保路纪念碑侧
镶蓝旗	永年胡同		今柿子巷
	通顺胡同		今横小南街
	钟灵胡同	大坑沿儿	今方池街
	永乐胡同	庙巷子	今方池横街
	永成胡同	厅子街	今蜀华街东头
	永发胡同	二巷子	今蜀华街南头
	永明胡同		今包家巷

通道（无住宅街道）四条

原　名	俗　名	附注（今名）
喇嘛胡同		今祠堂街
河沿儿上街		今金河街
大街		今长顺街
城根	东城根	今东城根街
	西城根	今西城根街

三、学 校

八旗官学

乾隆十六年（1751），成都副都统萨拉善奏请礼部创设八旗官学。官学生由各旗推选，名额不多。乾隆四十八年（1783），将军特成额奏请每旗取八旗子弟40名入学，八旗共取官学生320名。按旗分为八所，每所有正、副教习满汉各一人。教习满文，也注意汉文，并学骑射。正教习训练效果优良的，五年期满，遇有应升缺出，即行任用（一般担任教职）。训课平庸的，即行褫革。（同治《成都县志》）八旗官学，后归并为大官学二所。上四旗官学，设在甘棠胡同，以正红、正黄二旗协领官署为所址。下四旗官学，设在永升胡同，以镶红、镶蓝二旗协领官署为所址。同治时，因地点分散施教困难，又将二所大官学合并于甘棠胡同。嘉庆二十五年（1820），将军呢玛善非常重视汉文学，曾到官学用汉文学训课诸生。道光九年（1829）将军昇寅、道光十六年（1836）将军凯音布，都重视经、史、性理书及八股文，学风为之一变。同治十年（1871），将军崇实建议满蒙生徒与汉籍生徒一律参加文试，于是成都旗籍子弟才有了汉文的秀才、举人、进士和满文翻译举人。

八旗义学

八旗义学，又称牛录小学。每甲一所，由牛录章京（佐领）管理。八旗二十四甲共二十四所，系各甲自设。全甲子弟除挑入官学的，俱在牛录小学肄业（同治《成都县志》）。牛录小学系蒙馆性质，教师二人，一教满文，一教汉文，有时还有弓箭教师。年终，由牛录章京进行考核。

光绪二十三年（1897），成都知府唐翼祖及少城书院山长乔树楠禀请学部增设少城义学八所，由少城书院领导。义学教师，由兼管的甲喇章京（协领）开具各旗举贡生员名册送交山长选定。每所学生名额定为十人，教师一人。义学一旗一所，课程内容比牛录深些，读、讲、写并重。

少城书院

同治十年（1871），总督兼署成都将军吴棠创建，地点在喇嘛胡同（今祠堂街口，与关帝庙相对）。与其他书院一样，设山长、斋长。学生有文生（秀才）及童生，按月进行考课，一年十课，每课取超等文生六名，特点六生八名，上等童生五名，中等童生五名，给以奖励，名次由山长酌定。光绪三十年（1904），绰哈布以清廷停科办学校，乃将书院房屋拆除移至将军衙门西侧右司街东口，创办八旗高等小学堂，所授科目有数学、格致（物理、化学）、国文、英语、音乐、图画、体操等。教师有旗籍的，也有汉籍的，初时还兼教满文，后来停授。学生以旗民子弟为主，也收汉族学生，由学校供给膳食。光绪三十三年（1907），将军绰哈布遵照学部章程，成立八旗劝学所，地点在喇嘛胡同文昌宫内，合并二十四所牛录小学为八所，每所设正副教习各一人，由劝学所领导。副都统钟灵又添设女子小学四所，当时旗籍士绅又捐资兴办私立小学，即后来组合小学、三英小学和高等小学的前身。

四、古　迹

清人许儒龙《锦城古迹小记》说成都西南角最有代表性的古迹，一是支机石，一是石犀。

严真观的支机石

支机石的传说，始见于晋人张华《博物志·杂说下》："旧说云大河与海通。近世有人居海渚者，年年八月有浮槎去来，不失期。人有奇志，立飞阁于槎上，多赍粮，乘槎而去。十余日犹观日月星辰，自后茫茫忽忽亦不觉昼夜。去十余日，奄至一处，有城郭状，屋舍甚严。遥望宫中多织妇，见一丈夫牵牛渚次饮之。牵牛人乃惊问曰：由何至此？此人具说来意，并问此是何处？答曰：君还至蜀都访严君平则知之。竟不上岸，因还如期。后至蜀，问君平。曰：某年月日有客星犯牵牛宿。计年月，正是此人到天河时也。"《太平御览》卷八引刘义庆《集林》云："昔有一人寻河源；见妇人浣纱，以问之。曰：此天河也。乃与一石而归，问严君平。云：此支机石也。"严遵，字君平。《汉书·王贡两龚鲍传》说："扬雄少时曾从严君平游学，后来在朝多次称颂他的道德。"又说："君平卜筮于成都市，博览，无不通晓，依老庄之指，著书十余万言（即相传的《道德指归论》，据曹学佺《玄羽外篇序》乃明末人伪作）。"《汉书·叙传》称道他"不营不拔"，爵禄不能打动他，威武不能屈服他。严君平本是一位历史人物，传说却把他神化了。宋之问《明河篇》云："更将织女支机石，还问成都卖卜人。"岑参《严君平卜肆》诗也说："君平曾卖卜，卜肆荒已久。至今杖头钱，时时地上有。不知支机石，还在人间否？"歌咏的都是这个传说。

支机石，原在君平胡同（今支机石街）严真观内。《清一统志》卷三八五云："严君平宅，在成都县。《（太平）寰宇记》：在益州西一里。《（益部）耆旧传》曰：卜肆之井犹存，今为普贤寺。旧《志》：今名严真观，中有支机石。"明陆深《蜀都杂钞》记支机石："高可五尺余，石色微紫，近土有一窝，傍刻'支机石'三篆文，似是唐人书迹。"关于支机石有一些荒诞的传说。曹学佺《蜀中名胜记》引《道教灵验记》云："成都卜肆支机石，即海客携来自天河所得，织女令问严君平者也。太尉敦煌公好奇尚异，命工人镌取支机石一片，欲为器用，椎琢之际，忽若风雷坠于石侧，如此者三，公知其灵物，乃已之，至今所刻之迹在焉。复令穿掘其下，则风雷震惊，咫尺昏暝，遂不敢犯。"许儒龙认为："支机石虽荒诞不可信，而石色黝黑，形如植圭，高五尺许。"又说："支机石以织女故，好事者置祠屋，老妪司香火，岁时祈求不绝。其视此石如木居士、小姑神之类，故得不寂寞。"从这些记载看来，严真观即晋普贤寺，传说是严遵卖卜的地方，俗称支机石庙。兵燹后早毁去，康熙六年（1667）重建，康熙五十八年（1719）经过培修，并祀关羽。

通仙井，本在严真观内。唐郑世翼《过严君平古井》诗云："严平本高尚，远蹈古人风。卖卜成都市，流名大汉中，旧井改人世，寒泉久不通。年久既罢汲，无禽乃遂空。如何属秋气，唯见落双桐。"《舆地纪胜》谓井："与绵竹县君平宅井相通。往有淘井，得钱三，径可二寸，恍惚不安，因复投于井中，或谓此钱即君平掷卦钱也。"康熙时修的严真观的方位与晋时旧址有出入，通仙井却在仁里头条胡同（今宽巷子）西口，离支机石庙十余丈外。

圣寿寺的石犀

石犀的传说，始见于《水经注》卷三十三："李冰昔作石犀五头以厌水精，穿石犀渠于南江，命之曰石犀里。后转犀牛二头在府中，一头在市桥，一头沉之于渊也。"岑参《石犀》诗云："江水初荡潏，蜀人几为鱼。向无尔石犀，安得有邑居。始知李太守，伯禹亦不如。"圣寿寺的石犀在殿后，即李冰五石犀之一。

圣寿寺在金河南岸节旅桥侧。金河，即金水河，唐白敏中所凿。到了明嘉靖三十五年（1556），刘侃又把这条河加深加宽。圣寿寺，本是晋代王羽的住宅，后舍为寺。唐代称为空慧寺，后改龙渊寺。孟蜀时，宰相王处回又舍宅来扩大寺的面积。到了宋代大中祥符元年（1008）李回重建时，描摹万里桥南圣寿寺的唐僖宗写的"元和圣寿寺"额立在这里，所以改称圣寿寺。陆游《老学庵笔记》卷五云："石犀，在庙之东阶下，亦粗似一犀。正如陕之铁牛，但望之大概似牛耳。石犀一足不备，以他石续之，气象甚古。"康熙五十七年（1718）新建满城，把圣寿寺移到了康阜门（今小南门）外君平街，改称石牛寺，而此地庙宇仍称圣寿寺。由于建筑需要，"拔藩夷极，堕高堙庳"，石犀留在右司胡同（今西胜街）马棚内。许儒龙《锦城古迹小记》说石犀的形状是"昂首东向，两膊间古篆积藓不可识"。刘沅《槐荫杂记·成都石犀记》一文估计:"国初,年中丞(羹尧)创修满城,石犀入焉。虑后人之无从稽古也,于城西南构石牛寺,并肖牛象。百余年来,人第知寺之有石牛,而不知古石牛之在满城中矣。中丞为此事时,当有记载。因中丞获谴,遂并其碑版而灭之。"

(原载《成都大学学报》1985年第3期)

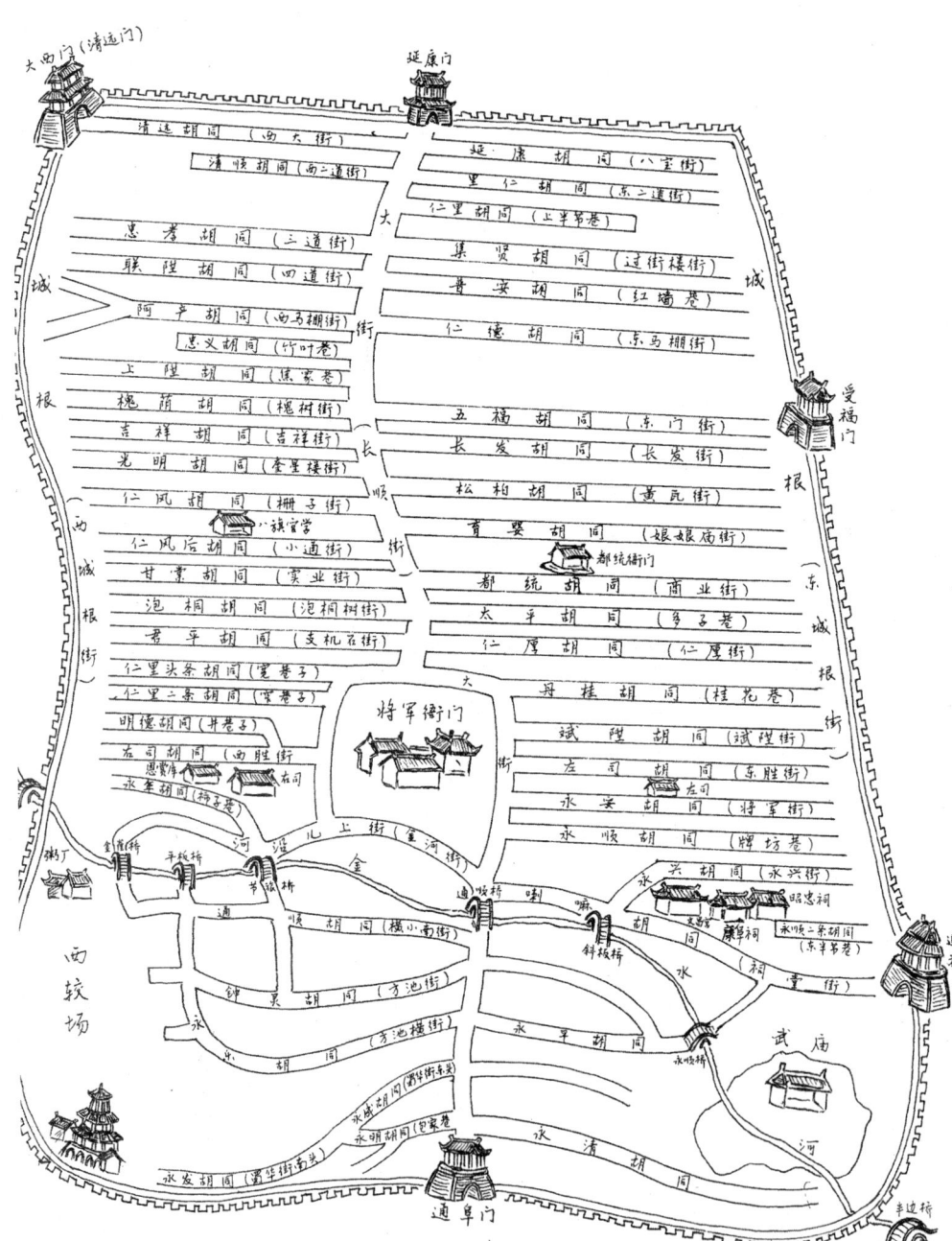

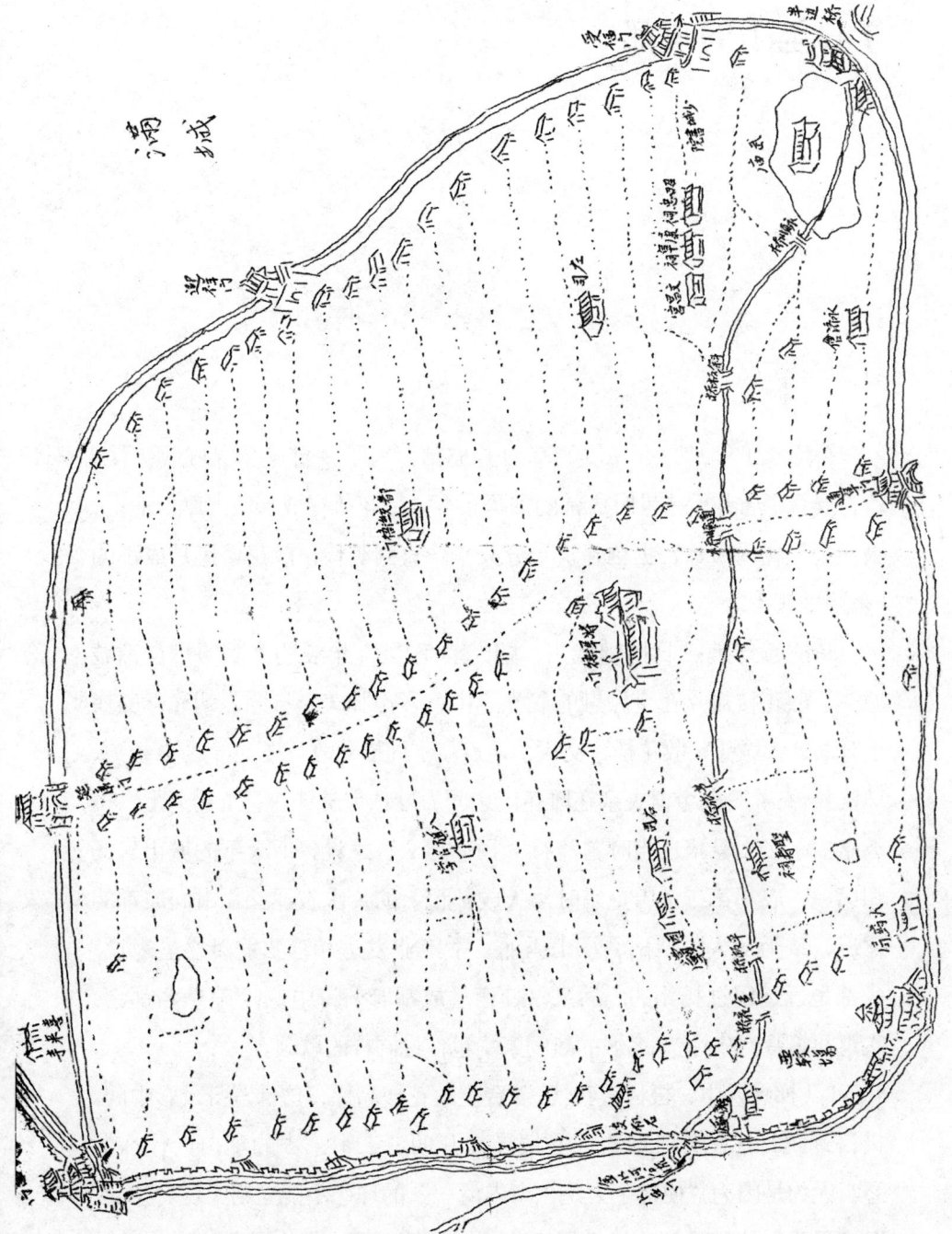

李白笔下的成都

公元721年,二十一岁的李白游成都,写了一首《登锦城散花楼》诗,展示了唐开元盛世时成都的繁华景况。散花楼在成都城内摩诃池上,隋代蜀王杨秀所建,据称建筑十分豪华。直到明代,散花楼还是成都的"东门之胜"之一。

诗的起句是:"日照锦城头,朝光散花楼。"早晨的太阳照耀在锦城城头,散花楼矗立在金融融的晨光之中,多么壮美!日照,朝光,交代了时间;锦城头,散花楼,交代了地点。下面描绘散花楼:"金窗夹绣户,珠箔悬琼钩。"贴金窗夹杂在雕花门之间,珍珠帘悬挂在碧玉钩之上,多么富丽,多么豪华!当时曾流行"扬一益二"之说,即天下的城市,扬州第一,成都第二。唐宣宗时写《成都记》的卢求叙述玄、肃间成都的盛况,认为从人才辈出、江山秀丽、手工业发达和管弦歌舞之盛来说,成都是远远超过扬州的。后来,杜甫《成都府》诗中说:"喧然名都会,吹箫间笙簧。"对这座名城的热闹繁华也作过同样的歌颂。

"飞梯绿云中,极目散我忧。"登上散花楼高梯,仿佛置身云彩中间。极目远眺,忧愁顿时散去,心情异常开朗。二十一岁的李白为什么忧愁?大约是因为"使寰宇大定,海内清一"的理想不能立刻实现。如今,登临远眺,忧愁顿解,诗人用饱蘸感情的笔触写出了自己登楼时心旷神怡的感受。"暮雨向三峡，春江绕双流。"展望天际，三峡一带云层密集，似乎要下雨了。这是远眺的景象，是仰视。而从近处俯视呢？辽阔的沃野上，双江盘流，碧波荡漾。睹此多娇的江山，诗人怎能不进入忘忧的境界？"春江绕双流"是左思《蜀都赋》"带二江之双流"的活用，不仅歌颂了成都的如画江山，还称赞了成都具有良好的水利资源。

最后两句，诗人用"今来一登望，如上九天游"作结，无限风光，尽收眼底。这里有红日辉映下的"锦城头"，有金窗、珠箔的散花楼，有气象万千的碧天绿云，有盘旋如带的碧水春江，它不仅使诗人的忧愁散尽，而且宛如上了九天进入神仙境界，把登散花楼的感受更进一步微妙地传达出来，表现了诗人对祖国壮丽河山的无限热爱和由此产生的快感与豪情。

这首诗的语言明快自然，尽管用了"金窗""绣户""珠箔""琼钩"一类丽辞，却并不显得雕琢，体现了"清水出芙蓉，天然去雕饰"的语言风格，表现了青年李白横溢的才华。

（作者平子、周玉清，原载1979年7月16日《成都日报》第3版）

《茅亭客话》里的四川人物

《茅亭客话》是一部"多记西蜀之事"(石京《茅亭客话序》)的笔记书。作者黄休复,北宋初人,与他同时代的成都学者李畋说他的籍贯是江夏(今湖北武昌)。黄休复还写了一部品评四川画家的书《益州名画录》。从他的两部书谈的都是四川掌故看来,宋代著名目录学家陈振孙在《直斋书录解题》里就明确说他是四川人。江夏,不过是他的郡望。黄氏一族是世居江夏的显贵家族,为当地人所仰望,姓黄的人就把江夏作为郡望。所以,《四库总目提要》的作者怀疑李畋的《益州名画录序》写在北宋初,也许是沿袭唐五代的旧习,"题黄氏郡望,亦未可知,未必果生于是地也"。

《茅亭客话》内容广泛,记载了许多四川的传说故事,还记载了五代宋初四川的一些风俗习惯和人物事迹。黄休复笔下的四川人,有的有高尚的气节情操,有的有卓越的艺术修养,有的有较高的文学才能。在文人事迹里,还抄录了一些他们的诗文,给我们留下了珍贵的乡土文学史料。

他写得最多的人物是五代宋初的画家。这大概因为黄休复本人既是"游心顾(恺之)陆(探微)之艺"的画家,又是一位名画"盈缣溢帙"的收藏家吧!(李畋《益州名画录序》)四川在前蜀、后蜀统治时期,政局比中原安定,元人费著在《蜀名画记》里指出:"蜀多画工,而盛于王孟昶伪之时。盖其割制一方，耽玩图画以自娱，故工聚焉。"(《全蜀艺文志》卷四十二）为这些画家写轶事时，黄休复非常注意画家的人品，这就成了《茅亭客话》的一大特色。

滕昌祐是唐末避乱入蜀的一位名画家，不仅写生画很出色，书法也很有名，成都大慈寺里的许多匾额都是他写的，当时称为"滕书"。其一生忠实于艺术，不结婚，不做官（《益州名画录》）。《茅亭客话》着重写他平素恬淡的生活：在他居住的成都东北角的园圃里，遍布供写生用的竹石花草果树。由于长年累月栽培花果，他成了一位出色的园艺学家，"壅培种植，皆有方法"。园中栽着成都盛产的慈竹。他解释说："这种竹子是丛生的，子竹的根子不离母体，非常慈爱，所以叫作慈竹。"当时成都的习俗是五月十三日种竹，滕昌祐认为五月气候太热，容易被烈日晒干。经过实践，他认为种竹最适当的日子莫过于八月"秋社"（立秋后第五个戊日）前后，还总结了种竹和嫁接果树的一整套方法。黄休复依照他的指教，移栽嫁接的树木，树树成活。黄氏会见他时，滕已八十五岁了，生活仍十分简朴，经常用药苗作蔬菜、药粉作饭食。

孙知微，字太古，北宋眉州彭山人。他是一位农民出身流寓青城县（当时隶属川陕路永康军，故地在今灌县一带）的画家，擅长画人物。相传他画像前精神高度集中，等构思成熟才一挥而就（郭若虚《图画见闻论》）。稍后的四川学者文同曾写诗（《丹渊集》卷三《孙知微画》）赞美他：

> 太古奇伟士，精思独于画。
> 驰心入茫昧，万物赴挥洒。
> 当时一名重，顾陆非尔亚。
> 卓哉青城笔，妙绝冠天下。
> 寥寥九天仗，一一若神写。
> 吾恐千载后，是终无继者。

后来，南宋著名诗人范成大称赞孙知微青城建福宫玉华楼的壁画"笔法超妙，气格清逸，此壁冠于西州"，称赞长生观的殿外壁画"笔势挥扫，云烟飞动，盖孙笔之尤奇者"。(《吴船录》卷上）陆游也说孙知微画的范长生像"作举手整貂蝉状，神气尤奇逸"(《剑南诗稿》卷六《题丈人观道院壁》自注)。陆游还在伏龙观看了他画的李冰像，赞美说："孙翁下笔开生面，岌嶪高冠摩屋栋。"并就秦昭王重用李冰建成都江堰水利工程造福后代一事，抒发了对南宋王朝不重视人才的愤懑，写下了《离堆伏龙祠观孙太古画英惠王像》的著名诗篇(《剑南诗稿》卷六)。《茅亭客话》给我们提供了有关孙知微人品的材料，它说孙之所以卜居青城县白侯坝赵村，是爱那里"水竹重深，嚣尘不入"，可以杜绝外界的干扰，专心一意地提高自己的画艺。还说："有位者或求之不动，即绝食托疾而逃。"人品是很高的。后来，苏籀在《栾城遗言》里记载的一件事，可以作这句话的注脚：当时成都知府冯知节（"冯"或作"马"；这件事《蜀中画苑》说是张泳）十分爱画，渴望会见孙知微。一天，孙在成都寿宁院画壁画，僧人向冯知节通风报信，冯立刻去看望他。他十分不快，以致"掷笔而下，不复终画"。

景焕，一名朴，成都人，曾住玉垒山下，自称匡山处士。他和五代后蜀名词人欧阳炯是好友。一天，他们到成都应天寺观看壁画，看到山门左壁上唐末著名画家孙位画的《天王及部从鬼神》像十分精美，但右壁却空着，景焕便挥笔在山门右壁画了一幅《天王》像来相配。欧阳炯为这幅杰作即时写了数百字的长诗（《全五代诗》卷五十八《题景焕画应天寺壁天王歌》），诗云：

　　锦城东北黄金地，故迹何人兴此寺。
　　白眉长老重名公，曾识会稽山处士。
　　寺门左壁图天王，威仪部从来何方？
　　鬼神怪异满壁走，当檐飒飒生秋光。

> …………
> 东边画了空西边，留与后人教敌手。
> 后人见者皆心惊，尽为名公不敢争。
> 谁知未满三十载，或有异人来间生。
> 匡山处士名称朴，头骨高奇连五岳。
> 曾持象简累为官，又有蛇珠常在握。
> 昔年长老遇奇踪，今日门师识景公。
> 兴来便请泥高壁，乱抢笔头如疾风。
> …………
> 尝忧壁底生云雾，揭起寺门天上去。

当时，一位擅长草书的僧人梦归把这首诗写在了右壁上。诗书画都精妙，成都人称为"应天三绝"（吴任臣《十国春秋》卷五十六）。《焦氏类林》载：景焕制墨技术很精，曾制造过五十团称为"香璧"的墨。景焕写的笔记《野人闲话》五卷，记孟蜀时事。《茅亭客话》记的却是景焕的几件轶事：一是有个叫王仲璋的送画绢来找他画了一幅龙，起初还喜欢这幅画，后来听人议论，说景山人的画品格低于孙位、黄筌，王仲璋准备毁去这幅画，把绢染成皂色。景焕听说后，不但不生气，还登门道歉，赔偿了一段好绢。另一件事是一个大热天，他带了一个小仆出门，怕天变下雨，叫小仆带了一顶雨帽。谁知下雨时却怎么也找不到那个贪玩的小仆，他只好冒雨回家，衣履全弄得湿淋淋的。他怕他妻子责怪小仆，对妻子说：天气太热，城中人在求雨，不许戴帽，所以才把衣履弄湿了。还有一件事，他妻子叫婢女将金钗归还邻家，婢女不慎在路上将金钗失落，哭着转来告诉景焕，他便在别处借了一只金钗还给邻人。他说："君子不虐幼贱。"这是一位非常宽厚的人。

读了以上的记载，这几位有高尚情操的画家，给我们留下了很深的印象，这不是一般画史所能做到的了。

《茅亭客话》里写的人物，除了画家而外，写得较多的还有五代宋初的文人。

　　李珣，字德润，五代前蜀名词人，家住梓州（今四川三台）。著有《琼瑶集》，可惜失传了。他的部分词，保留在后蜀赵崇祚编辑的《花间集》里。他不仅能诗善词，医学也很精通。他写的药学著作《海药本草》今虽亡佚，但还可以从宋代成都著名医药学家唐慎微《证类本草》中看到佚文。妹舜弦，前蜀后主王衍妃嫔，封昭仪，也是一位很有才华的诗人，世称李舜弦夫人，其写的诗为当时文人称颂。李家的祖上是波斯（今伊朗）人，蜀何先远《鉴戒录》称李珣是"蜀中土生波斯"，并说当时成都词人尹鹗曾写诗讽刺他："异城从来不乱常，李波斯强学文章。假饶折得东堂桂，胡臭薰来也不香。"尹鹗的诗，颇有一些排外色彩，但无损于李珣。李珣的词，以写南方风物的《南乡子》最有特色。如：

　　　　归路近，扣舷歌，采真珠处水风多。曲岸小桥山月过，烟深锁，豆蔻花垂千万朵。

　　　　倾绿蚁，泛红螺，闲邀女伴簇笙歌。避暑信船轻浪里，闲游戏，夹岸荔枝红蘸水。

　　　　渔市散，渡船稀，越南云树望中微。行客待潮天欲暮，迷春浦，愁听猩猩啼瘴雨。

　　　　相见处，晚晴天，刺桐花下越台前。暗里回眸深属意，遗双翠，骑象背人先过水。

　　扣舷吹笙，眼波传情，暗遗首饰，过水等待，活画出南方儿女的开朗性格；采真珠，待潮，骑象，都是南方海滨的特有风光；豆蔻，荔枝，刺桐，猩猩，又都是南方特有的生物。李珣是否去过祖国南方，很值得研究。如果照黄升《唐宋诸贤绝妙词选》所说，"唐词多缘题所赋"，仅仅由于词牌是《南乡子》所以写南方景物，又怎样解释词里浓厚的南方生活气息呢？

李珣这位波斯裔，他的祖先是什么时候来华的？陈垣说："吾因李珣弟李玹鬻香药为业，尹鹗诗又有'胡臭薰来也不香'句，因而联想到《旧唐书·李汉传》有波斯贾人李苏沙献沉香亭子材事。珣、玹疑为李苏沙后人。李时珍《本草纲目》引李珣《海药本草》谓为肃、代时人。然吾观《海药本草》所引有段成式《酉阳杂俎》，则珣必在段成式后，其为五代时世业香药之李珣无疑。"（《回回教入中国史略》，见《陈垣学术论文集》）陈氏引李玹事，即见《茅亭客话》。《茅亭客话》还说：李家随唐僖宗入蜀，李玹是李珣的四弟，字廷仪，曾做唐僖宗率府率（率府的长官），"举止温雅"，是当时的名棋手。

彭乘，字利建，成都人，是一位有名的学者，曾参与校正《南史》《北史》和《隋书》的工作。家中藏书多至万余卷，皆亲自刊校，当时蜀刻的底本多是彭乘提供的（《宋史·彭乘传》）。他也能写文章，《茅亭客话》载有他写的《郝逢传》。郝逢，成都人，好学，治《诗经》。宋真宗咸平三年（1000）正月，神卫军卒张锴在成都叛乱，拥立王均为王，僭号大蜀，改元化顺，置百官，设贡举（《续资治通鉴长编》卷四十六），威逼郝逢做官，郝拒绝，被杀。彭乘留下的文章不多，《成都文类》载有两篇，《全蜀艺文志》载有两篇。这篇《郝逢传》就弥觉珍贵。文章写得并不怎么好，无怪《宋史》说彭乘"文辞少工"了。

张及，字元之，绵竹人。宋真宗咸平时（998—1003）做过临邛知县。他可真算是一位强项令。上级太守想引水泛舟，张及据理力争，认为农事方兴，决不能使农田干涸。太守理曲，只好向他道歉。《茅亭客话》里保留了他写的一篇《哀亡友辞》，这是今天仅能看到的张及的文章。张及所哀悼的亡友叫杨锡，与李畋、任玠、张逵和张及本人结交，精研史传、百家之学，对目录学造诣尤深。杨锡是在王均之乱中被掳，等到宋王朝讨平叛乱，他已愤慨而死。张及称道他："炳旧史以远目兮，饫六经之正味；议班纪之九流兮，广刘书之《七志》。"《宋史·张泳传》

载：泳出知益州，"初，蜀士多向学，而不乐仕宦。泳察郡人张及、李畋、张逵等皆有学行，为乡里所称，遂敦勉就举，而三人者悉登科，士由是知劝"。张及是张泳赏识的蜀士之一。《茅亭客话》里还保留了张及的一首七言律诗。

值得一提的是，《茅亭客话》还介绍了一些不知名的人物，如任玠，字温如，蜀人。大中祥符末年（1016），由于凌策的推荐，任玠到京师呈献《龙图纪圣诗》一千韵。早在大中祥符初年（1009），任玠曾在文翁石室集合生徒讲说"六经"来继承发扬西汉文翁之化，"由是蜀中儒士成林"，推动了四川文化的发展。在他辞官回成都后，于真宗天僖元年（1017）曾到黄休复的茅亭访问，并在壁上留了一首绝句："聚散荣枯一梦中，西归亲友半成空。唯余大隐茅亭客，垂白论交有古风。"

《茅亭客话》记的文人以外的人物，如精于识别唐代成都制琴能手雷威的雷氏琴的音乐家黄延矩，百岁的草药医生谭仁显，藏书家程贲，鬻书人杜鼎升等，限于篇幅，就不一一介绍了。

（原载《四川师范学院学报》1981年第1期）

第 二 章
文化与风俗史话

论杜甫夔州律诗

怎样评价老杜的夔州诗？宋以来有分歧。黄庭坚《与王观复书》高度评价了这一时期的诗作："观杜子美到夔州后诗，韩退之自潮州还朝后文章，皆不烦绳削而自合矣。"（《豫章先生文集》卷十九）把这一说法理论化并反复阐发的是元人方回。方回在《程斗山吟稿序》中说："老杜上元元年庚子年四十八至成都，大历元年丙午年五十四至夔州。山谷论老杜诗必断自夔州以后。试取其庚子至乙巳六年之诗观之，秦陇剑门，行旅跋涉，浣花草堂，居处啸咏。所以然之，故如绣如画。又取其丙午至辛亥六年诗观之，则绣与画之迹俱泯。赤甲、白盐之间，以至巴峡、洞庭、湘潭，莫不顿挫悲壮，剥落浮华。"（《桐江集》卷一）《跋曹子才诗词三摘》一文中又说："老杜诗世无敢优劣，惟山谷独谓夔州后诗不烦绳削，盖暮年加进于妙年而老作罙深于少作也。"（《桐江集》卷四）《瀛奎律髓》评老杜诗，一则说："山谷评公诗，犹必以夔州后诗为准，然则不变不进，愈变愈进，老杜且然，况他人乎？"（卷二《朝省类》杜甫《晚出左掖》诗评）二则说："大抵老杜集，成都时诗胜似关辅时，夔州时诗胜似成都时，而湖南诗胜似夔州时，一节高一节，愈老愈剥落也。"（卷十《春日类》杜甫《春远》诗评）方回的话，是就杜的律体诗说的，是对黄庭坚的杜夔州诗评价理论上的新开拓。据现存杜诗，做一个粗略的统计：杜五律约六百首左右，在夔州写的约二百首，占三分之一；七律一百五十多首，在夔州写的约五十首，也占三分之一。杜甫三十多年的创作生活，在夔州仅仅两年，律诗就占了这样大的比例（排律未计），难道这不是值得研究的问题吗？据我们今天的理解，方回说的"绣与画之迹俱泯"，是说夔州杜律已经突破了秦川、成都时期一般的写实手法，而在格律的烹炼、结构的浑成、气脉的动荡、事典的贴切、语言的富丽自然、风格的蕴藉含蓄，殚精竭思地表达了诗人对时代锐敏入微的思想和感受。潘德舆在引用胡应麟论杜律"气象巍峨，规模宏远，错综变化，不可继倪"，引用卢世㴶论杜律"蒿目时艰，勤恤民隐，主文而谲谏，言者无界，闻者足戒，所谓有用之文章"之后说："学者于胡氏之说，求杜律之大；于卢氏之说，求杜律之精。"（《养一斋诗话》卷二）所谓"杜律之大"，指的是寓深刻的艺术修养于严整的格律之中的艺术上的造诣；所谓"杜律之精"，指的是与人民风雨同舟，与前期、中期的作品一样，感应着时代脉搏跳动的思想上的深度。方回说的"不变不进，愈变愈进"，在一定程度上揭示了文艺创作的规律。至于说"暮年加进于妙年而老作冞深于少作"，却有它的片面性。杜甫的名篇，可以说各体皆有，前后皆有，其中较多还是中年写的。但杜自称"晚节渐于诗律细"，方回又是专指律诗说的，似乎无可厚非。潘德舆又说："朱子谓'杜诗晚年横逸不可当'，夫'横逸不可当'者，风动雷行，神工鬼斧，即山谷所谓'不烦绳削而自合'也。"他还问道："如《诸将》《秋兴》《咏怀古迹》诸作，煌煌名篇，可槩置之耶？"（《养一斋诗话》卷二）

朱熹虽然说过"杜诗初年甚精细，晚年横逸不可当"的话，但他却认为黄庭坚的说法是偶有所得，信口说出来的："人多说杜子美夔州诗好，此不可晓。夔州诗却说得郑重烦絮，不如他中前有一节诗好。鲁直一时固自有所见。今人只见鲁直说好，如矮人看戏耳。"（《朱子语类》卷一四○）赵翼认为黄庭坚的话是从"晚节渐于诗律细"一语附会的，他说："今观夔州后诗，惟《秋兴》八首及《咏怀古迹》五首，细意熨帖，一唱三叹，意味悠长；其他则意兴衰飒，笔亦枯率，无复旧时豪迈沉雄之慨。"（《瓯北诗话》卷二）纪昀也批评方回说："此宗山谷之论，其实英雄欺人。""杜晚岁语多颓唐，精华自在中年。""必以夔州以后为准，非通方之论也。"（《瀛奎律髓刊误》）

  分歧的看法，可以从"晚节渐于诗律细"一语中得到解释。杜甫上元二年（761）在成都写的《江上值水如海势聊短述》诗里曾说："为人性僻耽佳句，语不惊人死不休。老去诗篇浑漫与，春来花鸟莫深愁。"大历二年（767）写的《遣闷戏呈路十九曹长》诗里又说："晚节渐于诗律细，谁家数去酒杯宽。"这六句诗，不妨看作杜甫对自己律诗创作实践的回顾和小结。杜甫认为早年写律诗走过一段弯路，即潘德舆所说的"杜公自逊其初年学术之未成"，片面追求惊人佳句。到了老来，经历了创作上的坎坷崎岖，找到了在律诗中准确地表达思想感情的方法，走陶潜、谢灵运"天然去雕饰"的道路，所以诗的结尾说："安得思如陶谢手，令渠述作与同游。"律诗又是受格律支配的，"漫与"只能与"律细"结合起来。这层意思仇兆鳌注意到了，他说："律细，言用心精细；漫与，言出乎纯熟。熟从精处得来，两意未尝不合。"（《杜诗详注》）潘德舆作了进一步阐发："言'兴僻'则非中正之道甚明，故紧接二语曰：'老去诗篇浑漫与，春来花鸟莫深愁。'则知老而学力大醇，不复有此偏僻之兴，所以春来花鸟无事雕肝钛肾之深愁，而物情自然得中也。""'细'与'漫与'，是二实一虚，'漫与'乃所以为'细'也。"（《养一斋李杜诗话》卷二）所以，从杜甫律诗特别是七律而言，的确是"愈变愈进"的。翁方纲认为："杜五言律诗虽沉郁顿挫，然此外尚有太白一种暨盛唐诸公在。至七言律则雄辟万古，前后无能步趋者，允为此体中独立之一人。"（《石洲诗话》卷一）黄子云也认为："杜之五律，五七言古，三唐诸家亦各有一二篇可企及，七律则上下千古无伦比。其意之精密，法之变化，句之沉雄，字之整练，气之浩瀚，神之摇曳，非一时笔墨之所能罄。"（《野鸿诗的》）无怪方回称赞道："此声专老杜，犹俟到夔州。"（《桐

江续集》卷八《说诗》)

下面仅就夔州律诗的几个侧面,谈谈我对"晚节渐于诗律细"一语的理解。

一、七律组诗的章法结构

杜用律诗写过许多组诗。五律,夔州以前写的较多,如《陪郑广文游何将军山林》《秦州杂诗》《江头五咏》等。比之夔州写的,如《洞房》以下八首,《鹦鹉》以下八首及《暮春题瀼西新赁草屋》等变化不大。七律就不同了,夔州前的不多,但有《将赴成都草堂途中有作先寄严郑公》等寥寥几首,夔州写的则有如潘德舆所说的《诸将》《秋兴》《咏怀古迹》等煌煌名篇在。

这三组诗,章法联络之妙,前人有过许多中肯的评说。

管世铭《读雪山房唐诗序例》说:"少陵七律,自当以《诸将》五首为压卷。关中、朔方、洛阳、南海、西蜀,直以天下全局运置胸中。如借兵回纥,府兵法坏,宦官监军,皆关当时大利大害,而廷臣无能见及者。气雄词杰,足以称其所言。每章起结,皆具二十分力量。"

吴汝纶云:"《咏怀古迹》五章,皆自赋也,特假古人以寄概耳。庾信、宋玉皆词人之雄,作者所以自负。至于明妃,若不伦矣。而其身世流离之恨固与己同也,此自喻其寂寥千载之感也。是三章固一意所贯矣。先主一章,特以引起武侯。公生平意量,初不屑以文士自甘,常有经营六合之慨,每咏武侯辄怅触不能自已,此其素志然也。全篇精神所注在此,故以为结束。惜抱选此诗仅录前四首,而遗末章不载。譬之栋梁连云而缺其正殿,万山磅礴而失其主峰,其可乎哉?"(高步瀛《唐宋诗举要》引)

《秋兴》八首更是结构严谨,首尾照应周至,浑然不可割裂的组诗。《瀛奎律髓》以下选本,有的竟截取其中一首。钟惺、谭元春的《唐诗归》甚至说:"《秋兴》偶然八首耳,非必于八也。"王夫之驳斥道:"八首如正变七音，旋相为宫，而自成一章。或为割裂，则神体尽失矣。"(《姜斋诗话》卷一)田同之也说："《秋兴》八首，章各有意，妙难言罄，似非后人所能增减者。而钟、谭直斥之，卢德水先生《杜诗胥钞》辄删去二首，毛西河《唐律选》又删去三首，殊难测其意旨。"(《西圃诗说》)

钱谦益对《秋兴》的"篇章次第，钩锁开阖"作了剖析，说："此诗一事叠为八章，章虽有八，重重钩摄，有无量楼阁门在。今人都理会不到，但少分理会，便恐随逐穿穴，如颢鼠入牛角中耳。"(《杜工部集笺注》)贺裳也说："《秋兴》诗，体高格厚，意味深长。其言忽而蜀中，忽而秦中；忽而写景，忽而言怀；忽而壮丽，忽而悲凉；忽而直陈，忽而隐喻：正所谓哀伤之至，语言失伦，或笑或泣，苦乐自知者。"(《载酒园诗话》卷一)就在这似乎是失伦的语言中，却有十分绵密的章法：

先谈用《秋兴》名篇的含义。贺裳认为，以"秋兴"名篇，"乃因秋起兴，非咏秋也"(《载酒园诗话》卷一)。张谦宜云："'秋兴'二字，或在首尾，或藏腰脊，钩连甚密。毛稚黄嫌其若无题者，何也？其一秋起秋结，'丛菊'二句，兴也；其二兴起秋结；其三秋起兴结；其四兴起秋结；其五兴起秋结；其六秋起兴结；其七兴起兴结，中四句带入秋字；其八兴起兴结，'红豆'二句，暗藏秋字。"(《茧斋诗谈》卷四)

再谈八章的线索。查慎行认为："身居巫峡，心在京华，乃八诗之大旨。曰巫峡，曰夔府，曰瞿唐，曰江楼、沧江、关塞，皆言身之所处。曰故园，曰故国，曰京华、长安、蓬莱、曲池、昆明、紫阁，皆心之所思。此八诗中线索。"(《初白庵诗评》)方东树也说："此诗八首，前三首言己所在夔州本地，其下五首皆思长安，而第四首又为长安总冒。其下分思宫阙、曲江、昆明池、渼陂四处，所谓身在江湖，心殷魏阙，古之忠爱者其情皆如是也。"(《昭昧詹言》卷十七)

最后谈八章的次第。第一章是"秋兴之发端"(钱谦益《杜工部集笺注》)。前四句写秋天景物的萧索，描绘出夔州丧乱后的凋残景象，即《夜》"露下天高秋气清，空山独夜旅魂惊"诗意。"丛菊"二句，描绘诗人"远望当归"的凝注神情,表达出对朝廷的深深怀念,即《夜》"南菊再逢人卧病,北书不至雁无情"诗意。"江南塞上,状其悲壮;丛菊孤舟,写其凄紧"(钱谦益《杜工部集笺注》),结尾更传达出旅泊中内心的凄苦。"以节则杪秋,以地则高城,以时则薄暮,刀尺苦寒,急砧促别"(钱谦益《杜工部集笺注》),诗人拳拳故园无限哀伤的感情,便这样宛转曲折地流露出来了。第二章紧接旅泊中的感受写,把身处蜀中、想望京华的内心凄苦进一步烘托出来。钱谦益《杜工部集笺注》云:"绝塞高城,杪秋薄暮,俄看落日,俄见南斗,炉烟熠而哀猿号,急砧断而悲笳发,萝月芦花,凄凉满眼,萧辰遥夜,攒簇一时,'请看'二字,紧映'每依南斗',即连上'城高暮砧',当句呼应耳。""画省"句所表达的爱国激情,是上章"故园心"的形象化;"山楼"句,则是上章"气萧森"的艺术描绘。一、二章之间,字字钩锁,句句关联,第二章不是与上章重复,而是第一章的深化。钱谦益《杜工部集笺注》又云:"第三章正申秋兴名篇之意,古人所谓文之心也。然(第二章)'每依北斗望京华'一句,是(前)三章中吃紧啮节。""(第四章)肃宗收京之后,委任中人,中外多故。公不以移官僻远,愁置君国之忧,故有'闻道长安'之章。""萧条岁晚,身世如此;长安綦局,世事如此。企望京华,平居寂寞,故曰'百年身世不胜悲'也。"三、四章也是字字钩锁,句句关联的。第五章以下,钱谦益《杜工部集笺注》云:"'蓬莱宫阙'一章,思全盛日之长安也。'瞿唐峡口'一章,思陷落后之长安也。'昆明池水'一章,思自古帝王之长安也。'昆明御宿'一章,思承平昔游之长安也。由瞿唐鸟道之区,指曲江禁近之地,兵尘秋气,万里连延。""今谓'昆明'一章,紧接上章'秦中自古帝王州'而申言之,时则曰汉时,帝则曰武帝(钱谦益《杜工部集笺注》又曰:"此借武帝以喻玄宗也。"),织女、石鲸、莲房、菰米、金堤灵沼之遗迹,与戈船楼橹,并在眼中,而自伤其僻远而不得见也。于上章末句,克指其来脉,则此中序致,褶叠环锁,了然分明。"沈德潜也指出:"首章'故园心'与四章'故园思'隐隐注射。""(最后一章)追叙交游一结,收拾八章,所谓'故园心''望京华'者,一付之苦咏怅望而已。"(《唐诗别裁》)这就说明了八章不但不能割裂,连先后次序都丝毫不能颠倒的。像这样的煌煌大篇,对个人身世的回顾,对国家命运的关怀,沧江岁晚,长安今昔,千家山郭,百年世事,感情波澜,层层推进。八章之间,大开大阖,彼此呼应,岭断云连,蔚为奇观,在组诗中可以说是前无古人的。

二、运古体入律

刘熙载《艺概·诗概》云:"少陵以前律诗,枝枝节节为之,气短意促,前后或不相管摄,实由于古体未深耳。少陵深于古体,运古入律,所以开阖变化,施无不宜。"杜甫对古体造诣极深,"言夺苏、李,气吞曹、刘,掩颜、谢之孤高,杂徐、庾之流丽"(元稹《唐故工部员外郎杜君墓系铭并序》)。五言古诗,尽得汉魏以来诸家的神理,却又另辟蹊径,改变面目,对唐以前是一种变体。七言古诗,更是波澜壮阔,气象万千,奇警排奡,来去无端,集古今之大成。杜的古体诗,一般来说,在创意造言上,摒弃故常,摆脱习熟;在气格声响上,浓郁凝重,峥嵘飞动,顿挫抑扬,开阖动荡,把深沉奔放的思想感情镕铸在纵横驰骋的艺术境界里。运古体入律,就像乘车入鼠穴一样,受格律句数的窒碍,无法掉臂横行。但杜甫在这方面,作了尝试。

被方回称为"慷慨悲怨,别是一种风味"(《瀛奎律髓》卷十二《秋日类》)的《吹笛》诗云:"吹笛秋山风月清,谁家巧作断肠声?风飘律吕相和切,月傍关山几处明。胡骑中宵堪北走,武陵一曲想南征。故乡杨柳今摇落,何得愁中却尽生。"风调之美,在咏物诗中是别具一格的。万斯同曾问吴乔说:"少陵七律异于诸家处?幸示之。"吴乔认为杜有些七律诗是一气直下,全非起承转合之法,即举此诗为例。他指责有的人说首句"风月"二字立眼目,次联"风"字、"月"字应之,三联叹美,并取名为

"二字格"为瞎说("盲矣")。他说:"风月是笛上之宾,于怀乡主意隔两层也。""此前六句皆兴,末两句方是赋,意中只在'故乡''愁'三字耳。"(吴乔《答万季野问》及《围炉诗话》卷二)这就是说,杜是用写古体诗的手法写的。《白帝》中的"白帝城中云出门,白帝城下雨翻盆",完全用歌行手法写律诗。《白帝城最高楼》中的"城尖径仄旌旆愁,独立缥缈之飞楼",以及"杖藜叹世者谁子,泣血迸空回白头",也摆脱了律法,如天马行空,不可羁络。在夔州律诗中这类诗虽不多,但首创之功不容忽视。

三、以议论入律

宋末诗人不重视古体而重律诗。赵师秀《众妙集》只录唐代五、七言律诗。周弼《三体唐诗》也只录唐七言绝句和七言、五言律诗。元方回纂《瀛奎律髓》也只限于唐宋律体诗,认为"文之精者为诗,诗之精者为律"(《桐江续集》卷三十二《瀛奎律髓序》)。又在《变体类》中论周弼"四实四虚"之说不能尽律诗之变。周弼所说的"实"即景物,所说的"虚"即情思,"盖以救江湖末派油腔滑调之弊"(《四库全书总目》卷一八七《三体唐诗提要》)。周弼认为,律诗只能叙景言情,或情中有景,或景外含情,或情与景合,或化景为情,好像抒情小诗,不能夹入议论,夹入议论就会破坏情景,破坏律法,即破坏了诗的抒情味。黄宗羲云:"周伯弼之论《三体诗》也,以景为实,以情为虚,此可论常人之诗,而不可以论诗人之诗。"(《南雷文集》卷一《景洲诗集序》)沈德潜云:"人谓诗主性情,不主议论,似也。而亦不尽然。"他说:"杜的《蜀相》《咏怀》'诸葛'诸作,纯乎议论。但议论须带情韵以行,勿近伧父面目耳。"(《说诗晬语》卷下)又谓《咏怀古迹》"诸葛"一章"伯仲之间见伊吕,指挥若定失萧曹"一联,"此议论之最高者,后人谓诗不必著议论,非通言也"(《唐诗别裁》)。刘克庄论此诗亦谓:"卧龙公没已千载,而有志世道者,皆以三代之佐许之。如云'万古云霄一羽毛',如侪之伊吕间而以萧曹为不足道。此论自子美发之。考亭、南轩，近世大儒，不能发也。"（《后村先生大全集》卷一八二《诗话新集》）贺裳也说："'伯仲'一联，'言简而尽，胜读一篇史论'。"（《载酒园诗话又编》）王寿昌举杜夔州诗，如《诸将》中"韩公本意筑三城"一章、"回首扶桑铜柱标"一章的论事，《咏怀古迹》中"蜀主窥吴幸三峡"一章、"诸葛大名垂宇宙"一章的论人，"读之可见其经济之实学，笔削之微权"。（《小清华园诗谈》卷上）当然，以议论入律，比之不受格律束缚的古体诗为难。杜古体诗如《自京赴奉先县咏怀五百字》《北征》《八哀》的议论取得的成就值得称道，杜在七律中的议论如成都写的《蜀相》也值得赞扬，但如王寿昌所举《诸将》《咏怀古迹》等章的通篇议论，则是律诗中的创新，还是不可漠视的。我在一篇短文中曾经写道："如果在艺术规律允许之下，诗人用说理和议论把自己的主观世界直接袒露在读者面前，不仅不会破坏诗人的自我形象、破坏抒情味，还可以起直抒胸臆的抒情作用，更好地完成诗人自我形象的塑造，这就是古人所标榜的'理趣不凡'（《新唐书·文艺·孙逖传》）。从美学观点看，生活中的美，感性的居多，而艺术创造的美，除了感性的以外，有时比生活本身深邃得多，还可以用理性的语言来表达。抒情诗本身是没有一成不变的、固定的模式的。"（《关于古典诗词的教学》，《四川师范学院学报》1979 年第 4 期）

四、吴体、拗体诗

方回《瀛奎律髓·拗字类序》云："拗字诗，在老杜集七言律诗中谓之吴体。老杜律一百五十九首，而此体凡十九出，不止句中拗一字，往往神出鬼没，虽拗字甚多，而骨格愈峻峭。"梁章钜驳之云："七言律有全首不入律者，谓之吴体，与拗体诗不同。方虚谷《瀛奎律髓》合之拗字类中，非也。"（《退庵随笔》）这说明了吴体只是拗体诗的一种，方回把两个概念混在一起了。

大历二年春写的《愁》诗,杜甫自注云:"强戏为吴体。"黄生的解释是:"皮、陆集中,亦有吴体诗,乃当时俚俗为此体耳,诗流不屑效之。杜公篇什既众,时出变调。曰戏者,明其非正律耳。"(《杜诗说》)方世举也说吴体"不过稍稍野朴"(《兰丛诗话》)。叶矫然更举诗中"盘涡鹭浴底心性,独树花发自分明"二句,说它很像谜语。他说:"巫峡非人所居,而己居之,自知之而已矣;与'盘涡'不宜'鹭浴'而浴之者,鹭亦自知之矣,此所谓'独树花发自分明'也。"(《龙性堂诗话·续集》)可以看出,吴体来自民间,俚俗、野朴是它的本色,杜把民间不讲格律的特点纳入律诗,是律诗的解放,是艺术上的创新。至于不像吴体句句皆拗的拗体诗,在杜夔州诗中,形式和内容也往往达到了高度一致。如五律《暮春题瀼西新赁草屋》的"欲陈济世策,已老尚书郎。不息豺虎斗,空渐鸳鹭行",七律《昼梦》的"故乡门巷荆棘底,中原君臣豺虎边",《黄草》的"黄草峡西船不归,赤甲山下行人稀",用拗捩的语句写出了战乱的现实和诗人内心的愤懑。王嗣奭说得好:"愁起于心,真有一段郁戾不平之气,而因以拗语发之。公之拗体,大都如是。"(《杜臆》卷七《愁》)后来,皮日休集中有三首标明吴体诗的七律,陆龟蒙集中有五首,其中三首是用吴体与皮日休唱酬的。到了宋代,黄庭坚、陈师道、陈与义近体诗里的拗句就更多了。无怪方回说:"乃知江西诗派,非江西,实皆学老杜耳。"(《瀛奎律髓·拗字类》杜甫《题省中院壁》诗评)贺裳谓"盘涡鹭浴"一联:"虽大家涉笔成趣,无所不可,如西子捧心,更益其妍。然杜自注亦云'戏为吴体',宋人乃以为句法,专于此效之,竟成东家眉黛矣。"(《载酒园诗话又编》)

以上从四个侧面,给"晚节律细"作了一个注脚,谈的仅限于五律和七律。因为杜的排律,长的竟达一百韵,排比铺张,容易骋才使气,高棅说是"古诗之变"(《唐诗品汇》卷七十一),束缚自然松些,所以不复论列。

(原载《草堂》1984年第2期)

苏轼的词

词是起于唐、盛于宋的一种音乐文学。

苏轼是北宋时期最伟大的词人。

苏轼在词史上能够占有崇高的地位,最主要的原因是他把词从艳体里解放了出来。

宋人在宴会时,常常唱词来"侑觞",歌唱的内容总超不出爱情、离别和女人的命运。就连成就最大的词人柳永的作品也笼罩着一股脂粉气息,散播着一种伤春惜别的颓废情趣。到了苏轼,才把为"浅斟低唱"创作的艳词引上了抒写各方面的感情、反映各方面的生活的正确道路。宋人胡寅说得最好:"柳耆卿(永)后出,掩众制而尽其妙,好之者以为不可复加。及眉山苏轼,一洗绮罗香泽之态,摆脱绸缪宛转之度,使人登高望远,举首浩歌,而逸怀浩气,超然乎尘垢之外,于是花间为皂隶,柳永为舆台矣。"(《酒边词序》)

朱祖谋编的《东坡乐府》,刊载了三百四十首苏词。这些词作大概可以归纳作四类:第一类是纪行记事,和友人唱答的;第二类是离愁别恨或歌唱良辰美景的;第三类是怀念兄弟师友和悼惜亲人的;第四类是抒写自己抱负的。后两类在词集里的比例不大,但它却是苏轼最主要的作品。这些作品到现在还闪耀着智慧的光芒,放射出具有个性的、抒情的异彩，以它鲜明、丰富、生动的语言，使我们能够洞察到词人的精神世界。

首先，苏轼在词中抒写了自己企羡功名以及不能及时建立功业的苦闷。

苏轼生活的时代是民族矛盾正在日趋尖锐的时代。西夏和辽国的威胁，使词人在密州（今山东高密县）打猎时唱出：

老夫聊发少年狂，左牵黄，右擎苍，锦帽貂裘，千骑卷平冈。为报倾城随太守，亲射虎，看孙郎。

酒酣胸袒尚开张，鬓微霜，又何妨！持节云中，何日遣冯唐。会挽雕弓如满月，西北望，射天狼。（《江城子》）

那时，他已经四十岁了，头发斑白了，壮志却没有消沉。他想：冯唐不是老来才做云中车骑都尉带兵防匈奴的吗？

这种挽雕弓射天狼的想法，他始终不能实现，而他的朋友杨元素却有机会到边境去。他慨叹地写道：

旌旗满江湖，诏发楼船万舳舻。投笔将军因笑我：迂儒。帕首腰刀是丈夫！（《南乡子》）

迂儒式的庸碌的境遇，使他对"帕首腰刀"的将士生活产生了热烈的向往。

在政治上连续不断的失意，四十七岁时他被贬谪到了黄州（今湖北黄冈县）。他不止一次地游历了赤壁，在这如画的江山中，词人面对着波涛汹涌奔驰东去的长江，激赏着"乱石穿空，惊涛拍岸，卷起千堆雪"的奇景，联想着曾在赤壁建立功勋的古代少年英雄周瑜，不能自已地倾吐着那种粗犷而奔放的倾慕感情：

遥想公瑾当年，小乔初嫁了，雄姿英发。羽扇纶巾，谈笑间，强虏灰飞烟灭。故国神游，多情应笑我，早生华发。人间如梦，一

尊还酹江月。(《念奴娇》)

头发斑白，一事无成，使词人产生了"人间如梦"及时行乐的消极思想。这种思想一方面固然表现了词人想用达观来统一生活里现实和理想的矛盾，但另一方面却表现了词人开朗的胸襟、豁达豪放的性格以及对遭遇所抱的蔑视态度。消极思想又被植根于生活深处的积极感情所冲击，这种消极因素和积极因素奇妙地交织在一起，是作者世界观里矛盾因素的体现。

苏轼生活的时代又是阶级矛盾日趋尖锐的时代，"熙宁新法"运动就是为了缓和这一矛盾。动荡的时代使苏轼产生了"致君尧舜"的政治抱负，阶级偏见却又使他成为新法的反对者。一方面希望政治改革，一方面又反对像"熙宁新法"那样的政治改革，这就构成了苏轼生活的悲剧。在失意之后，很自然地产生了遁世的情感，使他慢慢学会忍住心中的苦痛，袖手闲看；早年的抱负，澎湃着的政治热情，却又把他的思想常常拖到现实生活中来。出世还是入世？矛盾的世界观，使他在寄给弟弟苏辙的词中低徊地唱出：

当时共客长安，似二陆初来俱少年。有笔头千字，胸中万卷，致君尧舜，此事何难！用舍由时，行藏在我，袖手何妨闲处看。身长健，但优游卒岁，且斗尊前。(《沁园春》)

他和他弟弟苏辙，盛年出蜀入京，如同陆机、陆云由吴入洛一样，在繁星丽天的京师文艺界，立刻出现了两颗芒寒色正的星宿，以他们夺目的光芒引起了朝廷的注目。本以为可以实现他们的政治抱负了，谁料得到"用舍由人"，只好"优游卒岁"！

苏轼就这样深刻地反映了他的生活感受。

其次，苏轼也用词讽刺了封建社会里的不合理现象。

在徐州，他曾经率领人民防守因黄河决堤造成的水灾。这次水灾是严重的，他的门人秦观在《黄楼赋》里描写这次水灾的情况是："狂流漫而稽天""几孤墉之不全"。水灾消除后,他在徐州城的东门上筑起了黄楼,使水受制于土。当时,一般官僚对他的黄楼远不及对唐朝张建封为妓女关盼盼修的燕子楼重视。词人愤慨了,他以讽刺的笔调揭发了这种丑恶现实:

> 燕子楼空,佳人何在,空锁楼中燕!古今如梦,何曾梦觉,但有旧欢新怨。异时对,黄楼夜景,为余浩叹。(《永遇乐》)

词人对张建封筑燕子楼来"锁"盼盼的不合理事件的讽刺,说明他是不甘心让他为人民防水的纪念物黄楼和燕子楼相提并论的,更不要说有所轩轾了。

不合理现象还有远远超过这事的。他写道:

> 金张七叶,纨绮貂缨。无汗马事,不献赋,不明经。成都卜肆,寂寞君平。郑子真,岩谷躬耕。寒灰炙手,人重人轻。(《行香子》)

西汉时的贵族金日䃅、张安世的后代,七世做着大官;过去无聊的死灰,现在也复燃起来变得炙手可热了。这是怎么样的一个世界啊!

苏轼以他击中要害的嘲笑,鞭挞了不合理的社会现象,获得了人民的爱戴。

苏轼也用词来抒写诚挚的友情和对亲人的怀念。如怀念弟弟苏辙写的《水调歌头》,怀念老师欧阳修写的《西江月》《木兰花令》,悼念妻子写的《江城子》,深刻、丰富、真实的感情,沉重、朴厚、热烈的语言,在我们面前像浮雕似的塑造出了词人自己的完整的艺术形象。

就在一般的纪行记事词中,词人也给我们留下了"莫听穿林打叶声,何妨吟啸且徐行。竹杖芒鞋轻胜马,谁怕?一蓑烟雨任平生"(《定风波》)的美妙语言。他把骤然遇雨时的坦荡心境写出来了,这种乐观情绪表现得多么的鲜明和强烈!

苏轼就这样从多方面来描写生活感受,从而扩大了词的题材和表现领域，以解放词体。

　　词体的解放，给南宋爱国词人辛弃疾等在五、七言诗体以外开辟了一条表情达意的新道路。辛弃疾的门人范开在《稼轩词序》里写道："世言稼轩居士辛公之词似东坡，非有意于学坡也，自其发于所蓄者言之，则不能不坡若也。"由此可见，苏轼在词史上解放了词体，开启了辛弃疾一派，更以其令人惊服的才华雄长于当时的词坛。

（原载1957年1月19日《成都日报》）

谈谈陆游的《咏梅》词

毛主席在《卜算子·咏梅》词序中说:"读陆游《咏梅》词,反其意而用之。"陆游是南宋有名的爱国诗人。他要求恢复中原,抗金救国,但屡遭投降派的打击,一生都处在阴暗的政治环境里。他写了许多咏梅的诗词,赞美梅花在严寒季节风虐雪饕中开放,借以抒写自己不畏挫折、高标劲节的襟抱。他赞美梅花,"摧伤虽多气愈厉,直与天地争春回""逢时决非桃李辈,得道自保冰雪颜""梅花自避新桃李,不为高楼一笛风"。清代作家姚莹说得很中肯:"铁马楼船风雪里,中原北望气如虹。平生壮志无人识,却向梅花觅放翁。"(陆游《梅花绝句》诗云:"何方可化身千亿?一树梅花一放翁。"姚莹诗句本此)陆游的《卜算子·咏梅》词是他为人传诵的名篇。明人卓人月选的《古今词统》评论这首词说:"末句想见功节。"陆游的这一首词也是借梅花以自比,说明自己即使遭受任何挫折,但也绝不同流合污,改变自己的节操。

词的上阕说:"驿外断桥边,寂寞开无主。已是黄昏独自愁,更著风和雨。"写的是梅花所处的恶劣环境。这是一株开放在路边的无主的野梅。"驿",古代的交通大道。"驿外",驿路的外侧。梅花开放在驿外断桥边,寂寞无主,已经充满了漂泊之感,加之独对黄昏,愁苦也只有一力担当,更遇苦雨凄风不断吹打,这处境是够凄凉的了。这正是诗人自己处境的真实写照。淳熙七年（1180），陆游以发粟赈民受弹劾；淳熙十六年（1189），又因为写诗罢官。"十年间两坐斥罪"，打击是够沉重的。

　　词的下阕说："无意苦争春，一任群芳妒。零落成泥碾作尘，只有香如故。"写的是梅花高尚的风格。"苦"，有极端的意思。"无意苦争春"，是说梅花极端不愿去和群芳争春。"群芳"，就是陆游诗中所斥的"新桃李"和"桃李辈"，它们繁华一时，却没有一点儿花中气节。陆游甚至说："平生不喜凡桃李，看了梅花睡过春。"尽管不去争春，梅花的俏丽还是遭到桃李的嫉妒。美和丑，善良和邪恶，总是不能和平共处的。"一任"，听凭的意思。"一任群芳妒"，写出了诗人不屑与邪恶势力争一时之短长的襟抱。梅花是长在驿路侧边的，纵使飘零了落在泥中，被往来车马压碎化成了尘土，但它有操守、有气节，芳香的本质是任何挫折也磨灭不了的。风雨的吹打，桃李的嫉妒，车马的摧残，对香气永远不灭的梅花能起什么作用呢？这是诗人对当时黑暗政治压力的响亮回答。

　　这种借咏梅花来言情写志的写法，古人叫作比兴手法。所谓比兴，就是托物寄意，言近旨远。借梅花的标格，寄托自己的怀抱，写的是眼前的梅花，说的是政治遭遇和自己的政治抱负，使人深思，启人遐想。这种借咏物来寄托自己思想感情的写法，在咏物的诗词里是被前人普遍运用着的。

　　毛主席的《卜算子·咏梅》词，也是用这种手法写的。所不同的是，他所托的物虽和陆游一样是梅花，但他所言的志却是改造世界的革命的豪情壮志。陆游笔下的梅花是孤高而寂寞的，我们感受到的也只是一个封建社会里爱国知识分子的悲愤。毛主席笔下的梅花却是一种新的标格，充满了昂扬乐观而又十分谦逊的伟大精神。两树梅花，两种形象，两种标格，所以说是"反其意而用之"。

（原载1964年2月8日《成都晚报》）

杜甫的《成都府》诗

《成都府》诗是杜甫于唐肃宗乾元二年（759）十二月，由同谷（今甘肃成县）到成都途中所写的组诗里的最后一首。这首诗寄兴含情，表达了诗人初到成都时留下的美好印象。

> 翳翳桑榆日，照我征衣裳。
> 我行山川异，忽在天一方。
> 但逢新人民，未卜见故乡。
> 大江东流去，游子日月长。
> 曾城填华屋，季冬树木苍。
> 喧然名都会，吹箫间笙簧。
> 信美无与适，侧身望川梁。
> 鸟雀夜各归，中原杳茫茫。
> 初月出不高，众星尚争光。
> 自古有羁旅，我何苦哀伤！

开头八句写诗人黄昏时抵达成都的感受。古人常用日光移在桑榆树端比喻太阳西落，朦胧的落日余晖照着征衣，诗人从苦寒的同谷忽然来到繁华的成都，自然会产生这是另一个世界的感觉。"山川异""新人民"，表达了耳目一新的欣喜心情。诗人虽然深深喜爱这里的人民、山川，然而面对眼前滚滚东逝的岷江，联想到自己避乱来蜀的漂泊生涯，有如流水一样永无休止、永无了结，从而欣喜的心情一转而为深沉的"游子日月长"的慨叹。寥寥几句，表现了他乍到成都时的心绪复杂、感情起伏。

"曾城填华屋"四句正面描绘了唐时成都的盛景。成都有大城、少城。"曾城"，即层城，高城。"填华屋"，充满着华美的房舍。当时的成都府城，由于未受中原战祸的影响，人口密集，气象恢宏，加上唐玄宗曾避乱来过成都，肃宗至德二年（757）便把成都定为南京。杜甫来的时候，成都已经成为喧阗热闹的"名都会"了。时值隆冬，但树木青葱、郁郁苍苍。成都的绿化，历史上就很有名。早在西晋，左思的《蜀都赋》就用"百药灌丛，寒卉冬馥"来赞美川西一带冬天的药材和花草。若是春天，那更是诗人后来称道的"东望少城花满烟"了。这四句对成都建筑的规模、明丽的景色作了动人的描绘，特别是成都的歌舞，"吹箫间笙簧"，文化生活十分活跃。大批乐舞人才一时云集成都，所以诗人后来还曾用"锦城丝管日纷纷，半入江天半入云"来形容其盛况。

最后八句是入夜后的感受。"信美"，是对成都的繁华的描写作出肯定。成都，多娇的江山，的确是美丽的，但诗人却和汉末的诗人王粲在荆州依附刘表那样产生了"虽信美而非吾土兮，曾何足以稍留"（《登楼赋》）的感喟。侧身望着河桥，看到傍晚时分鸟雀尚有巢可归，自己却回不得故土，中原信息杳无所知，他怎能忘记邺城败后的中原人民啊！"月出不高，众星争光"，既是眼前景，又是一种比喻手法。肃宗接位后，正在草创时期，藩镇跋扈，骚扰中原，这与众星和刚出的月亮争光不是有相似之处吗？这就交代了中原不可归的原因。诗人处境如此，只好自我慰藉了。"我何苦哀伤"，言不哀伤，实际却透露出哀伤：成都虽好，却远离战乱里的中原人民。诗人对成都的赞美和对中原的怀念以及对国家安危的忧虑，便构成了全诗的主题。

杜甫不愧是一位伟大的现实主义诗人。这首短诗不仅给我们提供了有关唐代成都的一些珍贵史料,更重要的是表达了诗歌为人民这一可贵信念。

(作者平子、周玉清,原载1979年9月20日《成都日报》第3版)

李 白

唐代的伟大诗人李白,生于701年,卒于762年,今年是他逝世1200周年。

李白的祖籍,根据历史学家的考证,是甘肃天水。五岁时,他跟着父亲迁到四川彰明(今江彰县)。他的童年和青少年时代在四川度过,他的文学创作活动也从四川开始。现在四川江彰县大匡山,还有他的读书台遗址。

少年的李白,读书很勤奋。读过的书很多,又肯虚心向古人学习,他用《文选》作范本,写了许多习作。

相传,李白在眉山读书的时候遇到了困难,曾经准备放弃学习,转回家乡去。路过小溪,遇到一位姓武的老婆婆在溪边磨一根铁棒。李白好奇地问她磨来做什么,她说准备把铁棒磨成绣花针。李白听了很诧异,老婆婆说:"你别见怪!只要功夫深,铁棒磨成针。"李白大为感动,立刻转回眉山继续学习。那条小溪,后来就取名叫磨针溪。那位姓武的老婆婆给了李白多少勇气和力量啊!

二十六岁时,李白便离开四川到祖国东南一带漫游。广阔富庶的土地,美丽雄伟的河山,淳朴勇敢的人民,对李白有着巨大的吸引力,他情不自禁地写下了许多讴歌祖国河山的诗篇。

李白笔下的山川风物都带着他的性格特点：山峰总是那样雄伟突兀，河水总是那样豪迈奔放，月亮总是那样晶莹纯洁不染纤尘，白云总是那样自由自在不受拘束。《蜀道难》本是一篇描写四川自然环境和社会环境都很艰险的诗篇，但他太热爱祖国的一山一水、一草一木了，就在他描写道路艰难的同时，他描绘四川的山高得来黄鹤也飞不过去，猴子也攀缘不上去，在山顶一伸手就可以摸着星宿，人走到那儿连大气也不敢出。就在这个地方，枯松倒挂在悬崖绝壁上，瀑布水花乱溅，水冲击在岩石上发出巨响。你看，这是一个多么奇妙的地方，你能不对它产生一种爱慕的深情吗！

李白四十岁左右的时候，在艺术上已经十分成熟，他成为名闻全国的诗人。

唐玄宗李隆基听到了李白的诗名，便召他到京师长安去。在长安，李白做了一名闲官。因为他蔑视当权的封建统治者，得罪了皇帝身边的人，不到三年便受排挤离开了京师。李隆基刚接位的时候，推行过一些好的政治措施，还算是个好皇帝。但这时已经开始腐化，宠幸奸臣，过着骄奢淫逸的生活，许多青年农民被迫服兵役，田里的生产没人搞，政治局面一天天烂下去。这一切不能不引起李白的愤慨，他的诗总是这样鲜明地反映出广大人民对和平幸福生活的愿望。这时，他还写了许多揭露当时黑暗社会的诗篇。

离开长安以后，他又重新开始了漫游生活。在洛阳，会见了比他小十一岁的另一位伟大诗人杜甫，他们成了最亲密的朋友。

杜甫很理解李白，他非常支持李白离开腐朽的官场，他们一道游历了开封。分别不久以后，他们又在兖州遇到了一起。他们的友谊更深厚了，晚上常常睡在一块，白天携手同行。杜甫佩服李白对黑暗社会的反抗，也佩服李白写诗的惊人神速和超越一般诗人的才华。

唐玄宗后期的政治腐败，招来了安禄山的叛乱。安禄山是一个具有雄厚实力的边疆军阀，部下将士大多数是胡人。腐朽的唐军抵御不了强大的胡兵,叛军很快便占据了京师,李隆基也仓皇逃难到四川。这时李隆基的第十六子李璘,引兵从湖北出发,准备保卫东南一带。兵过江西,便邀请正在庐山住的李白参军。李白被爱国热情驱使,就慷慨答应了。后来,李隆基的第三子李亨当了皇帝,并和李璘争权。李璘失败以后,李白也被加上了一个叛国附逆的罪名,判处充军到现在的贵州桐梓县去。幸而半途遇到大赦,被释放回来。老年的李白,贫病交迫,寄居在亲友处。这个有爱国热情、有才能的诗人,终于死在安徽的当涂县。

统治阶级对李白的迫害,他的好友杜甫一直是抗议的。杜甫在《梦李白》的诗里质问道:"冠盖满京华,斯人独憔悴。孰云网恢恢,将老身反累。千秋万岁名,寂寞身后事。"为什么一些庸庸碌碌的小人做大官挤在京师,而李白这样天才的诗人却独自遭到不幸?谁说有什么天理,竟使这样年老的诗人横遭冤屈,使人痛心!他的诗篇一定要流传到千年万载以后,但是有什么作用呢,这仅仅是身后的名声。

杜甫的愤慨,代表了广大人民的意见。

李白流传到现在的诗有九百多首。他在诗歌上的巨大成就对后世有着很大的影响,宋代大诗人苏轼、陆游、辛弃疾都从李白的诗篇里吸取过丰富的养料。

(四川广播电台广播稿,1980年)

鲁迅谈独立思考

——纪念鲁迅逝世 20 周年

喜欢独立思考，永远是青年人的特色。一走进青年队伍，便会使我们感触到青年人跃动着的强烈的脉搏。他们想得很多、很远，思想的潮水正以汹涌澎湃之势倾泻出来。

但在鲁迅先生生活着的年代，那些代表着封建主和买办阶级利益的"正人君子"们，搬出了许多古老的教条，用它织成一幅"塞聪蔽明"的帷幕，想把青年闷死在帷幕后边。他们不准青年独立思考。

早在 1918 年，鲁迅先生便提出了"愿中国青年都摆脱冷气，只是向上走，不必听自暴自弃者流的话"（《热风·随感录》）的谆谆嘱咐。鲁迅先生深刻地理解到青年是祖国的未来，要推翻帝国主义和封建势力在中国的统治，建立美好的生活，只有依靠全国人民尤其是青年的首创精神。这就是鲁迅先生说的："扫荡这些食人者，掀掉这筵席，毁坏这厨房，则是现在的青年的使命！"（《坟·灯下漫笔》）

但就在青年群中，当时也确有被闷倒在"帷幕"后边的人。明明是青年人，却写篆字、填词、劝人读《庄子》《文选》，摆出一副"文学遗少"的面孔（《准风月谈·重三感旧》）。鲁迅先生既要和那些想扼杀青年独立思考的"正人君子"的言论作斗争，又要和那些躯壳里埋着"桐城谬种、选学妖孽"的喽啰们的言论作斗争，这就是鲁迅先生所以要反复地谈论着独立思考的原因了。

独立思考和迷信权威的思想是不相容的。迷信权威的结果必然会把自己的思想封锢在专家和名人的知识框子里,重复着别人已经说过的话,证明着别人已经证明了的结论。鹦鹉学舌,人云亦云,窒碍了自己广阔的思路。鲁迅先生提醒我们:"博识家的话多浅,专门家的话多悖。"(《且介亭杂文二集·名人和名言》)"多浅"的话,可以阻遏我们的进取心,扼杀我们的积极性和创造性;"多悖"的话,"是悖在倚专门之名,来论他们所专门以外的事"。一知半解,或是强不知以为知,更会造成我们思想上的混乱。鲁迅先生并不反对我们向专门家学习他们的专长,只是反对我们盲目援引那些"他们所专门以外"的"悖"论的。

独立思考和教条主义也是不相容的。作为中国文化革命伟人的鲁迅先生,他的读书方法是特别值得我们学习的。就拿他读古书的方法来说吧,他认为只有依靠自己的独立思考,知识才能被我们掌握和运用。他写道:"须仗我们已有的知识,给它注解、补足。待到翻成精密的白话之后,这才算是懂得了。"(《花边文学·此生或彼生》)他主张把正史和野史比较着读:"历史上都写着中国的灵魂,指示着将来的命运,只因为涂饰太厚,废话太多,所以很不容易察出底细来。正如通过密叶投射到莓苔上面的月光,只看见点点的碎影。但如看野史和杂记,可更容易了然了,因为他们究竟不太摆史官的架子。"(《华盖集·忽然想到》)

这种把许多书放在一块,从涂饰太厚的废话里察出底细的阅读方法,是需要通过自己的研究的。他一再强调看书之后要自己思索,自己观察,要把书本上的知识运用到生活里去。他说:"必须和实际生活接触,使所读的书活起来。"他告诫青年:"倘只看书,便变成书橱,即使自己觉得有趣,而那趣味,其实已在逐渐硬化,逐渐死去了。"(《而已集·读书杂谈》)为考证而考证,为趣味而学习,不把书本上的知识和实际生活联系起来,鲁迅先生都是竭力反对的。

清规戒律会束缚人的独立思考。鲁迅先生根据自己走过的弯路，向我们娓娓地谈道："我也曾有如现在的青年一样，向已死和未死的导师们问过应走的路。他们都说不可向东，或西，或南，或北，但不说应该向东，或西，或南，或北。我终于发现他们心底里的蕴蓄了：不过是一个'不走'而已。"（《华盖集·这个与那个》）那些"不可这样""不可那样"的清规戒律扼杀了多少有抱负有才能的青年啊！他提出："我以为人类为了向上，即发展起见，应该活动，活动而有若干失错，也不要紧。"（《华盖集·北京通讯》）他向青年大声疾呼："你们所多的是生力，遇到深林，可以辟成平地的；遇见旷野，可以栽种树木的；遇见沙漠，可以开掘井泉的。"（《华盖集·导师》）为鲁迅先生称道的青年人的这种排山倒海的雄伟魄力，这种旺盛的革命乐观情绪，这种勇往直前的首创精神，在实际斗争的锻炼里，在中国共产党的教育下，在民主主义革命时期已经变成了巨大的物质力量了。

　　今天，我们的祖国，社会主义革命又取得了辉煌的胜利。我们的时代是这样的富有首创精神和英雄气概，祖国要求青年一代发挥独立思考能力，大胆创造，把科学文化水平推向新的高潮，为人民作出更大的贡献。温习一下鲁迅先生这方面的指示，我们将会得到有益的启发和莫大的鼓舞。

（原载 1956 年 10 月 19 日《成都日报》）

谈邹容

每次到重庆,当我漫步在邹容路上的时候,就会想起章炳麟"邹容吾小弟,被发下瀛洲"的诗来。

邹容,字蔚丹,四川巴县人,生于1885年。当时的四川在清政府的残酷剥削和帝国主义(主要通过传教士)的奴役下,人民生活很痛苦。1863年、1885年先后爆发了大规模的反帝斗争——重庆教案。随着《马关条约》的签订,1895年把重庆辟为了通商口岸,成为帝国主义侵华基地之一。时局压紧了他年青的心灵,时局也给了他一个斗争的天地。

苦闷,愤慨,1902年他离开四川,到日本后立即投入了如火如荼的革命活动。

在日本,他读了卢梭的《民约论》等著作,结合当时中国现实,参照法国革命和美国独立的学说,开始做写革命宣传小册子的准备——这就是他回国后于1903年3月在上海写成的《革命军》。

邹容以燃烧着的革命激情,在《革命军》一书里表达了自己的革命思想,揭露了清王朝对广大中国人民的残酷统治。他认为,只有推翻中国数千年以来的封建专制政体,摆脱外族的奴役,扫荡干涉我国主权的外来恶魔,中国才能独立。他提出了"革命纲领":凡为国人,一律平等,无上下贵贱之分;革命、自由及一切利益之事,皆属天赋之权利。

上海大同书局在 1903 年 5 月出版了这本富有战斗性的革命宣传小册子——《革命军》，上海的报纸《苏报》又发表了两篇评介文字，介绍了邹容的民主主义革命思想的面貌，推崇这本书是"今日国民教育之第一教科书"，引起了清王朝的震惊。

在上海，邹容住在爱国学社。爱国学社是章炳麟、蔡元培等发起的一个革命学术团体。《苏报》的社论由爱国学社的人轮流撰写，其事实上已经成为学社的宣传报纸。清王朝忌刻和仇恨学社、报社，唆使帝国主义的侵略工具——上海工部局在 6 月 30 日到爱国学社逮捕了章炳麟。7 月 1 日，邹容自赴工部局。

> 容倖脱，惟闻炳麟已被逮，即赴捕房自首，冀解炳麟。捕房以容年少，斥之使去。容曰："某即邹容，著《革命军》者也。何与章炳麟？"（邹容纪念碑碑文）

这就是清末的文字狱——"苏报案"。

清王朝和帝国主义勾结起来，终于对章炳麟判刑三年、邹容二年，监禁期间，罚做苦工。在狱吏的折磨下，邹容 1905 年 4 月 3 日瘐死狱中，为革命奉献出了宝贵的生命。章炳麟《邹君墓表》云：

> 君既卒，所著《革命军》因大行，凡摹印二十有余反，远道不能致者，或以白金十两购之，置笼中，杂衣履糗饼以入，清关邮不能禁。

自然，时代和阶级出身给了邹容认识上的局限，片面宣传逐满、杀满，甚至错误地提出"革命必须划清人种"的主张。邹容是生活在五十多年前的旧民主主义革命的代表人物，我们不能用语言的偏激和看法的片面苛责于他。

邹容进行革命活动的时间是短暂的，前后不过几年，但是他的斗争是那样坚决、那样壮烈！今年，在纪念辛亥革命50周年的时候，邹容也是一个值得纪念的人物。

（原载1961年7月27日《成都晚报》第3版）

贾培之塑造的文天祥

二十年前，我看过已故的川剧名演员贾培之老先生表演的几出戏，又和贾老先生谈过有关人物塑造的问题，所以贾老先生在《柴市节》里塑造的民族英雄文天祥的光辉形象，至今还活在我的记忆中。

用贾老先生的话来说，"要把文天祥演活，既要冷，又要热，还要不冷不热；动作不能多，花腔不能使"。

贾老先生紧紧掌握住剧本里"视死如归之乐"这句台词来表现文天祥的性格。一出场，先看天上，后看自身，微微皱着眉头，使观众完全能理解到这是一个刚从黑暗潮湿的监狱里关了三年出来的爱国者。接着，他念了"这三年工夫将人折磨够了"的道白。这句话，贾老先生念得既像庆幸自己盼到了就义的一天，又像责备元朝统治者加于他的折磨。他念得不高不沉，感情异常平静。在人生只有一次的死亡关头，感情这样平静，既深刻地表现了这位爱国者的崇高品质，也切合这位理学名儒的身份。这就叫冷。

就义前，文天祥在短暂的时刻里接受了各种考验。"死有重于泰山"，是文天祥的选择；"不义而富且贵"，是文天祥所不屑做的；"惟有恩情割不开"，当欧阳夫人上场时，这经过锻炼的铁汉子也震惊了。这里，贾老先生的表演很成功。他双目微合，听到欧阳夫人的脚步声，听到"老老老爷"的凄苦叫声,双目一开,身体一撤,看了夫人一眼,然后恢复了平静,问道:"吓!夫人,你都来了。"这就把内心激动到了极点,却又尽力用理智压制感情的全部过程表演出来了。文天祥是个极富感情的人,贾老先生掌握住了这一点,却又不忘其民族英雄的气度。所以,在表现文天祥和夫人娓娓谈论时,不要腔,唱得平稳酣厚,不带一点缠绵悱恻的感情;动作也少,连指爪眉眼也用得不多。给观众的感觉,就像文天祥和夫人谈论的不是生与死的大问题,甚至不像是自己的问题。这就深刻地表现了这位民族英雄置身家于度外,视死如归的高贵品德和风度。

贾老先生的表演是一浪紧接一浪的。刚刚感情平静下来的文天祥,一听才上场的老院哥文明带着眼泪说的一番大义凛然的话,感情像脱缰的马,再也控制不住。他一面弹去泪珠,一面念道:"人生难得相知感,对此如何不怆怀。"这二句,配合着夫人"喔呀"的哭声和老院哥"啊啊"的哭声,达到了悲剧的最好效果。这就叫热。

在文天祥夫妻生离死别的重要时刻,汉奸留梦炎上场了。文天祥对这个汉奸是仇恨的。特别是当他意识到留梦炎来是为了劝降,他对留梦炎有责备、有冷嘲、有热讽、有辱骂、有戏弄,最后是凝神静气、闭目不语,用异乎寻常的冷给留梦炎以沉重的打击。留梦炎下场后,他的气愤达到极点,贾老先生在唱"国家有此等人,不亡何待"一句时才要腔。支走了夫人,更换好冠戴,唱"我甚喜今朝你们主仆来"才放腔。唱到"杀场上来送死,你真真真称得贤哉",贾老先生根据剧情发展的需要垫了三个"真"字,把火热的内心情感通过语言表达了出来。这一句,他唱得高亢入云。这样的放腔,在整个戏中不多,却通过这一句放腔把夫妻之情、知己之感、感激里夹着安慰、称赞里带有勉励等各种情感奔迸而出。外表的冷,内在的热,达到了高度的和谐。这就叫又冷又热。

(原载1961年3月22日《成都晚报》)

精雕细刻

——川剧《情探》谈屑

《情探》是川剧的一折好戏。

活捉王魁的故事,从宋代起便被搬上舞台。王魁,这个搞臭了的名字,和陈世美一样,已经成了贪图荣华富贵、负心男子的同义语。尽管过去封建知识分子里有一小撮人想替王魁不光彩的名誉洗刷,像明代写过杂剧《王魁不负心》的杨文奎,写过传奇《桂英负王魁》的无名氏,但人民不批准,愈洗愈黑,愈刷愈脏,他们写的剧本没有流传下来。明代王玉峰写《焚香记》,走的还是替王魁洗刷的老路子,但他耍了一个狡猾,说桂英既多情,王魁也重义,休书只是一个叫金垒的第三者伪造,桂英气愤自缢是情感冲动、一场误会,两人还阳团圆则出于海神的恩典,似乎桂英之死是缺少一点调查研究精神所致。这个调和阶级矛盾、宣扬宿命观点的剧本,居然有长时期的舞台生命。川剧《情探》的处理,却堵塞住了王玉峰之流的口。这一探,探得好。它对王魁是一次严峻的考试,让他在义与利、善良与邪恶之间再作最后一次选择,是负心后的一次补考。王魁几度徘徊,几度懊悔,终于"横了心肠断了胎",安心作恶,说明王魁的负心不是出于偶然,而是反复考虑、精选细择、权衡轻重以后才采取的坚决的行动。这一探,把戏剧矛盾复杂化了。矛盾愈复杂,内容愈深刻,意义愈沉痛,悲剧味愈醇厚,就愈有力地控诉了旧社会的罪恶。王魁的阶级地位变化了，成了封建阶级一员了，心也就黑透了，这一思想很容易为观众所接受。这探，是一面显微镜，把这个有毒的细菌放在凸光镜头下让大家辨别认识；这探，又是一面照妖镜，把这个丑恶的灵魂赤裸裸地暴露在光天化日之下、大庭广众之中。探，不是对王魁的争取，不是对王魁的挽救，而是对王魁的考察，是活捉定案前的一番调查工作，也是对王魁不负心谰调的一个有力回击。说它不是争取，桂英已死，争取和好已经失掉意义；说它不是挽救，如果王魁腐烂了的良心还有一星儿未泯灭，也就无须活捉，不存在所谓挽救的问题了。这个深刻的道理，用一个"探"字便完全表现了出来。从剧目来看，是精雕细刻的。

《情探》是根据川剧老本《活捉王魁》（简称《活捉》）改写的。

《活捉》用粗笔大墨勾画出了有着强烈复仇意志的女鬼焦桂英的形象。一上场，她怀着满腔怒火，唱着"这冤仇实难相偿，若遇着怎肯轻放"。她要报仇，要雪恨。王魁哀求，无效。许她超度灵魂，也无效。焦桂英要的只是王魁的性命："凭你是蒯文通、张子房，说生死，道无常，说不过铁石心肠，冤家狭路怎轻放！"句句浸透着填膺的怒火，字字迸发出咬牙切齿的声音，很坚决，很彻底，没有磋商余地，使人快意，也能给人以情绪上的满足。但戏剧冲突比较简单，有待于加工和提高。

《情探》用精雕细刻的手法，把王魁和焦桂英的内心世界描绘得淋漓尽致，渲染得有声有色。改写者笔下的焦桂英既有着《活捉》所原有的强烈复仇意念，又有着冷静的理智，激情容纳在慎重之中。活捉以前，通过她和王魁的爱情纠葛作了种种试探，既动之以情，又晓之以义，倾诉满腔的委屈，提出宛转的要求，抒发由衷的恩爱，从各个方面看王魁的反应。为了避免主观，甚至设想了一个绝不可能的前提："犹恐他从前恩爱依然在。"一浪紧一浪，一层逼一层，剥开王魁的画皮，使王魁对自己的罪行无可狡辩、无可抵赖。从艺术构思上看，是精雕细刻的。

塑造人物性格，离不开细节描写。没有细节，剧情只是一个故事梗概，人物也会变得没有血肉。《情探》的作者没有放松任何一个细节，甚至包括做小道具用的作为药方的小小白纸。当王魁问焦桂英上路的事，她拿出一张药方，说道：

焦桂英：我想去年秋后，状元公深夜攻书，奴在一旁烹茶奉水。那时秋风瑟瑟，奴说郎君安寝了吧。及入罗帐，郎君脚如冰冷，是奴偎脚而眠，终夜不暖！次日郎君就得下寒疾，医药罔效。奴家许上一愿："皇天啊，菩萨！保佑郎君安好，愿减我六年之寿。"后来奴在海神庙前，求得药签一方，郎君病体就霍然而愈。状元公，你还记得记不得？

王　魁：记得，怎么样？

焦桂英：记得就好！奴怕郎君玉体不安，无人侍奉，（取出药方）特地送此药方而来。

应该说，这是一段牵人情思、动人肺腑的台词。这段台词抒发了焦桂英对王魁真挚的爱。她关心他的学习，关心他生活上的一切，关心他的健康，为了王魁身体复原甚至愿作自我牺牲——夭折年寿，意深情厚，这是一个体贴入微、相敬如宾、相爱入髓的贤淑妻子的形象。王魁能够安心地读书和养病，是在她爱抚的双翼下进行的；王魁能够成名高中，这里面有她的心血。对待这样的情人，王魁却表现了不可容忍的冷酷和残忍。王魁这个反面人物，衣冠禽兽的形象，也被烘托得异常丰满。这个细节，多么富有表现力！焦的深情，王的负义，曲屈达出，就像一剂定影剂，把这两个人物定型下来。调查虽是活捉定案前的一种手段，但焦桂英却是用真情挚意去试探的。她情感的烈火终于点不燃王魁旧情的死灰，王魁是情无可原、罪无可逭的。从细节描写看，也是精雕细刻的。

深厚的抒情味使这个剧本达到诗剧较高的水平。整个剧本是一首和谐的抒情诗，所使用的语言也是诗的语言，又具有鲜明的舞台语言特点。

焦桂英（唱）：梨花落，杏花开，梦绕长安十二街。夜间和露立苍

> 苔，到晓来辗转书斋外。纸儿、笔儿、墨儿、砚儿！件件般般都是郎君在，泪洒空斋，只落得望穿秋水不见一书来。

王　魁：（长叹）事如春梦了无痕，忍俊不禁了！

焦桂英：（泣）四月初旬，算是京城放榜之期，奴家又到海神庙祷告。奴说：海神啊！（唱）你生时忠义死时哀，到而今香烟万代。我郎君落拓青衫一秀才，要保他文章合派，莫使他春愁如海。神灵儿鉴怜奴四礼八拜，果然是马前呼道状元来。

这是追叙焦桂英和王魁分别后关心系念的思想活动的一段唱词，委婉细腻，缠绵悱恻，简直是神彩之笔。有了这一段唱词，焦桂英的形象更丰满了。她深爱王魁已经达到整个心神为王魁所夺的境界，惦念着，心系着，看见文房四宝引起了往事回忆而泪洒空斋。关心王魁的前程，琢磨着王魁试卷的文风是否与当时的风尚符合，担心着万一不中会引起王魁如海的春愁。白天想，夜里念，没有拘管的梦魂，绕遍王魁所在的京师汴梁。这是真情，也是痴情，但一片痴情却落得望穿秋水不见一书来的后果，这也是血的控诉。对王魁的鞭挞多么有力，比老本《活捉》责骂之后捉了便走深刻得多，坚实得多。不仅塑造出了焦桂英一片痴情、所遇非人的光辉形象，也使这一人物具有鲜明的个性，不同于秦香莲，也不同于赵五娘。她的一词一句都不能移植在别的地方。语言的个性化，是舞台语言的生命。在观众头脑里能够深深印入焦桂英的形象，主要是靠这些金刚石般的语言。一字一句，情真意真，好像不是从口中说出，而是从心灵深处迸出。从舞台语言看，也是精雕细刻的。

自然，一般说来，《情探》的语言过分文雅化，妨碍了观众的理解，是一个缺点。但是像上面引的这两段唱词却清新晓畅，是文雅的，也是鲜明的。

整理川戏传统剧本，研究《情探》作者赵熙在修改老本《活捉》时使用的精雕细刻的艺术手段，这里面的确有师可法，有经可取。

（原载1962年3月29日《成都晚报》）

黄吉安的《青陵台》

《青陵台》这个剧本在黄吉安先生的创作里占很重要的位置。这个剧本尽管写的是战国时代的故事,但它却深刻而全面地反映了作者生活着的时代阶级对立的关系,表达了在地方割据的局面下人民对黑暗势力的反抗心情和改变现实的强烈愿望。由于作品丰富灿烂的思想内容和永不熄灭的艺术光芒,至今还经常在舞台上演出。

一

《青陵台》的故事,最早记载在晋干宝《搜神记》卷十一:

> 宋康王舍人韩凭①,娶妻何氏②,美。康王夺之。凭怒,王囚之,沦为城旦。……俄而凭乃自杀。其妻乃阴腐其衣。王与之登台,妻遂自投台,左右揽之,衣不中手而死。遗书于带曰:"王利其生,妾利其死,愿以尸骨赐凭合葬!"王怒,弗听,使里人埋之,冢相望

---

① 通行本《搜神记》作韩凭,《法苑珠林》卷十七、《太平御览》卷五五九并引作韩冯,唐刘恂《岭表录异》引作韩朋。朋、凭古音相近,冯、凭古来通用。

② 到了明代,韩冯妻子的姓氏,就已经由何氏说成息氏了,见顺治十六年(1659)修的《封丘县志》和蔡元放根据冯梦龙《新列国志》加工的《东周列国志》第九十四回。

也。王曰:"尔夫妇相爱不已,若能使冢合,则吾弗阻也。"宿昔之间,便有大梓木生于二冢之端,旬日而大盈抱。屈体相就,根交于下,枝错于上。又有鸳鸯雌雄各一,恒栖树上,晨夕不去,交颈悲鸣,音声感人。宋人哀之,遂号其木曰相思树。相思之名,起于此也。南人谓此禽即韩凭夫妇之精魂。今睢阳有韩凭城。其歌谣至今犹存。

这段记载,指出了这个民间传说从北方流传到南方的经过,指出了描写韩冯夫妻故事的歌谣在民间流传。拿它来和《史记·宋微子世家》所载宋王偃(康王)"淫于酒妇人,群臣谏者辄射之,于是诸侯皆曰桀宋"的话对证,是有极大的真实性的。

《搜神记》卷十六紫玉化烟的故事里记:

玉魂从墓出,见(韩)重流涕……玉乃左顾宛颈而歌曰:"南山有鸟,北山张罗,鸟既高飞,罗将奈何!"

可以看出,"南山有鸟"这首民歌,在晋代还没有和韩冯妻发生关系。到唐代,敦煌写本中的《韩朋赋》里才说"南山有鸟"四句是贞夫(韩朋妻的名字)写给韩朋信里的话。又引贞夫对宋王说:"燕雀高飞,不乐凤凰。妾是庶人之妻,不乐宋王之妇。"宋元人书里,才说这两首都是韩冯妻所作的《乌鹊歌》①。唐代以后,已经把《乌鹊歌》和韩冯夫妻故事连在一起成为故事里的一个主要成分了。

唐代文人对韩冯妻是歌颂的,李白赞扬她对韩冯的"得意不相负"②,李商隐赞扬他们的"万古贞魂"③,但都没有突出他们的反抗性格。民间文学作品《韩朋赋》,写贞夫死后宋王在墓前拾得二石,弃石道旁,生了二

---

① 明冯惟讷《古诗记》:"《乌鹊歌》二首,见《彤管集》,一作《青陵台歌》,见《九域志》,前止一首。"《九域志》是宋人的一部地理书,里面所载"南山有鸟"一首,也引见明杨慎的《风雅逸篇》;"乌鹊双飞"一首,也见见元林坤的《诚斋杂记》。
② 李白《白头吟》:"古来得意不相负,只今惟见青陵台。"
③ 李商隐《青陵台》:"青陵台畔日光斜,万古贞魂倚暮霞。"

树,树被斫去,变成一对鸳鸯。鸳鸯飞去,落下一匹羽毛。宋王取羽毛摩拂,其头即落。宋国亡后,坏人梁伯父子,因为陷害韩冯夫妇,也发配在边疆,受到了应得的惩罚。在肯定韩冯妻坚贞的同时,《韩朋赋》歌颂了她对封建压力的反抗和至死不渝的复仇精神。

黄吉安先生写《青陵台》主要根据的还是《东周列国志》。他一方面围绕韩冯夫妻的故事写出了宋国朝臣之间的矛盾与斗争,成功地刻画了许多正面人物和反面人物的形象,大大丰富了《东周列国志》威强不能夺志的主题思想;另一方面突出了韩冯夫妇的反抗,宣扬了在善与恶斗争中善必定战胜恶这一真理,发扬了古代民间传说里的现实主义精神。

二

戏本一开始,宋国朝廷上就围绕青陵台选美这一事件展开了激烈的论争。论争很自然地接触到对宋康王的看法。相国景成、司寇戴乌、上大夫公子勃等一批头脑比较清醒的政治家认为宋康王"有威可畏""无德可怀",修青陵台是"不恤民膏""有违农时"、荒淫好色的结果,会导致国破家亡。逢君之恶的右师陈坚却认为宋康王曾经把危弱中的宋国变成强国,胜楚胜齐,灭滕败魏,又和强大的秦国结为盟好,是个雄才大略的好君主,并说景成等人"诽谤朝廷不算忠"。这次论争,不但对宋康王这个万恶暴君的形象起了侧面描写的作用,对表面强大而实际上危机四伏的宋国环境作了约略的描绘,而且把善与恶、正义与非正义的斗争一开始就展现在舞台上,并从头至尾地贯穿在每一个场面中。

朝廷上尖锐的斗争并没有因景成等人的失败而停顿下来。在抢夺息氏这一问题上,行人薛居舟和宋康王起了正面的冲突。宋康王把"夺占他人之妻"当成是件小事,他无耻地责问薛居舟:"这点小事孤都争不得,孤还想争王图霸？"他慨叹曰："宋廷无人比管仲，孤风流不亚齐桓公。"作者通过这次斗争剥去了这个堂堂诸侯的尊严外衣，暴露了这个花鼻梁荒淫无耻君主的丑恶本质。

作者生活在清末民初的黑暗时代，那时的封建割据军阀既是争城夺地、杀人盈野的混世魔王，又是抢男霸女、欺压平民的花花太岁。不夺他人之妻，就不能争王图霸，这是多么奇怪的逻辑！而这种个性化的语言出自宋康王之口，又是多么切合这个混世魔王、花花太岁的身份。如果说宋康王的形象是清末民初某些军阀的艺术概括，那么这个戏能在当时的四川到处上演，就更有它严肃的社会意义：人民不仅从舞台上洞察军阀的兽行，以及他们在正义斗争面前的卑怯和空虚的内心世界，而且还深刻地理解了人民反抗斗争的正义性和胜利的必然性，进一步鼓舞了人民的斗争。黄吉安先生能这样处理题材，这种"古为今用"的现实主义态度，是值得我们肯定和学习的。

韩冯的妻子终于被抢来了。作者极其深刻地写出了宋康王的流氓口吻：

宋康王：息美人。

息　氏：妾在。

宋康王：你可知孤的心意？

息　氏：倒也不知。

宋康王：孤见你容华绝世，品貌超群，有心立汝为后。你为何固执不从，束装逃匿？

息　氏：哎呀大王！又道南山有鸟，北山张罗，鸟自高飞，罗当奈何！

宋康王：说得好，与孤再说。

息　氏：鸟有雌雄，不逐凤凰，是庶人，不乐你宋王。

宋康王：哎呀！此女子出口成章，不但有貌而且有才。息美人呀息美人，此时你倒在与孤讲文，只怕少时孤要用武了！（唱西皮二流）息美人通诗词口吐白凤，与君子乐好逑美在其中，不管你飞不飞要效鸾凤，不管你乐不乐要配雌雄。

这个流氓气十足、横蛮不讲理的宋康王在这次斗争中，结果因息氏投青陵台自杀而可耻地失败了。作者写出了他肮脏而又空虚的精神世界：

宋康王：（唱三板）北山张罗一场空，南山有鸟辨雌雄。翡翠衾寒谁与共？（景成、戴乌、公子勃冲上）

众　臣：（同唱）柏舟泛到幽冥中。

在息氏自杀这一问题上，宋康王和景成等继续展开了不可调和的斗争。景成叫宋康王留意群众舆论；戴乌指出"适乐郊适乐土睢阳一空"，他已经完全失掉了民心；公子勃还要他关心战争危机。宋康王在理屈词穷的情况下，处死了三个贤臣。"杀几个庸臣辈何足轻重，转不及美人死难释寸衷"，深刻地揭示了他丑恶的心理状态。

作者如何处理题材，在极大程度上是属于艺术处理上的方法和风格问题。从黄吉安先生处理宋朝廷上对选美、夺息、息氏扑台的三次论争看来，作者的艺术构思是巧妙的：不是孤立地描写宋康王和息氏之间的冲突，而是把它在朝廷上所引起的反映有层次地展现出来，构成一浪接一浪的起伏不已的波澜。这是艺术处理问题。作者把封建暴君和人民之间的矛盾，从正面也从侧面——封建统治阶级内部迂回曲折地反映了出来；把朝臣景成、戴乌、公子勃、薛居舟都处理来站在韩冯、息氏一边，有力地说明了这个荒淫无道、破坏别人爱情的宋康王在强大的群众性的冲击、反抗、批判、嘲笑的洪流中行将灭亡。作者把宋康王生活上的荒淫和政治上的黑暗统一在民本思想的前提下面，显然这已经不属于艺术处理的方法问题，而是涉及作者对于事件本身的认识问题了。作者还写了和这个故事相衔接的剧本《三伐宋》，这两本戏完整地反映了宋康王由荒淫无道到失掉民心终于朝廷覆灭的整个过程。

三

深刻地揭露矛盾和鲜明地塑造人物是《青陵台》最成功的方面。正如作者没有孤立地写宋康王和息氏之间的矛盾一样,作者是从矛盾的发展中来塑造人物的。

封建统治者依仗他们的政治权力欺压妇女,不但欺压劳动人民的妻女,就是下级官吏的妻女,他们也决不放过。在他们眼里,妇女是弱者。宋康王对息氏说:"你可知道孤为一国之主,能富贵人,能生杀人?"然而在聪明、正直、勇敢、坚强的息氏面前,这个"能富贵人,能生杀人"的一国之主,显得多么的怯懦、愚蠢和渺小。

息氏的形象是塑造得相当成功的。随着矛盾的不断发展,她的性格也不断发展变化。

"桑园"一场,息氏在我们面前出现的时候,是一个克勤克俭、安贫守素、只求和丈夫一道过着平静清淡生活的少妇。她并不埋怨"女儿纺织男耕种,荆钗布裙独素风"的贫苦日子,她沉醉在和韩冯"伉俪情深,尚有举案齐眉之乐"的幸福里。作者在这一场写了一段饶有风趣的插曲:

农妇一:韩大嫂,你们当家人是个响当当的舍人,你就是个夫人了,怎么你也来找这个钱啰?

息　氏:哎呀,老姐子!你不要糟蹋我了。奴夫虽然是官,只是还没有好大一个前程,每年关的俸禄,除了应酬连衣服都未尝添一件。莫要笑,我两口子还在吃稀饭。

这段插曲不仅说明了息氏和劳动妇女有相同的地位,而且还把这个勤劳善良的少妇和专门到桑园来看"美佳人来了一窝蜂"的宋康王作了一个鲜明的对比——一个是勤劳正直,一个是荒淫无耻,为下面的冲突埋下伏线。

当宋康王降下韩冯献妻的旨意,毁灭了她美满而平静的生活的时候,骤然的袭击使她立刻意识到这是一场"灭门大祸",但她也立刻下了决心:"南山鸟北山罗不受牢笼。"

剧中出现了紧张场面。宋康王派来了川流不息的兵丁,三番两次催她进宫。她知道和宋康王是没有什么道理可说的,在"是常人还可兴词讼,昏君对手告无从"的情况下,他们夫妻决定逃奔楚国,但这希望从魔掌下逃出过起码的人的生活的善良愿望也幻灭了。"接旨"一场中,作者更突出了她"不怕威尊权又重"的富贵不淫、威武不屈的优良品质。

逃走既不可能,宋康王命令陈坚带领侍卫百人又已到了门上,她为"迅雷不及掩耳猛"的抢夺行动慌张了,只得怀着"舍此身哪怕贼戏弄"的必死决心上了迎接她的温车。在临走的时候,她安慰韩冯"你强如做个炊臼梦",多么深情厚意地表达了她对韩冯的情感!

息氏是聪明的、机智的,她用"南山有鸟""鸟有雌雄"的譬喻来唤醒宋康王的良心,用"若要顺从,除非头落眼闭"的坚强态度来反抗强暴,用"就请开刀,落个快性"的决绝言语来表示决心。而当宋康王用最卑劣的手段命令将韩冯尸骨丢在荒郊来威胁她时,她开始考虑如何更有意义地去处理人生只有一次的死。作者在这里对息氏的精神世界作了深刻的发掘,不忍心让为她而死的丈夫尸骨不收:在仔细考虑之后,她提出了"儿夫若得土一冢,奴家许你晚妆红"的出于无奈的"花言巧语"。

"扑台"一场是全剧的高潮。息氏在与宋康王的斗争中长了见识,变得更智慧、更深沉,斗争的方式也更曲折、更巧妙了。她下定决心自杀,把看守她的宫女骗走了以后,她深思道:

哎呀不妥!想奴这条革命,死何足惜。诚恐昏君恼怒,将我夫妻尸首丢在荒野,我生前被辱,死后蒙羞。昏君说得出来,做得出来,这拿来怎了?

有了。趁此时无人看守,奴不免挂下半幅罗裙,咬破中指,乖乖巧巧写下血书一封。昏君见奴言辞委婉,一时触动他的天良,或把夫妻安葬一处,也未可知。正是:尤物生成惹祸胎,青陵台是望乡台。花言巧语出无奈,宋康王,只顾夫妻同穴埋。

上面一段委婉的唱词,实际上是一篇沉痛的控诉书。我看过许多次《青陵台》的演出,当扮演息氏的演员唱到"青陵台高百尺云霄耸,(喊)宋康王,昏君!(唱)你来看这就是奴的晚妆红",台下的观众大多都唏嘘出泪,激发起了对封建压迫的愤怒感情,收到非常好的悲剧效果。

息氏由安贫守素的贤妻发展成了反抗暴力的斗士。在这个过程中,作者刻画出了她蔑视皇家富贵的优秀品质,忠实于爱情的高贵情感,以及如烈火一样不为威武屈服的坚强意志。从她身上,我们看见了中国劳动妇女反抗强暴的优良传统。我们决不能因为她是一个小官吏的妻子,从而忽略了她和宋康王的矛盾是统治阶级与劳动人民的矛盾的实质。

韩冯也是一个有分量的可爱的人物,他的悲剧说明:一个善良的读书人,即使已经厕身于统治阶级当上了一个小官,但仍然会遭受到暴君和他的狐群狗党的迫害,而当时人民的遭遇就更可想而知了。因此,韩冯夫妇在一定程度上代表了被压迫、被损害者的一群人,典型意义是非常深广的。

剧本的结尾,韩冯夫妻鬼魂出现,舞台上一般是不演这个尾声的。作者这样处理,目的在于突出韩冯夫妻的复仇意志,使息氏与宋康王的矛盾继续发展和深化。可惜的是,由于作者世界观的局限,落进了宿命论的泥坑。

四

从陈坚这个坏人身上,我们看出了作者所处的当时的时代面貌。

陈坚的戏不多,但作者却在这不多的戏里把这个人物污浊的内心一层一层地剖开了。

在筑台选美问题的争论上,已经刻画出了这个投机取巧、胁肩谄笑、阿谀奉迎的小人嘴脸。当宋康王在他的怂恿下要杀景成等三个贤臣时,他却叫"刀下留人"了:

陈　　坚:臣奏大王,诛他三人不至要紧,但恐不知事者,反言为臣陷害忠良。

宋康王:敢莫与他们讲情。

陈　　坚:大王上面启恩。

淡淡几句,把陈坚坏事做尽、好话说完、坏到骨子里的小人性格刻画得多么形象!

在夺息问题上,宋康王还有"君纳臣妻,于理有碍"的顾虑,陈坚却认为:"大王加他官职,赐他金帛,以为义让,又有何妨碍?"宋康王非常欣赏这"义让"二字,说什么"陈右师多才智者动,'义让'二字善于谈风",说什么"无怪陈坚最得宠,君臣相契鱼水融"。从陈坚身上,我们可以看到反动统治阶级对整个社会起了多么大的腐蚀破坏作用。在他们腐蚀下,社会风气多么恶劣,社会道德多么堕落!在陈坚等人看来,爱情不过是买卖。作者投出了伦理道德在统治阶级手中变成极端虚伪的嘲笑,也影射了作者所处时代伴随着帝国主义入侵带来的资产阶级爱情观点,给作品涂上了鲜明的时代色彩。

五

分析这个剧本的卓越成就时,我们不应当回避作者思想上的局限性。

作者笔下的农民是勤劳的、饶有风趣的,但由于作者的阶级局限,在描写农民风趣的同时不自觉地丑化了他们。"桑园"一场,农妇四唱道:"当家人睡得啥不懂,心痛奴还是老人公。"显然,作者是为了迎合小市民的趣味才有了这样的败笔。

　　作者在戏末让韩冯夫妇鬼魂出现，是对民间传说里的韩冯夫妇故事的现实主义精神的继承：让他们像生前一样地相亲相爱，让他们在一起琢磨复仇的方式和方法，这是让人们用美好的想象来弥补现实的缺陷。这样处理可以激发人民的斗争意志和必胜信念，我们也正是根据这个道理来肯定《韩朋赋》的。只是无端叫一个专管人间婚姻的赤绳大仙上场，赤绳大仙赞美韩冯夫妇的不是他们对待爱情的真挚和忠诚，而是什么"立万古之纲常"；不是协助他们去复仇，而是说什么"桀宋残酷，指日国破身亡，自有一场冤冤相报……尔夫妇随吾归位"。这就是说，他们夫妻的死和宋康王的灭亡是前世注定了的。这是宿命论思想的体现，赤绳大仙不过是封建伦常和命运之神的化身而已，而这也是败笔。

（原载《草地》1959 年第 9 期）

曾孝谷在春柳社的戏剧活动

春柳社是我国第一个话剧剧团，曾孝谷是春柳社发起人之一。

曾孝谷，名延年，号存吴，成都人。清末留学日本，肄业东京美术学校。1906年，在东京与李叔同（息霜）等组织"春柳社文艺研究会"。这是一个综合性的文艺研究组织，分诗文、绘画、音乐、演艺等部门。由于1907年先后演出的《茶花女》《黑奴吁天录》等话剧轰动东京，直接影响着国内的戏剧界，春柳社的社员们才把全部精力放在话剧的演出上，成为单纯的戏剧团体。1907年，欧阳予倩等的加入更壮大了春柳社的演员阵容和编导力量。

曾孝谷有着强烈的爱国主义思想。1901年，林纾、魏易合译的美国斯托夫人的小说《黑奴吁天录》出版后，引起了当时苦难深重的中国人民的注意，很自然地从帝国主义奴役落后国家人民的事实联想到帝国主义对中国的侵略，加强了民族觉醒。曾孝谷在日本把小说改编成五幕的话剧，目的也在于引起人们对帝国主义侵略的警惕。欧阳予倩在《回忆春柳》中写道：

> 鸦片战争以后……国家时有被瓜分的危险；中国人无论走到什么地方都被人看不起。在这个时候，中国人的心里激起了空前未有的民族独立思想。……春柳社所演出的《黑奴吁天录》，根据林琴南

的译本改编。编者曾孝谷曾为这部书所感动自不必说；当时日本留学生当中民族思想的高涨，也给了编者很多的启发和勇气。

值得注意的是，他对被压迫、被奴役国家人民的反帝斗争抱着必胜的信念。斯托夫人原著的结尾是解放黑奴，曾孝谷却把戏的结尾处理成黑奴杀死了几个奴贩子后逃走。欧阳予倩说这种以战斗的胜利闭幕的结尾，当时在观众中获得很好的效果。田汉在《谈〈黑奴恨〉》一文中更对此次演出给予很高的评价，认为是中国话剧运动的一个出发点。

到了1932年，中央苏区的瑞金也演出过此戏，使苏区干部和群众加深了对美帝国主义民族歧视的认识。

曾孝谷不但是一位优秀的剧作家，而且还是一位优秀的演员。他能演各种类型的角色。春柳社第一次在东京中国青年会演出《茶花女》时，他演亚猛的父亲，一般评论都以为是演员演得最好的一个。第二次在东京本乡座演出《黑奴吁天录》时，他演黑奴汤姆，又在第二幕和第五幕里演奴隶主韩德根。他还演过女主角意里赛，演出效果非常好。当时，《万朝报》评他的表演才能是多方面的。由于他和李叔同都是学美术的，所以布景、服装都由他们设计、选定。这年冬天，他还编过一个独幕戏《画家与其妹》，欧阳予倩在戏中扮演了画家的妹妹。

1917年曾孝谷回成都后，便专门从事绘画，在成都师范大学等校担任美术教员，除间或参加京戏演出外，不再从事话剧的演出，但是他对春柳社的往事并没有忘情。1930年，他在《喜王绍春自海上将欧阳予倩书至》诗里写道：

青鸟翔南极，衔书海上来。
远途千里足，时际百花开。
旧社思春柳，清谈尽茗杯。
何由甘伏枥，我马已虺隤。

就在1937年他逝世前夕，还念念不忘欧阳予倩——他的这位老战友的戏剧活动。他在《赠答欧阳予倩沪上》诗里写道：

> 昔经弱水感同舟，不道烟波竟化鸥。
> 别后沧桑更几世，春来歌舞涤千愁。
> 樊笼岂限云间鹤，冠带何伤楚国猴。
> 见说锦帆张挂好，年年芳草满汀洲。

他平生所写的诗，收集在《曾孝谷先生诗集》里出版过一次。

最后，欧阳予倩把《黑奴吁天录》改写成《黑奴恨》，已由中央戏剧学院实验话剧院在北京演出，获得了很大成功。

欧阳予倩改写的《黑奴恨》，是从社会主义思想高度来处理题材的，相对于曾孝谷的原剧本来说是一个质的飞跃。不过，在当时的历史条件下，曾孝谷的努力曾经起着进步的作用。

作为话剧启蒙运动家的曾孝谷把话剧自觉地服务于当时的革命斗争，在近代文艺史上我们应该给予他一定的地位。

（原载1961年10月21日《成都晚报》）

听扬琴《三难新郎》

《三难新郎》是我们所熟悉的川剧节目,这次在市曲艺队新发掘的传统节目演出中,我们又听到了扬琴《三难新郎》。"百花齐放",这又是一枝别具风格的好花。

《三难新郎》有现实意义,它教育人们不要骄傲自满。秦少游"十五入学,十七中试,今又得中三名探花",志得意满,自认为了不起。谁知,在他极为轻视的"女试官"——苏小妹的面前大现窘象,要不是有趣的舅老爷——苏东坡"递点子",便要遭到吃淡水三碗——打回书房温课重考的惩罚。吃了这个"闭门推出窗前月"小小七言对儿的亏,秦少游只好"从今不把大话讲"了。

这个段子层次结构好,波澜曲折,善于"蓄势",善于在"三"字上做文章。明明要表现的是新郎被"难",却先写秦少游的才华:催妆诗一挥而就,藏头诗一解即开,四句谜语更难不住他。但越自鸣得意,越骄傲自满,越产生"轻敌"之心,越接近失败的边沿。且看他那份骄傲劲儿:丫环告诉他头场中试时,他说:"量必也要中试。"丫环告诉他二场中试,他头脑更胀了,说:"这二场中试,三场也就不难了。"听说三场的试题是一副七言对儿,他甚至嘲笑起苏小妹来了:"真乃好一位女试官!出来出去没有出的了,什么七言对儿也出来了。"看了题目以后,他轻率地说:"这有何难哉,待我与她对就。"及至细审题意,下不了笔时,才大喊:"哎呀,绝对呀!绝对呀!起初看来容易对,越思越想犯难为。"这和前面踌躇得志、满不在乎的劲作一对比,是一个绝妙的讽刺。由于前面势蓄得厚,给人的印象特别深刻。这种表现手法,很像要加大水的动力就得把水位提高一样。势蓄得厚,可以使主题更加突出。事物有它的相对性,快是对慢而言的,难是对易而言的。前面下笔快越衬托出后面的慢,前面感到答题易越衬托出后面的难,把相对的事物做对比,就产生了强调的作用。这样一来,"三难"的"三"字,就大有文章了。加上丫环的不断催卷,苏东坡的窗外关心,越衬托出秦少游的尴尬,越加强了"骄傲可以夺去才华"这一主题思想。

《三难新郎》这个故事没有热闹紧张的斗争场面,没有诗情画意的抒情描写,在小说里可以依靠人物内心世界的刻画来表现,在戏剧里也可以依靠演员的表演来弥补。扬琴是一种说唱艺术,有唱无演。这就得根据说唱文学的特点来加工,使听众不仅如闻其声,还得如见其人,有景有情,绘声绘色。这个段子也注意到这个问题,但总的说来仍太接近川戏脚本,因而说唱文学的意味不浓厚。只有把环境描写加浓,内心刻画加深,把听众领进这个特别试场,看到人物的声音笑貌和复杂的内心活动,与故事中的人物一起活动,一起受到"骄傲使人落后"的教育,才能更好地发挥扬琴这种说唱艺术的特色,推陈出新,古为今用。

(作者屈守元、雷履平,原载 1962 年 2 月 21 日《成都晚报》第 2 版)

志古堂与周达三

19世纪中叶（清同治、光绪年间），成都的书店有十几家。有名气的，如中新街的墨耕堂，纯化街的守经堂，学道街的蜀秀山房和志古堂，它们贩运外地出版的书籍，也刻印一些古书。其中志古堂与众不同，它刻了一些有价值的古书，如宋人王应麟的多到二百卷的类书《玉海》，倪璠的《庾子山集笺注》，望三益斋本的《杜诗镜铨》等，还刻了王闿运的新著《湘军志》，这在当时的确是难能可贵了。

甲午战争以后，中华民族危机加深，帝国主义公开主张瓜分中国，热爱祖国的成都人民也和全国各地一样印新书、出刊物，研究边疆，研究世界资本主义国家现状，研究变法图强的方案，形成了波腾云涌的反帝爱国高潮。志古堂也配合这一潮流，大量发卖新书，如《中俄界约斠注》《輶历印度刍言》《西藏纪述》《帕米尔图说》《帕米尔辑略》等研究边疆的书和康有为、梁启超主张变法维新的书刊。吴玉章在《从甲午战争前后到辛亥革命前后的回顾》一文里写道：

　　我开始接触新学，也是在这个时候。那时成都有一"志古堂"书店，也趁时逐势，大卖新书。当我读到康梁（特别是梁启超）的痛快淋漓的议论以后，我很快就成了他们的信徒，一心要做变法维新的志士，对于习八股、考功名，便没有多大的兴趣了。

志古堂经营方向的正确和它的经理人周达三分不开。

志古堂是周达三的祖父周舒腾经营的。到了周达三的时候，周家穷了下来，这个书店顶给了他的亲戚，周达三仍留在店里任经理。当时，王闿运在成都担任尊经书院的山长，周达三与王闿运和尊经书院的学生都有往还，在访书、刻书上彼此配合，做了许多工作。

周达三的版本目录知识是丰富的。当时，有名的版本目录学家缪荃荪住在成都替张之洞编写《书目答问》，周达三和缪荃荪有很好的交情，从缪荃荪那里学到整套的版本目录知识。他热情地利用这些知识为读者服务，给读者介绍读书门径和读书方法，替读者访书，还经常送书上门。他记忆力又好，各家藏书题跋都能口说笔述。

尊经书院的学生研究古今词义的变化时对《尔雅》很重视，却忽略对《说文解字》的钻研，周达三认为汉字的特点在于形体，研究了文字构造才能掌握住字的本义。《说文解字》用"六书"的理论从字的形体上解释文字，博采众说，是探讨字源的最好依据。他刊行了五代徐铉整理的明汲古阁刊本，即所谓"大徐本"的《说文解字》，给成都学者研究古汉语提供了一部很好的工具书。

周达三有着爱国激情。甲午战争以后，他逢人谈新学，讲变法，关心帝国主义对祖国边疆的侵略，对清王朝的媚外卖国有着深深的愤慨，从全国向成都运来了大批讲变法维新的书刊。

（原载1961年12月2日《成都晚报》第3版）

访绵阳李杜祠

带着对伟大的政治诗人杜甫崇敬的心情,我访问了绵阳的李杜祠。

李杜祠在绵阳东郊富乐山下,旁邻近李杜村,面对着芙蓉溪,山光水色,美景遍布。

祠宇占地不大,但结构很具匠心。入门是一条曲折的小径,粉墙曲绕,回环通幽。左折,一座小小的院落掩映在高大的桂树丛中,轻盈玲珑,烘托出环境的幽雅。左面是曲廊,右面是水榭,正中便是供奉诗人李白、杜甫的正殿了。正殿左端有小亭,名春酣亭,面临芙蓉溪,有碑,刻汉隐士涪翁像,像的旁边楷字大刻"杜工部东津观打鱼处"。李杜村的小学便办在李杜祠里。

芙蓉溪,从彰明蜿蜒流来,到李杜村与涪江合流。溪水平净得像一面镜子,翠绿得又像一块碧玉,宁静,秀丽,柔媚。我们来游的时间虽是夏天,这儿却蕴蓄着浓郁的春意。

杜甫是宝应元年(762)七月送严武入朝到绵阳的。严武,这个在政治见解上和杜甫一致,在生活上对杜甫关心的后辈,由西川节度使被召入朝,触动了杜甫"四海犹多难"的诗心,不辞跋涉送他到绵阳奉济驿。这时,杜甫的从侄孙杜济做绵州刺史,他们一道来到这儿看渔人打鱼,写出了《观打鱼歌》《又观打鱼》《海棕行》等诗篇。诗人在这些诗篇里,描绘了绵州东津鱼类的肥美众多；描绘了渔人驾着"迅疾若风"的小舟，执着鱼叉与波涛搏斗的紧张场面；描绘了高耸入云的海棕树。从达官贵人的贪馋好杀，抒发了对"干戈兵革斗未止"的军阀混战局势的愤懑，抒发了对"自是众木乱纷纷"的出众拔萃的人怀才不遇的悲哀，给绵阳留下了一段逸史。

为了纪念诗人在绵阳的活动，1900年修建了这座祠宇。祠入口处，横额题"东津"，门上的楹联是"打鱼斫脍修故事，澹烟乔木隔绵州"，水榭题"寻棕问鱼之舫"。陆游诗云："走马朝寻海棕馆，斫脍夜醉魴鱼津。"这里已经成为后代诗人仰慕杜甫的纪念地。

纪念杜甫，要加上李白，大概因为二公的友谊深厚，而李白又是彰明（旧属绵州）人的缘故吧。赵藩用韩愈"李杜文章在，光焰万丈长"诗句写的一副对联很有意思。联云：

盛唐以来，光焰万丈，有文章在；
左绵之胜，烟水一溪，于游宴宜。

（原载1962年6月6日《成都晚报》）

古代蒙古人民的英雄形象
——读《格斯尔传》

在蒙古人民革命胜利 40 周年这个光辉的纪念日前夕，我读完了蒙古人民的英雄史诗《格斯尔传》。

格斯尔王的传说远在成吉思汗建立蒙古帝国之前就流传开来，现在它还流传在我国内蒙古自治区一带。我国著名的蒙古族民间诗人琶杰也根据传说创作了长篇叙事诗《英雄的格斯尔可汗》。我手头的我国蒙古族翻译家桑杰扎布译的《格斯尔传》是中蒙友谊的结晶。

英雄的吐伯特部的格斯尔王，是古代蒙古人民智慧和力量的化身，他身上寄托着人民的意志、理想和愿望。几百年以来，在口头流传的过程中，人民有意识地在战斗了一生的格斯尔王身上涂上了浓厚的神话色彩。

在他降生以前，人间是弱肉强食、妖魔横行。格斯尔一生扶弱抑强，降魔除怪，抵抗外国侵略者，惩罚本国叛徒，甚至闯入阴曹鞭打颠倒是非的阎王。

他还在婴儿时期，睡在摇篮里的他便捕杀了专食婴儿眼睛的魔鸦。捕杀魔鸦的办法是巧妙的：

> 他不等魔鸦来到，就睁开一只眼睛，闭紧一只眼睛，将九股铁套摆在睁开那只的眼眶上，躺在摇篮里等着不动。黑色魔鸦猛地飞

来，当它将要啄他眼睛的时候，他把九股铁套的索子一拉，就把黑色魔鸦捕住杀掉了。

格斯尔是热爱祖国、反对侵略的英雄。他征服敌人是为了保卫家乡，"不要去侵犯别人，但如有人胆敢来侵犯你，不要后退"。他的这几句话，显示出了他对为正义而战的意义的理解。当锡莱河的三大可汗率部进犯吐伯特部时，吐伯特人民在反侵略战争中伤亡惨重，连格斯尔的妻子也被虏了，繁荣的国土变成了废墟。但是人民并没有被征服，他们期待着格斯尔的归来。格斯尔终于依靠斗志昂扬的人民，施用奇谋巧计，大显神通，歼灭了残暴的侵略军。

他同阎王的斗争是一个异常有趣的情节。为了救母，他到了阴曹地府。对于被当时人们认为可以掌握生灵命运的阎王，英雄的格斯尔逮住了他，绑紧手足，用九十九齿狼牙杵没头没脑地加以痛打。他责问阎王"不分是非"，阎王答道："这事情，我目未睹，耳未闻。"这是多么颟顸的一个统治者。救了母亲以后，他解开阎王的绳绑，幽默地说："你日后再不要这样疏忽了，你应当把一切案情都搞清楚以后再量罪判刑。"这是对封建的法律和糊涂的官吏的鞭挞和嘲笑。

今天，蒙古古代人民的一切理想，在蒙古人民革命党的领导下，以前人所不可能设想到的最高意义实现了。读了《格斯尔传》，不禁对我们兄弟之邦的英雄人民产生了一种发自内心的敬爱！

（原载 1961 年 8 月 23 日《成都晚报》第 3 版）

乌尤剪影

出乐山福泉门，横渡岷江，在船上远望凌云、乌尤二山，就像两块晶莹的碧玉盛在白银盘里。

上岸，行约里许，经过凌云、乌尤两山间的峡谷，便到了乌尤山脚。沿山径而上，路很曲，林很密，山更幽，不到几百级，便有一座草亭，过草亭，再上百余级，在竹木掩映中现出一座华丽雄伟的寺院，这便是相传建于唐代，踞山之巅，水木清华的乌尤寺。

旷怡亭，在乌尤寺内，下临大江，远望峨眉山如在窗棂间。"登楼山旅进，最好是峨眉。下界江声恐，西风雁影欹。"赵熙的诗句，很能写出楼中远眺、江光岚影的幽美。

尔雅台，相传是汉武帝时犍为郡文学舍人注释《尔雅》的地方。西汉初年，四川的学术风气很浓厚，文字学特别发达。犍为舍人的《尔雅》注，司马相如的《凡将篇》，都是文字学里的重要著作。坐尔雅台，极目远望，千帆出没，岷江和青衣江从天外流来，一泻千里，充溢着蓬勃的气象。

乌尤山，旧名乌牛山，即李冰为了避青衣江的水害所凿的离堆。临江峭壁上，刻"离崖"二大字，峭壁赤色，还带有斧凿痕迹。"崖"，古"堆"字。整个山形，像一匹就江饮水的犀牛，而凌云山却像一个执鞭鞭牛的牧童，乌牛因此得名。宋代，诗人黄庭坚才给它改名乌尤。山三面临水，古人也叫它青衣岛。漫山遍野，佳木葱茏，修竹万竿，悬崖绝壑，覆盖在藤萝的下面，掩映在竹木的中间，更显得苍翠欲滴。如果说峨眉天下秀、青城天下幽，乌尤却兼有峨眉和青城二者的优点。赵熙诗云："水是玻璃片，青山竹万层。遥遥一拳绿，隐隐六朝僧。小泳宜王鲔，双岈劈李冰。珊瑚崖色艳，架笔与徐陵。"就是指乌尤的摩崖字说的。

（原载 1962 年 3 月 3 日《成都晚报》第 3 版）

乐山大佛

唐代的崖窟造像，保留在四川的不少。广元的千佛崖，大足北山的摩崖，都是艺术上的珍宝。乐山凌云山的弥勒大佛就峭壁凿成，上与山齐高，下临怒涛奔腾的大江，气象雄伟。像这样的巨型石雕，在全国也是少见的。

这座乐山大佛位置在铜河和府河合流处。铜河的激流猛插入浩荡的府河，掀成巨浪，砰磕有声。合流后，水势更大了，冲击着岩石，卷起阵阵白沫，此覆彼盖，落入江中。凌云山虽说不高，但是九峰并峙，峰峦起伏，郁郁葱葱，异常苍秀。这些给大佛造像作了很好的陪衬背景。

凌云大佛是唐代开元初年（公元8世纪初）一个叫海通的和尚雇工开凿的，后来韦皋任西川节度使时才把莲座以上到膝盖部分补凿完毕。这是一座弥勒佛的坐像，头上环以螺髻，面部丰满，耳轮很大，鼻梁低平，两手放在膝上，赤足，衣褶线条，柔和流畅。韦皋写的《嘉州凌云寺大佛像记》说这座佛像"顶围百尺，目广二丈"。据估计，全像高达三百尺左右。峭壁顶端，有梯道在佛像右侧，可达莲座。莲座上，乐山航运处搭有一座木棚小屋，请了几位富有航行经验的老船工，轮番住在小木屋里指挥在惊涛骇浪里与凌云山脚下的激流搏斗的过往船只。木屋与佛像，一小一大，对比起来更衬托出佛像的宏伟。陆游《凌云礼佛》

诗云："出郭寻幽一笑新，径呼艇子截烟津。不辞疾步登重阁，聊欲今生识伟人。泉镜正涵螺髻绿，浪花不犯宝趺尘。始知神力无穷尽，丈六黄金果小身。"自注云："一泉泓然，正在髻下，每岁水涨，不能及佛足。"颇能描绘出佛像的雄伟。

凌云寺，又名大佛寺，在凌云山顶。唐开元初年建，清康熙六年（1667）重建，现在是乐山专科学校所在地。校舍建筑在峰峦起伏、佳木葱茏的山上，显得清幽宁静，鸟声啾唧，泉声潺潺，的确是学习的好地方。

东坡楼，在凌云寺后，是凌云山最高处，相传苏东坡少时在此读书。东坡对凌云山有着特别深厚的感情，他在《送张嘉州》诗里说："生不愿封万户侯，亦不愿识韩荆州，但愿身为汉嘉守，载酒时作凌云游。"甚至形诸梦寐，产生了"浮云轩冕何足言，惟有江山难入手"的慨叹。在凌云山上奉祀东坡，最有意义。新中国成立后，荣军学校在此，对东坡楼作了修葺。登东坡楼俯瞰，九峰秀出，罗列几席之下，面对着楼前不远处乐山专科学校巍峨的图书大楼、教学大楼和大礼堂，我真不愿意离开，留恋着伟大的石雕艺术，留恋着秀丽的风景，也留恋着这优美的学习环境。

（原载1962年3月3日《成都晚报》第3版）

三苏祠巡礼

三苏祠在眉山县城内的纱縠行街，相传宋代文学家苏轼诞生在这里。苏轼在《梦南轩记》中对纱縠行宅的菜园，的确念念不忘的。建成祠堂却是明朝洪武年间（洪武元年，1368年）的事，到了清代康熙时（康熙四年，1665年），祠堂被毁，现在的三苏祠是以后陆续补建起来的。

祠堂，包括大殿、启贤堂、木假山堂三重。新中国成立前，反动派经常在此驻兵，祠堂被糟蹋得破烂不堪。新中国成立后，由于党的重视，祠堂经过五次修葺，丹彩辉煌，已焕然一新。大殿内是三苏的供龛，中祀苏洵，左祀苏轼，右祀苏辙。启贤堂则作为三苏文物纪念馆的综合馆，木假山堂陈列碑帖，左厢房陈列苏轼诗意画，右厢房辟为苏文、苏诗两馆。木假山堂后面的小池内放着一座三峰对峙、嶙峋多姿的石根，那就是苏洵曾作《木假山记》、梅尧臣（北宋诗人）为写《木假山诗》的木假山。

三苏祠，又是眉山人民经常游览的一所优美的公园。它富有传统的园林艺术月日特色。在建造者的意匠经营之下，整座祠堂放在绿波曲池之中，三面环水。特别是两边厢房傍水建成，外面又绕上曲曲的栏杆，从外面看去是一带水榭，风景很幽美；从里面向外看，透过雕花的疏窗，看到的只是窗外的竹丛、浓密的灌木，重重叠叠，郁郁苍苍，显得极为神秘，反而衬托出祠堂的宏伟气魄。

祠堂周围的曲池中，有参差错落的岔港复堤，有玲珑精巧的水阁凉亭，堤上有运用巧思堆砌起来的假山，沿岸绿草如茵，杨柳成行，山水映带，美景遍布。广大游人在参观了三苏文物纪念馆后，很自然地会被吸引到这一带来。

祠右侧的曲池中，有一道环形的堤岸。堤上绿竹丛生，堤岸尽头处缀上一座小亭，亭子藏在竹林里，水中竹影，竹中凉亭，翠叶红檐，随波荡漾。月夜，亭影月光，景色尤佳。

池水回环处，与抱月亭相对的是云屿楼。楼后嘉竹成林，楼前丹桂飘香，楼侧是迂回曲折的小堤。池水包围着三苏祠，堤前便是木假山堂的后院了。

祠左侧的曲池中，前面也缀上一座小亭叫瑞莲亭，池内遍种荷花，荷叶亭亭，清香细细。池的中部，隔上一座九折曲桥，把池水分为了两区。桥通往祠前右厢房，从桥上望三苏祠，它就像是水上的一个岛子。

池的后部，临水修建的是披风榭。榭基高大，三面都在水中。榭修得又方正又宽敞，风格朴素明朗，与玲珑剔透的瑞莲亭迥然不同。水面如镜，凭着曲栏飞椅，远望九折曲桥，桥影荡漾在水云烟波中，给人的感觉是开朗而恬静的。

在川西，有不少这样以园林幽美取胜的公园名胜，如新都桂湖、成都望江楼、邛崃文君井，今天都是劳动人民游览休息之所。

（原载 1963 年 7 月 25 日《成都晚报》第 3 版）

春节风俗谈

大地春回,万象更新,欢乐的春节冉冉来临。

春节(夏历的元旦)的一些传统风俗是我们民族在几千年的历史发展过程中形成的。它和我们人民的豪情壮志与是非观念联系着。当我们在热烈地欢呼现实成就的同时,领略我们祖先迎接春节的风俗的深刻涵义,将有助于激扬意气、策励未来。

春节这天,大家起得特别早。《荆楚岁时记》说:"正月一日,鸡鸣则起。"这正是为了迎接朝气。一年之计在于春,一日之计在于晨。鸡鸣而起的习俗,强烈地表现了我们民族勤劳奋发的精神。

根据《玉烛宝典》一书的记载,我国许多地方在春节这天都要把钟馗的画像挂在门上。在魑魅横行的旧时代里,人民理想中的钟馗是战胜邪恶势力的正义的化身。这种风俗和许多地方贴门神的作用相同。不管把门神说成是黄帝时的神荼、郁垒两兄弟也好,还是把他们说成唐代的秦叔宝、尉迟敬德两将军也好,他们总是与邪恶势力对立的,人民赋予他们的强大力量使一切牛鬼蛇神震慑。在这里,我们看到我们的祖先的爱憎观念多么鲜明,斗争意志多么强烈。

一般人总是在春节以前把家里洒扫得干干净净,纤尘不染。春节这天,还要吃有葱、蒜、韭菜、蓼蒿、芥子的和菜"五辛盘"来防止疫疾的传播。梁朝庾肩吾《岁尽应令》诗云:"聊开柏叶酒,试奠五辛盘。"我们的祖先,又把春节这天作为清洁卫生日来看待的。

春节,文化娱乐的活动可多了,耍狮子,玩龙灯,烧花筒,跑旱船。各地的文化娱乐团体也跑州过县,巡回演出,沟通声气,交流经验。我们的祖先,还把春节这天当作文娱活动日来对待。

唐宋时候,人们为了纪念春节,增加节日气氛,不论男女老少都头戴彩花。这些彩花可以用竹纸做,也可以用金箔或银箔纸做,叫蟠胜,用银箔纸做的叫银幡。陆游1171年在夔州(四川奉节)写的元旦词《木兰花》说:"春花秋月年年好,试戴银幡拼醉倒,今朝一岁大家添,不是人间偏我老。"传达出了节日的欢乐。我们民族这样地热爱文化娱乐活动,正是我们热爱生活的反映。

(原载1962年2月6日《成都晚报》)

元宵灯节史话

夏历正月十五夜是春天的第一个月圆之夜,所以叫元夜、元夕,又叫元宵,是我国传统的灯节。

元宵节大约在汉初(前150年)就已形成,《史记》曾有关于过元宵节的记载。元宵点灯,是东汉明帝时为了提倡佛教才开始的,以后便相沿成习。到了隋末和唐宋,元宵节内容日益丰富多彩。节日里,灯火辉煌,百戏杂陈,这一风俗由宫中逐渐发展到全国。而且日期也有发展,元宵张灯,唐代是三夜,两宋是五至六夜,至明太祖时自初八夜至十七夜,共张灯十个晚上。

从古人的诗中,可以想象到当时灯节的盛况。初唐卢照邻有"接汉疑星落,依楼似月悬"(《十五夜观灯》)的诗句,描绘了当时灯楼之高和灯光耀眼的情景。苏味道在《看灯》诗中,对京师长安的灯节更作了动人的描述:"火树银花合,星桥铁锁开。暗尘随马去,明月逐人来。"树上珠灯错落,像春风乍到吹开了满树银花。站在远处眺望,桥上的花灯如满天繁星。人们穿着节日的衣服,骑着快马,驰骋在彩色缤纷的灯海里,皎洁的圆月也绰约依人。

成都灯节的历史也很悠久。元代成都人费著在《岁华纪丽谱》中说:"《放灯旧记》称:唐明皇逃到成都,时逢上元,叶法善奏道:'成都灯市也很热闹。'便同他一道游街观灯，饮酒于富春坊。"当时，放灯尚无定日。唐懿宗咸通十年（869）正月二日，成都"街坊点灯张乐，昼夜喧阗"。到宋太祖开宝三年（970），才决定十四、十五、十六放灯三夜。当时，街道热闹，张灯结彩，有些地方还搞扎"山棚变灯"，而昭觉寺的花灯更是特别吸引人。

以后，灯市日期增至七夜，从初九夜（称为"上九"）起"出灯"，街巷寺庙，彩灯高挂，锣鼓喧天，狮灯龙灯飞舞街前，一直要到十五夜才止。

（作者平子、元之，原载1962年2月17日《成都晚报》第3版）

迎春话历书

历书是记载月、日、气候的书,翻历书的目的是为了很好地安排我们的生产和生活。我们的祖先为了农业生产的需要,早在黄帝时代就有了历法。春秋时代就定出了冬至、夏至和春分、秋分的名称。西汉末期,二十四个节气的名字也固定了下来。到后魏时候,历书更趋完善,对农业生产的指导起了显著的作用,像"谷雨前后,正好点豆""立夏芸,顶大条""处暑点荞,白露看苗"这一类宝贵的农业生产经验,便和气候节令密切结合起来传布开了。

历书的内容,主要有月、日、星期、节气,以及月相、日月食和纪念日等。星期在五代的历书里叫七曜密,每隔七日便注上一个"密"字。月相,是月亮圆缺的记载,即朔、上弦、望、下弦等。

现在我们能够看到的古历书,要算敦煌石室里发现的五代历书《大唐同光四年具历》和宋初历书《雍熙三年丙午岁具注历日》为最早了。从这两本历书来看,它们已经具备了历书的规模,记载了二十四气、七十二候、月朔大小、昼日短长和检吉定凶的准则。不过,这两本历书只说吉,不说凶,只说宜怎样,不说忌什么,不像明清以后的历书鬼话连篇,每日下面密密麻麻写一些"不宜出行"之类,且月历后面还附上什么《孔明神数》《金钱神卦》等,极尽欺骗、毒害人民之能事。

新中国成立后出版的历书,剔除了旧历书的糟粕,添上了文化科学知识的内容。这是一个了不起的改造。像四川人民出版社出版的《一九六三年历书》,就附上了《常用度量衡公制市制换算表》《生活小常识》《天文气象知识》《珠算口诀》《百家姓》等许多有益的东西。它不仅可以指导生产,也可以指导生活。

(原载1962年12月31日《成都晚报》第6版)

一唱雄鸡天下白

——谈贴鸡的风俗

春节到了，成都过去的一些风俗还留在我的记忆里。当时有些人家，初一早晨天刚亮就把用红纸剪好的鸡贴在大门的门楣上，有些剪纸的形象很美，高冠长距，振翼延颈，雄姿英发，临风欲鸣。

这种风俗来源很早。三国时，魏人董勋就记下这样的话："正月一日为鸡，二日为狗，三日为羊，四日为猪，五日为牛，六日为马，七日为人。正旦画鸡于门，七日贴人于帐。"古人是画鸡，大概因为不方便，后来才改用剪纸的。

封建统治阶级说"龙是鳞虫之长，凤是羽虫之长"，可是人民却不理他们这一套。一鸡二狗等的顺序，充分体现了古代人民珍惜时间、发愤图强，以及重视农业生产和饲养家禽家畜的精神。

中国人民是以勤劳勇敢、富于创造性著称的民族。我们的祖先在与大自然的搏斗中，埋头苦干，精心创造，百折不挠，勇往直前，不但总结出了一套培育农作物的经验，也总结出了一套饲养家禽、家畜的经验。我国的古农书《齐民要术》里就有六章专谈养鸡、养猪等问题。今天，在党的领导下，我们更总结出了"八字宪法"一整套农业生产的先进经验。

鸡，这个小家禽，不但肉可供食用，而且粪便还是很好的农家肥，就是它的"拊翼赞时，延颈长鸣"也能鼓舞斗志，激发人们向上的情操。驱走了黑夜，迎接了光明，"一唱雄鸡天下白"，它的鸣声是一支雄壮的进军乐曲。贴鸡的风俗，不正说明了劳动人民珍惜春光、富于朝气的思想感情吗？《齐民要术》引古代谚语说："得时之用，适地之宜，田虽薄恶，收可亩千石。"可见抓紧春耕时机，因地制宜，即使是瘦田瘠土，也可以争取高产。

在党的领导下，全国人民移山倒海的劳动激情达到了历史上从来没有过的高度，群众的劳动和智慧战胜了农业上的自然灾害。党的八届九中全会的公报向全党全民提出了"尽最大努力争取农业生产获得较好的收成"的战斗号召。具有新风俗新习惯的全国人民为这种伟大的力量吸引着，正在奔赴农业第一线让风旱水潦屈服在我们的脚下。眼看着一幅宏伟壮丽的图景就将展现在我们面前，面对着这一丰富多彩的、沸腾着的现实生活，谁能不欢欣鼓舞呢？"一唱雄鸡天下白"，是我们时代的赞歌。

（原载 1961 年 2 月 15 日《成都晚报》）

第三章

典籍与书画人物

石刻题跋索引

祖国文化宝库里，石刻占很大的分量。辑录古来石刻文字的书籍很多，研究石刻内容的专著也不少。《石刻题跋索引》，杨殿珣编，商务印书馆出版，就是帮助我们检索这些资料的工具书。

它根据石刻的不同性质，分为墓碑、墓志、刻经、造像（包括画像）、题名题字、诗词、杂刻（包括法帖）七类，每一类里又按石刻的时代先后排列，共收题跋四万多条。收的书籍从宋代欧阳修《集古录跋尾》、赵明诚《金石录》起，一直到近人容庚的《古石刻零拾》和1956年才出版的赵万里的《汉魏南北朝墓志集释》等，共一百多种。

石刻，本身就是珍贵的历史资料，对书法艺术影响也很大，碑学和帖学已经成为艺术领域里的专门学问。

比如，我们要研究汉代科学家张衡的生平，总得参考《张平子碑》。翻开这部索引，我们就能从《集古录跋尾》卷一、《金石录》卷十四、《宝刻丛编》卷三、《金石古文》卷十三等书里找到有关的资料。

又比如，我们要研究宋代爱国将领韩世忠的事迹，也得参考《韩蕲王碑》。翻开这部索引，再到《江苏金石志》卷十二里去找资料，就能把《潜研堂金石文跋尾》《江苏府志》和《金石萃编》里的王昶按语一下网罗起来。

又比如，研究成都文物的人，要研究号称"三绝"的成都武侯祠的《诸葛武侯祠堂碑》，翻开索引就能获得《弇州山人稿》以下将近二十种的资料。

这书对研究文学艺术的人也顶有用。

韩愈、苏轼的作品，石刻文字和木刻本有许多歧异，很值得研究。文字的异同直接牵涉到作品的思想内容和艺术技巧的高下，尤其是苏轼本人书写的自己的作品的资料价值更高，许多题跋就直接讨论到文字的优劣。

它给碑帖学者提供了大量的资料，是研究唐碑晋帖很好的工具书。比如研究王羲之《兰亭序》，不但可以根据它来研究定武本或神龙本，还可以根据它来研究定武的肥本或断石瘦本。

（原载 1962 年 4 月 14 日《成都晚报》第 3 版）

册府元龟

中华书局 1960 年 6 月根据明崇祯黄国琦刻本影印了宋代类书《册府元龟》，皮脊精装，十二厚册。装帧之美，达到了很高的水平。

《册府元龟》是宋代四大类书之一。宋真宗景德二年（1005）开始编纂，大中祥符六年（1013）纂成，花了八年时间。这部类书卷数尽管和《太平御览》同是一千卷，文字却比后者多一倍。内容也很特殊，它钞纂的只是古代君臣事迹和典章制度，分帝王、僭伪、宗室、宰辅、将帅、学校、刑法、诠选、贡举等三十一部，一千一百零二门。

这部书编纂的目的，是想把历代君臣事迹作为龟鉴，垂做法典（即宋真宗和本书的总编纂王钦若、杨亿等所认为的"前事之不忘，后事之元龟"）。该书取材比较狭窄，只掇取纪传体史书和"六经"。《国语》《战国策》一类的杂史，《孟子》《韩非子》一类的子书，也只是有选择地钞录。稗官野史，一概不收。宋真宗的意思是想用儒家正统思想编辑类书，以区别于宋太宗"编小说而成《广记》，纂百氏而著《御览》，集章句而制《文苑》"。从内容看，它具有杜佑《通典》和司马光《资治通鉴》两书的性质。

尽管这样，它仍不失为一部很有价值的类书。首先，它占有的材料多，从上古到五代，概括了全部十七史。它见到的史书又是北宋以前的古本，可以利用它来校史、补史。其次，当时唐五代各朝"实录"存在的还很多，如李延寿的《唐太宗政典》，归崇敬的《国史仪注》等书也可能存在。宋初，薛居正的《五代史》还没有佚亡。这就给研究唐史、五代史的人提供了极有价值的资料。近代成都学者龚道耕先生根据《册府元龟》写出了质量很高的《唐书札记》和《旧唐书札记》。

自北宋以来，《册府元龟》有三种刻本。北宋监刻本已不可得见。北宋蜀刻本残帙四百八十三卷，现藏日本静嘉堂文库，国内只有几十卷残卷。商务印书馆在抗日战争期间曾把日本和国内的宋刻残本汇集摄影，共得五百多卷。中华书局这次重印用黄刻做底本，又把黄刻确实脱漏的一百四十二条，依据宋本钞在各卷的后面作为补遗。

（原载 1962 年 3 月 10 日《成都晚报》）

曲海总目提要

我国戏曲有着优秀的传统，剧目丰富，源远流长。元代的杂剧曾经闪耀着奇花，明清的传奇也曾放射过异彩。古典剧作家们为我们留下了一笔宝贵遗产。

《曲海总目提要》四十六卷，介绍了元明以来的六百八十四个剧本的简单剧情，对故事来源作了一些必要的考证，间附作者简历，材料丰富，的确称得上"戏曲之海"。

这部书的原名叫《乐府考略》，写作的时间大约在清雍正、乾隆年间。乾隆时，曾在扬州设局修改戏曲脚本，参加这个工作的有著名的剧曲音律家凌廷堪、剧作者程枚等人，总校黄文旸还将"古今作者各撮关目梗概"写成了戏目提要。

这部书的优点很多。

一是对剧作者的生平提供了一些可贵的资料。例如川剧老本《钟馗送妹》是根据张心其的《天下乐》传奇改编的，是《天下乐》里很精彩的一出。对剧作家张心其的生平，我们只知道他是苏州人，剧作很多，又精通音律，是《寒山堂曲谱》的作者。这部书却在第二十一卷《海潮音》剧本条目下介绍道："心其居阊门外寒山寺，自号寒山子。粗知书，好填词，不治生产。性淳朴，亦颇知释典。"使我们对张心其的身世，有了一个概括的了解。

二是把各剧相同的故事情节作了比较。例如崔护"人面桃花"的故事，宋元南戏《崔护觅水》和元人白朴、尚仲贤《崔护渴浆》的两个杂剧均已失传。这部书却介绍了有关崔护故事的四个剧本——《桃花人面》《题门记》《桃花记》和《登楼记》，对我们研究川戏老本《金玩钗》很有帮助。

三是评价戏曲人物，一部分还能够超出封建观念的规范。例如评价关汉卿《救风尘》杂剧塑造的赵盼儿，说她兼有红拂、梁红玉、荆十三娘等人长处，在一定程度上肯定了这位为封建士大夫所不尊重的侠妓，指出了原剧的思想意义。

人民文学出版社出版这部书的时候还作了加工，去年又出版了本书的《补编》，编制了剧目索引，还根据近来发现的材料写了二百四十九条笺注，给本书的使用提供了很大的便利。

（原载 1962 年 8 月 9 日《成都晚报》第 3 版）

太平御览

　　去年，中华书局用上海涵芬楼影印宋本复制，出版了宋代卷数多到一千卷的类书《太平御览》，对学术研究工作的开展很有利。

　　这一部有些像百科全书的《太平御览》是宋太宗赵光义太平兴国二年（977）开始编纂的，用了六年多的时间才完成。因为赵光义每天阅读三卷，又是太平兴国时代编的，所以给它取了这样一个书名。

　　参加编纂工作的前前后后有十七人之多，总的负责人是李昉和扈蒙。全书分为五十五个部门，每个部门中又分若干细目，细目多到四千五百多个。古书里的资料被分门别类地钞集起来，内容丰富，分类细致，给类书树立起一个很好的榜样。

　　为什么说这部类书的重新出版对我们学术研究工作很有利呢？主要因为这部书引用了两千多种古书，其中十之八九现在都失传了，依靠它我们可以获得许多有价值的资料。

　　《修文殿御览》是北齐武平三年（572）编纂的一部古老的类书，共三百八十卷，可惜现在只剩下敦煌千佛洞发现的一卷残卷了，就连这一卷残卷也被法帝国主义者盗去。用《鸣沙石室古佚书》里影印的这本残卷和《太平御览》卷九一六作一一对勘，不难看出，《太平御览》引用了《修文殿御览》的全部材料，说明《太平御览》保存着公元6世纪以前的许多原始资料，宋代的其他类书都比不上它。

正因为它引用的古书现在十之八九失传，我们做学术研究工作看不到原书，却可以从它的引用看到些残篇零简。比如，我们熟悉的、被选入《不怕鬼的故事》里的《宋定伯捉鬼》出自魏晋人小说《列异传》，原书早亡，这个故事就依赖《太平御览》等类书的引用得以保存下来。又比如，研究农业科学的人非常重视西汉时代用有机物处理植物种子的溲种法和古代深耕细作的区种制度，专门讲溲种法和区种法的《氾胜之书》，原书也早亡了，还是依靠《太平御览》等类书的引用，我们才看得到其中的一部分。这一类例证还很多，研究天文历法、地理沿革、古代医学和药物学、音乐美术以及古代风俗习惯等方面的工作者们，都可以从这部书里面获得一些资料。

它所引用的古书，即使原书现在还存在，但字句往往和现行本不同。我们校勘古书遇到疑难地方，还可以用它的引文来对照，有时也能解决问题。比如《文心雕龙》在《檄移》篇里提到"露布"这种文体，说："或称露布，播诸视听也。"为什么这种文体叫"露布"呢？却没有解释。《太平御览》卷五九七引此文却作："或称露布，露布者，盖露板不封，布视视听也。"意义就非常醒豁。这样的例证很多。

这个本子所据的底本是南宋庆元五年（1199）的四川刻本，有成都府路转运判官蒲叔献的序文和参加校勘工作的阆中县尉双流人李廷允的跋语，篇页的中缝里还刻有刻字工人的名字，如"成都杜俊、杨阿四、王阿明"等。这是目前所能见到的宋刻《太平御览》里残缺最少、质量最好的版本。蒲叔献在序文里说，当时四川刻了许多好书，独于这部书没有刊刻，不能不算是一个缺陷。他刻这部书的动机，便是为了"补吾蜀文籍之缺，而公万世之传"。这些序跋和刻工姓名，对研究宋代的蜀刻本书籍来说也是一个很好的资料。

（原载1962年2月18日《成都晚报》第3版）

太平广记

鲁迅先生在《中国小说的历史的变迁》里提到:"宋之士大夫对于小说的功劳,乃在编《太平广记》一书。此书是搜集自汉至宋初期的琐语小说,共五百卷,亦可谓集小说之大成。"

《太平广记》的纂修,开始于太平兴国二年,与修《太平御览》同时。参加编辑工作的,也差不多全是《太平御览》的编辑者,总负责人仍然是李昉。

只花了一年多的时间,这部有着五百卷内容和十卷目录的《太平广记》便编成了。它搜集了从古代一直到宋初的神话故事、民间传说、短篇小说和琐闻轶事,引用书籍多达470多种,卷帙小的一些琐语小说几乎全部钞入。这是一部研究我国神话、传说、小说以及民间风俗的资料书。

内容分神仙、豪侠、技巧、诙谐、梦、鬼、妖怪、杂传记、杂录等九十二类,有些类里又分细目,体大目细,非常便于翻检。

宋王朝建立后,曾经大量地收集海内图籍文卷,包括野史、小说这些被前人摈斥在"九流"以外的书,给《太平广记》的编纂提供了很好的条件。到了今天,《太平广记》采集的470多种原书已经亡佚掉240种,因此它的资料价值就更显著了。

正因为这部书的资料价值高,宋代说评书的人把它作为必读书。宋人罗烨在《醉翁谈录》里写道:

> 夫小说者,虽为末学,尤务多闻。非庸常浅识之流,有博览兼通之理。幼习《太平广记》,长攻历代史书。烟粉奇传,素蕴胸次之间;风月须知,只在唇吻之上。对宋元民间文学的发展,起着很大的影响。

比如,唐末陈翰编选的唐代短篇小说集十卷本的《异闻集》现在亡佚了,全靠《太平广记》的采集,我们今天还可以读到里面的一些好作品,如龙女和柳毅的故事,李娃和郑生的故事,等等。当我们今天在舞台上看到川剧《泾河牧羊》《绣襦记》的演出,想到李朝威的《柳毅传》和白行简的《李娃传》的时候,也会想到采集《异闻集》的《太平广记》。

鲁迅先生对这部书的研究方法给我们树立了榜样。他不但主要依据它选出了一部《唐宋传奇集》,还博考群书写出了质量很高的读书笔记《稗边小缀》。在文字上也付出了巨大的劳动,鲁迅先生用清黄晟刻本的《太平广记》做底本,又参照明许自昌刻本作了校勘,还根据明刻本《文苑英华》、原本《说郛》、《顾氏文房小说》等书改正了错字误句。由于当时条件的限制,鲁迅先生没有可能见到清陈鳣校宋本和明谈恺刻本、隆庆活字本、野竹斋沈氏钞本的《太平广记》。

1959年7月,人民文学出版社出版了排印断句本的《太平广记》。它以谈刻作底本,用各种本子作了校勘,还根据《法苑珠林》《云籍七签》等书参校。各本之间有歧异的,就写成校记附在当句之下。谈刻有前后两种刻本,不同的地方作为附录处理。这是目前《太平广记》最好的版本,它标志着我们整理古籍已经达到的水平。

(原载1962年2月25日《成都晚报》)

中国地方志综录

《中国地方志综录》（增订本），朱士嘉编，1958年商务印书馆出版。

过去的地方志，虽是为封建统治阶级服务的官书，但是也记载了各个地区的疆域沿革、人物、山川、物产、金石、艺术、风俗习惯等方面极其丰富的资料。清代，康熙、乾隆、嘉庆三朝三次纂修《一统志》。每修一次，全国各地都先修一次地方志，从下而上，为修《一统志》做好准备。省有《通志》，府有《府志》，州有《州志》，县有《县志》。仅据《中国地方志综录》所载，现在保存在全国四十一个图书馆的地方志就有7413种，10 9143卷。这是一笔庞大的、极其珍贵的文化遗产。

说它珍贵，因为它保存了许多文化、经济史料，许多民俗资料，许多农民革命的史料（绝大多数是反面的）和英雄人物的传记。比如研究方腊起义，《浙江通志》《杭州府志》《严州府志》《淳安县志》等书里就有许多资料。又比如，研究郑成功的生平，《福建通志》《台湾府志》里也有许多材料。再比如，要研究杜甫诗的注家，如果从各种地方志的人物和艺文等栏目里去收集，可以钞出一部多得惊人的《杜甫诗旧注书目》来。

现在的这些地方志保存在什么地方，有了这部《中国地方志综录》就可以按图索骥了。但这部书的作用还不止于此，它是按时代先后排列的，还可以依靠它来考据各地最早的志书。比如藏在中山大学图书馆的正德十三年（1518）修的《四川志》是我省最早的地方志，它比杨慎参加纂修、嘉靖二十年（1542）才完成的《四川总志》要早一些。

这部书有两个附录：一是《国民党反动派劫运台湾稀见方志目录》，劫运走的地方志共 322 种，3487 卷，大半是故宫藏的珍本，比如乾隆八年（1743）修的《双流县志》等，过去藏在"中央研究院"的由纂修者张澍亲手校正的《大足县志》更为名贵。二是《美国国会图书馆掠夺我国稀见方志目录》，所掠夺的地方志约 4000 种，稀见本达 80 种。新中国成立前，美帝国主义者在我国内地大量盗买我国地方志，根据地方志上的资料肆意掠夺我国的资源。美国陆军部还根据地方志上的山川疆域绘制了侵略我国的详细地图，正如作者指出的"值得我们警惕"。

（原载 1962 年 5 月 16 日《成都晚报》第 3 版）

什么叫类书

类书是一种工具书。我国有着极其丰富的遗产，古代书籍汗牛充栋，要把这一大笔遗产拿过来批判地利用它，就得依靠各种工具书。

类书很像近代的辞典或者百科全书，把古代知识替你分门别类地编在一块儿，检索起来方便，对比起来有用。这种执简驭繁的编辑方法，是由于我们的文化遗产太丰富、太浩繁而产生的。《太平御览》的总编辑李昉说，类书的编纂是"因为'编帙既广，观览难周'，所以'采撷菁英，裁成类例'"。《艺文类聚》的总编辑欧阳询说，类书的作用是"览者易为功，作者资其用"。有了这类书籍，就像提纲理网，引领理衣，方便多了。

有些类书的容量大得惊人。明代的《永乐大典》多到 22 877 卷，清代的《古今图书集成》多到一万卷。英国人翟理斯把《古今图书集成》和英国字数最多的十一版的《大英百科全书》作了一个比较，说我们的《古今图书集成》比后者大三倍多。这的确值得我们自豪！

一般说起来，类书有两种。一种是泛及各科的，像前面举的《古今图书集成》便是；一种是专科性质的，如《文苑英华》是文艺辞典，《玉烛宝典》是时令辞典，《广群芳谱》是植物辞典，《册府元龟》是历史人物辞典，《太平广记》是小说故事辞典。有人主张把类书和集部书、丛书严格区别开来,把《文苑英华》《永乐大典》排斥在类书之外,我看是不必要的。

这类书的作用,除了前面提到的便于检索,把相同相近的事物放在一块儿便于比较并有助于探源索流而外,还有助于我们校勘古书和对已经亡佚的古书做辑佚钩沉的工作。

北京师范大学校长陈垣老人根据《册府元龟》卷五六七校正了《魏书·乐志》的脱文,解决了八百年来没有解决的问题,成了历史界的美谈。这是根据类书校勘古书的一个范例。

鲁迅先生根据《太平广记》《文苑英华》《说郛》等许多类书,披荆斩棘地辑出了由汉至隋的、已经亡佚了的小说三十六种,写成了《古小说钩沉》;又精心选出了思想性和艺术性都较高的唐宋短篇文言小说,写成了《唐宋传奇集》。这是根据类书做辑佚工作的一个范例。

中华书局最近两年内先后影印了宋本的《太平御览》,明本的《册府元龟》和《永乐大典》残卷,还印行了《太平广记》,《文苑英华》也正在印行中。这对我们踏踏实实做学问,认认真真搜资料,有很大的帮助。

(原载1962年1月7日《成都晚报》第5版)

有关《不怕鬼的故事》的几本书

本月 8 日《成都日报》刊出的何其芳的《〈不怕鬼的故事〉序》(原载《红旗》1961 年第 3 期、第 4 期)和三篇"不怕鬼的故事"(原载《人民日报》),对读者的启示教益很大。正如何其芳文中所说:"如果心存怯懦,思想不解放,那么人们对于并不存在的鬼神也会害怕。如果觉悟提高,迷信破除,思想解放,那么不但鬼神不可怕,而且帝国主义、反动派、修正主义,一切实际存在的天灾人祸,对于马克思列宁主义者来说,都是不可怕的,都是可以战胜的,都是可以克服的。"这样就更有助于我们学习毛主席的著作《论帝国主义和一切反动派都是纸老虎》,使我们对在战略上藐视敌人和困难,在战术上又重视敌人和困难,能够获得进一步的理解。

喜读之余,看到这些故事都选自一些谈鬼的专著,试为读者作一点注释。

记载着《宋定伯捉鬼》的《列异传》是魏晋时人根据当时民间传说纂集的一部志怪小说,原书已经亡佚。鲁迅先生从《初学记》《太平御览》等书中辑到五十条编入《古小说钩沉》。《宋定伯捉鬼》一条思想性也很强,一不怕鬼,二又研究了和鬼斗争的艺术,结果战胜了金鬼、银鬼和杵鬼。这对我们怎样去和敌人作斗争是一个有益的启发。

洪迈的《夷坚志》是一部部头很大、以记宋代的奇闻怪事为主的短篇小说集。因为是有闻必录，所以在内容上有民主性的精华，更多的却是宣扬宿命观点和封建伦理观念的糟粕。辛坚是神话里的人名，大禹治水的时候，他跟在一起记下了许多神怪的故事和珍禽异兽的形状。

蒲松龄的《聊斋志异》是一部用文言写的短篇小说集，共四百三十一篇。每一篇都有严密而独立的结构，绝大部分是谈狐说鬼的。通过那些鬼狐的故事，一方面对当时黑暗的现实作了无情的揭露和鞭挞，另一方面又凭借丰富的想象热情洋溢地表达了人民的理想和愿望，是现实主义和浪漫主义相结合的作品。

《聊斋志异》里写了许多鬼，有厉鬼，有恶鬼，有愚鬼，也有深受科举毒害的才鬼。在这些鬼的世界里，我们看见了当时官吏的贪赃枉法，豪绅权门的鱼肉人民，科举制度的黑暗腐朽。鬼的世界就是人的世界的反映。蒲松龄细致地描绘了鬼的伎俩，描绘了人战胜鬼的斗争过程。我们是无神论者，当然不会相信作者所描述的事件，但是他的描写对我们研究敌人的性格和培养我们的智慧、勇敢很有用。

《阅微草堂笔记》是清人纪昀写的笔记小说，共五种，二十卷。纪昀主张继承晋、宋志怪小说的传统，不赞成《聊斋志异》那样铺张扬厉地从事细节描写和心理描写。由于文学见解的落后，大大削弱了作品的形象性，缺乏感人的力量。不过，这部书的个别篇幅的议论却很精辟。鲁迅先生在《中国小说史略》里谈得好："惟纪昀本长文笔，多见秘书，又襟怀夷旷，故凡测鬼神之情状，发人间之幽微，托鬼狐以抒己见者，集思妙语，时足解颐，间杂考辨，亦有灼见。"何其芳举出《鬼避姜三莽》一则的议论说作者的评论不错，足以说明鲁迅先生的论点。

（原载1961年2月21日《成都日报》第3版）

顾恺之
——纪念我国古代十大画家之一

顾恺之（341—402），江苏无锡人，他是中国绘画史上特别被推崇的画家，在艺术理论上也有很多卓见。他的具有现实主义的人物画和画论，给祖国画坛添上了异彩。

他还不到二十岁的时候，就在当时有名的瓦棺寺绘制维摩诘像，受到了观众的热烈赞赏。后来，唐代诗人杜甫看了图样后，给予这幅画以很高的评价："神妙最难忘。"

他的绘画理论是现实主义的。据《历代名画记》所载，他把"神"和"生气"作为绘画艺术的基本法则，也就是说他非常注意透过外貌描写人物的内心世界，而不单纯追求"形似"。这就把现实主义和自然主义严格区别开来。相传他给裴楷画肖像，颊上加三毫，觉得神情毕现，可见他对具有特征的形象的捕捉和表现能力是很高的。他画谢鲲的肖像，选用丘壑作背景，可见他已经注意到把人物放在典型环境里了。

他的作品流传到现在的有六朝和唐宋人的摹本《女史箴图》和《洛神赋图》等。

《女史箴图》是晋张华《女史箴》一文的写意图。1900年义和团运动，八国联军攻入北京，该图被英帝国主义者劫走，现藏于英国伦敦博物馆。另一绢地横卷的摹本，保存在故宫博物院。

《洛神赋图》是魏曹植《洛神赋》一文的写意图。顾恺之在画卷里刻意地描绘了曹植和他的侍从在洛水边与美丽的女神相遇，然后又失落爱情的悲剧。洛神的回眸顾昐、含情脉脉，曹植的目瞪口呆、茫然自失，配上清风拂拂、流水泛泛的衬景，揭露了人神恋爱悲剧里主角的内心世界，表达了当时青年在封建制度压抑下的苦闷。《洛神赋图》在宋代有许多摹本，现在分藏在故宫博物院和沈阳博物馆。另一摹本，早被美帝国主义者盗走，现藏于佛里尔美术馆。

　　当然，顾恺之是有他的局限的：他画的对象，不是古书上的人物，便是那个时代的达官贵族。但是，他的现实主义手法和理论却是值得我们加以批判地继承的。

（原载 1961 年 3 月 16 日《成都晚报》）

善画金碧山水的李思训

——纪念我国古代十大画家之二

中华民族是有着爱国主义传统的伟大民族，爱国的激情要求画家描绘雄伟壮丽的大好河山，于是就产生了山水画派。

我国山水画的历史悠久。如今还藏在故宫博物院的隋代展子虔的《游春图》，虽然画有人物楼阁，但是山水在画面上占有主要地位，不再是给人物作背景，而是单独独立了，这比欧洲17世纪才有完整的风景画早了一千年。李思训便是继承和发展了展子虔的画法，奠定了以山水为主、人物为宾的山水画的杰出人物。

李思训（651—716），唐宗室。开元中，做官做到右武卫大将军，所以人们称他为大李将军，以便和他的儿子李昭道——小李将军区别。

天宝年间，唐玄宗李隆基甚爱四川嘉陵江山水，派名画家吴道子去写生。蜀山蜀水的旖旎景色，给吴道子留下了深刻的印象。他回到长安，一天之间把三百多里的嘉陵江山水画在大同殿的壁上。李隆基又叫李思训作画，他画了几个月。李隆基非常赞赏这两幅风格不同的嘉陵江山水画，说道："李思训几个月的劳动，吴道子一天的努力，都达到了艺术的顶峰。"李隆基也爱李思训给宫廷画的硬屏，他说："你硬屏上画的山水，太逼真了。夜阑人静，似乎可以听到活活的水声。"

吴道子和李思训同是现实主义画家。吴的风格豪爽，李的风格谨严；

吴画富于线条美，李画富于色彩美。这就给后代山水画的写意、工笔两派的发展，准备了很好的条件。逼真，工细，金碧辉煌，色彩艳丽，是李思训画的风格。他还给山水画创造了青绿山水一派。

所谓青绿山水，即以浓淡墨色勾勒山石、林木、泉流等画面的轮廓，主要用石青、石绿来着色。在李思训之前也有用青绿色来描绘青山绿水的，但是到了李思训才用得很妥帖，合于透视原理。

青绿山水也叫金碧山水。李思训画山水，把泥金用在石足、沙嘴和霞彩等地方，表示日光的照射，使青绿层次分明。他画石先勾轮廓，后加皴。皴，用来表示山石的阴暗部分。山石姿态多，皴法也多。李思训创造的是用来表示山石棱角突出的小斧劈皴，他把透视学用在绘画上，很有现实主义精神。

他的画留传下来的太少。《御苑共游图》现藏于故宫博物院；《海天落照图》有明人仇英的摹本，现藏于沈阳博物馆。他的儿子李昭道的《春山行旅图》被蒋介石运往台湾了。

山水画包含着作者的爱好和情趣。从李思训的画和苏轼所描绘的李思训的《长江绝岛图》来看他的选材，不难看出这中间寄托着一种啸傲林泉、羡慕闲适生活的士大夫的思想感情。

（原载 1961 年 3 月 19 日《成都晚报》）

王 诜
——纪念我国古代十大画家之三

王诜（1036—？），字晋卿，原籍太原，后来移居开封。青少年时代喜欢读书，有着比较丰富的书本知识。他在政治上很保守，不赞成宋神宗和王安石的变法运动，遭到了不断的贬谪，到过湖北、广西、河北、安徽、山东、四川，行踪广阔，这也使他画出了一些好画。但是，画家的政治观点不能不影响到他的艺术观点，加上他的生活面还是很狭窄，所以他画的山水已经带有唯美主义倾向了。

他喜欢大自然，把山重水远的无尽江山和四时变化着的不同景色当作留给他的画本。生活实践培养了他的观察能力和欣赏才能，贬谪到南州（四川綦江），巴山蜀水更加引起了他的兴趣。宋代学者楼钥指出："画家不亲见景物，就画不出好画。王晋卿不到四川，说什么也画不出像《江山秋晚图》这样具有浓厚诗意的作品。"王诜自己也说："心匠构尽远江意，笔锋耕遍西山田。"在艺术构思上，他是下了苦功的。

刻苦地向古代画家学习，是他画出一些好画的另一原因。他在自己收藏着很多法书名画的"宝绘堂"里，手披目览，揣摩学习。他画金碧山水学李思训，画水墨山水学李成，但是都有所发展，终于另成一家。

所谓水墨山水，是指不施彩色而专用墨的浓淡渲染而成的山水画。这种技法创始于唐人王维，到了宋初李成手上又有所发展。单色的水墨画,非常适宜于表现遥山远浦和烟江雾壑。王诜吸取了这种优秀的艺术传统。"水墨自与诗争妍",苏轼对他的这些作品评价很高。

  虚心地向朋友学习,是他画出一些好画的又一原因。他与当时的文学家苏轼、艺术家米芾等有着深厚的友谊。苏轼为他写过《宝绘堂记》,替他的画题过不少的诗。米芾在《画史》里记载着他们在艺术上的切磋。在技法上,苏轼的"水活石润",米芾的"烟云变化",都为他所取法。

  他的画,《渔村小雪图》现藏故宫博物院,《烟江叠嶂图》现藏上海博物馆。根据历代著录所记,王诜画过好几卷《烟云叠嶂图》。上海博物馆藏的是设色的绢本,图面上表现了辽阔的烟云和重叠的峰峦,很有诗意。云与树,设色与用笔,含有唐人的技法,是他画里的精品。《瀛山图》在新中国成立前被蒋介石集团运到台湾,最近美国又假借"展览"之名从台湾劫走。这是一幅工致的金碧山水画,高古绚丽,十分精美。

(原载 1961 年 3 月 30 日《成都晚报》)

"白描大师"李公麟
——纪念我国古代十大画家之四

我国的人物画，晋代的顾恺之奠定了现实主义技法的基础，唐代的吴道子通过传统经验的积累和观察体验的深入，把人物画推进到了一个新的阶段。李公麟是继承和发展了吴派的卓越画家。

李公麟（1049—1106），字伯时，又号龙眠居士，安徽舒城人。他从小就在艺术的环境中生活。他的父亲李虚亦爱收藏古代的法书名画，年青的李公麟把这些古人名迹都临摹成副本。到了晚年，他右手病废，但在病榻上也还经常用左手在被子上比画落笔的姿势。他在绘画上取得的巨大成就，是与长期严肃认真地学习和创造分不开的。

线描是我国绘画技法上一个重要的特点。李公麟创造的"白描"画法，把线条作用发挥到了很高的境界。

所谓"白描"，是指单纯用线条和浓淡墨色来描绘事物的一种画法。在李公麟以前，这种单线勾绘的方法只用在画稿上，正式的作品一般都是敷彩的。到了他，才把线条当作造型基础，有时也用淡墨和少量的赭石来烘托，通过这些简洁优美的线条把复杂的客观事物的形象既概括又生动地表现了出来。这是一个出色的创造。正因为这样，美术界称他为"白描大师"。

他的成就是多方面的，人物、鞍马尤为擅长。他的画流传到现在的较多。故宫博物院和沈阳博物馆收藏有《九歌图》《临韦偃放牧图》等十一件,其中有些是后人的摹本。《免胄图》长卷,被美国以"展览"之名从台湾劫走。

《临韦偃放牧图》是李公麟留在国内的唯一真迹。韦偃是唐代画马的能手,流寓成都。他为杜甫草堂画的壁画,受到杜甫的赞赏。李公麟的好友苏轼也说:"人间画马惟韦侯。"《临韦偃放牧图》全图画有马一千多匹,牧人数百。马的顾盼俯仰,各具神态:有的在吃草,有的在饮水,有的在奔驰,有的在缓走。配上牧人的活动和山丘、湖沼、树木的穿插,画出了广阔原野上牧民的生活情景。

《九歌图》是屈原《九歌》的写意图。李公麟喜爱、珍视屈原的诗篇,对屈原精神进行了探索,创作了这幅图画。这幅画现在能看到的有两个摹本:一藏在故宫博物院,一被日本帝国主义者劫去。故宫博物院藏的,全面地画出了《九歌》的人物及其背景;日本劫去的,只刻画了主要人物。这两种本子都是用白描画的。如日本劫去的本子里的《云中君》一图,只画了三个人物——云中君和他的两个侍者,只用了简单几笔就刻画出云神遨游空中俯视人间,关心人民生活,考虑雨量多少的行动和复杂心情,是屈原作品的最好插图。

《临韦偃放牧图》和《九歌图》代表了李公麟作品的两个方面:前者是临摹,后者是创作;前者标志着他在继承传统上取得的成就,后者标志着他在革新传统上取得的成就。

(原载 1961 年 4 月 13 日《成都晚报》)

充分发挥水墨作用的画家米芾

——纪念我国古代十大画家之五

米芾(1051—1107),字元章,江苏吴县人。

在绘画上,他对水墨山水的贡献是巨大的。他画山水突破了过去单纯用线条勾勒峰峦、树木的轮廓的传统方法,利用泼墨、焦墨构成的深深浅浅的、排比着的横点,通过墨色的浓淡来描绘烟云变幻、风雨迷蒙的江南景色,表现了变化无穷、婀娜多姿的大自然,笔酣墨饱,别具风格。

泼墨是唐代画家王洽的创造。据说是先用湿墨一气画出,然后用稍淡的湿墨渲染,利用墨的浓淡来区别山石的阴阳凸凹。

焦墨是指极浓的墨,画在纸上往往显出焦枯的样子。焦墨也叫枯墨。

中国传统的笔墨和纸张有它特殊的性能。米芾掌握和利用了这种性能,把水墨的作用发挥到了一定高度。相传,他不画矾过的纸。泼墨和焦墨,就是利用笔墨里含水量的多少和生纸的渗透作用的一种创造。

米芾画变幻着的烟云,在画面上却往往不画云雾,只依靠山光树色的映衬,给看画的人一种水汽蒸郁、雾气弥漫的感觉,不画云雾而若有云雾,不敷彩色而若有彩色。

米芾画远景用粗笔,画近景却往往很工细。他的《春山瑞松图》里的几株松树,就是用严格写实的手法画的。近景里,不管扁舟、小桥或是山脚、水涯，他一般都用细笔写实。

写意和写实的结合，构成了他粗放而又严整的艺术风格。

他的画流传到今天的很少。《春山瑞松图》原藏故宫博物院，十多年前曾在英国伦敦中国艺术国际展览会展出。此画新中国成立前被蒋介石集团劫往台湾，最近又被美国从台湾劫夺了去。

我们肯定米芾的是他打破陈规、敢于创造的技法。这种技法，对于反对宋代画院过分强调"形似""格法"，因而束缚了画家的创作活动来说是有其进步性的。它把唐以来的水墨画推进了一大步，充分发挥了水墨渲染的作用。不过，米芾的画也有很大的缺点。鲁迅先生在《论旧形式的采用》一文中写道："米点山水，则毫无用处。"又说："后来的写意画（文人画）有无用处，我此刻不敢确说，恐怕也许还有可用之点的罢。"尽管鲁迅先生的指责是针对那些离开现实专门追求迷迷蒙蒙趣味的形式主义画家而发，所说的"米点山水"也是指的后世画家临仿的米家山水而言，但是米芾画题材的狭窄和对意趣的过分强调，的确也给后来文人画家的笔墨游戏以不好的影响。

（原载 1961 年 4 月 29 日《成都晚报》）

米友仁和他的《潇湘白云图》

——纪念我国古代十大画家之六

米友仁（1086—1165），字元晖，米芾的长子。幼年得到父亲的指点，工书善画。他十九岁时画的《楚山清晓图》得到了对绘画艺术有很高造诣的宋徽宗赵佶的称赞。

在水墨山水上，他继承发扬了米芾泼墨横点的方法。但是他并不单纯摹仿，而是在继承的基础上革新。米芾破线为点，他连点成片，又参用"拖泥带水皴"：先用蘸水的笔遍抹要画山石的地方，再用焦墨横拖。这种皴法很适应表现乍雨还晴、烟云明灭的景象。在襄阳，他住的时间较久，时常观察雨前雨后峰峦的姿态和云烟的变化。体验久了，对实景的感染就深了，他在词中说："河晚余霞收散绮，遥山抹黛天如水。"又说："乱山烟外有还无，王维真画图。"这些词句和他的画一样，描绘了动人的山川景色。而且感染一深，画出来用墨湿润，非常自然，不在工细上用功夫，却达到了逼真的境界。

他画得不多，流传到今天的更少。《潇湘奇观图》现藏故宫博物院，《云山得意图》最近被美国从台湾劫去。上海博物馆藏的《潇湘白云图》是他的代表作品。

《潇湘白云图》长卷，纵28.7厘米，横295.5厘米，纸本，墨笔。结构谨严。远处重重山峰，山势挺拔，下掩云雾，微透日光。中间一山头，依稀可辨塔影。近处重重村舍，舍旁树木成丛，浓荫披拂，异常秀丽。树木被云雾遮掩，呈现出夜雨刚停，积云未散，水气熏蒸，一片欣欣向荣的景象。小桥一座，掩在雾霭之中。看了这幅画，觉得云烟变幻，忽往忽来，山峰古塔，若隐若现，整个画面像动了起来似的。这是千变万化的潇湘风景的真实写照。

明代名画家董其昌曾携带这幅画去游洞庭湖，看见洞庭实景，感叹地说："坐在船上，一眼望去，宽广的水面，辽阔的远天，烟云变幻，怪怪奇奇，多么像米家的山水画啊！"

和米芾一样，他画的山水专以雨中山林为题材，又极力追求笔情墨趣，甚至把自己的画叫作"墨戏"，局限性也很明显。

（原载1961年5月10日《成都晚报》）

倪瓒和他的《秋庭嘉树图》

——纪念我国古代十大画家之七

倪瓒（1301—1374），字元镇，号云林，江苏无锡人。

他生活的时代是一个阶级剥削异常严重的时代。至顺元年（1330）春，吴楚一带发生了大饥荒，瘟疫流行，死亡的人很多。到了至正十五年（1355），倪瓒本人也因为缴纳不起租税被关进监狱。他在《素衣》诗里愤慨地写道："彼苛者虎，胡恤尔氓！视民如貔，宁辟尤诟。"又说："吁嗟民生，实罹百患！"苛政猛于虎，统治阶级是不会管人民的死活的，倪瓒从自己的遭遇里意识到了民生的疾苦。他"白眼视俗物，清言屈时英"（《述怀》）的狷介性格，本身就是一种反抗。

为了逃避元末的兵乱，他的后半生是在太湖一带度过的。长期生活在江南水乡里，看到了高低起伏的秀丽的山峦和水波不兴的平静的湖水，无论在水光潋滟的晴天，或者是在山色空蒙的雨季，这些景色在倪瓒的眼里都是那样的优美宁静。尤其是秋天，碧天澄水，落木萧萧，一望空旷，更显现出河山的浩渺辽阔。倪瓒选取了具有特征性的江南秋景，用干淡的画笔，轻皴漫点，寥寥几笔，就描绘出了多姿的大地的一个侧面。

如他的《秋庭嘉树图》，画幅并不大。近景是一抹平坡，点缀着一座茅亭、几株嘉树，山石秀丽，树木挺拔，意象萧森，却不给人一种荒寒的感觉。中景是一望辽阔的湖水，配上远景里上与宽阔天空相接的山峦，山影微映在江中,着墨不多,却含有深远的意境,是江南秋色的真实写照。从构图上说,一变古法,独出心裁,异常别致。从用笔上说,画石头用折带皴,既画出了石头的纹理,又的确是江南的秀丽的山石。从用墨上说,充分发挥了水墨的功能,异常调和,又异常洗练简洁,似乎毫不用意,实际匠心独运。在画幅空白处题上精美的题画诗,诗情画意融合在一个整体中,构成了一种新的风格。前人赞美他的画是"墨分五彩,惜墨如金",很能说明这种以简驭繁技法的特点。

他的山水画,一般都是以枯木竹石平远小景为主,开创了文人画的路子,后来学他的画法的人很多。

(原载1961年6月7日《成都晚报》)

王绂的竹墨和山水

——纪念我国古代十大画家之八

王绂（1262—1416），字孟瑞，号友石，江苏无锡人。在绘画上，他继承了元代文人画的衣钵，尤为擅长墨竹和山水。

墨竹画的成熟时期在唐代，北宋时四川画家文同才把它发展到比较完整的境地。文同画的墨竹，讲求气韵，不在工细上用功夫，笔法既苍劲又潇洒。到了元代，柯九思发展了文同的传统，往往在竹旁配上古木，让烟梢霜樾与丛筱幽篁相掩映，构思运笔，别有风趣。王绂吸取了文同、柯九思技法的特点，融会贯通，加以发展，劲节疏枝，随风偃仰，"遒劲中出姿媚，纵横外见潇洒"，把墨竹艺术推进到了一个新的阶段。

他生长在江南水乡，太湖的幽美风光给了他极大的启示。中年以后，又遍游大江南北，入三峡，登剑阁，祖国的一山一水、一草一木都在不断地感染着他的心灵，扩大着他的胸襟，他用画笔描绘出了祖国河山的富饶和雄伟。

他的山水画师法元代王蒙，有时达到了神似的地步。明代学者王世贞曾把他的《湖山佳趣图》当成是王蒙的作品，说那幅长卷"清思直扑入眉间，应接不暇"，看了落款才知道是九龙山人王绂所作。他留下来的作品不多，《燕京八景图》长卷现藏故宫博物院，《湖山书屋图》长卷现藏沈阳博物馆。

《湖山书屋图》，纸本，长达三丈（约10米）。从这幅图来看，他不是单纯地摹仿王蒙，用笔运墨劲挺中有秀丽，吸收了王蒙的优点而又有所创造、发展。

他把书屋放在湖山的深处，利用三重冈峦的层层退后，显示出书屋占地的广阔。书屋前是宽广的湖面，青山隐隐，绿水迢迢，环境异常秀丽。周围是连绵的群山，清莹澄澈的瀑布挂在山腰。十几株高耸入云、姿态挺拔的松树与披拂在山头随风摇曳的小草互相映衬，给秀丽的画面添上了浓浓的彩色，做到了"墨分五彩"。

值得注意的是，王绂没有单纯地描写自然景物，而是联系着人的活动。湖上渔舟往来，渔人有的划船，有的撒网；桥上樵夫正在与归耕的人停步问答；书屋的主人在曳杖行吟，他的书童在拥彗扫地，配上天空凫雁的临风远举，表现了秋意盎然、充满了生命活力的太湖景色。这是祖国的一隅，是一个富饶的鱼米之乡啊！画家就这样从美丽的自然景色里传达出对祖国山川热爱的激情。明代画家文徵明在卷后写道："耕渔出没，村舍远近，烟云变灭，种种臻妙。"正由于王绂的画描绘出了大好河山，才引起了后人对他的爱慕。

王绂也学习倪瓒的技法画一些平远小景和竹石。他在艺术上的成就和学习前人的成就，是与他自己的创造分不开的。个人的智慧不能脱离集体的智慧、脱离传统，但以因袭为能事却又是最没有出息的做法。王绂的创作道路生动地说明了这一点。

（原载1961年6月15日《成都晚报》）

写意画大师徐渭

——纪念我国古代十大画家之九

徐渭（1521—1593），字文长，浙江山阴人。他的生平遭遇很不平常，参过军，避过祸，坐过牢，一生都在穷愁抑郁之中度过。但是他并没有在封建压力下屈服，却用他的诗文、剧作和绘画来蔑视封建传统，抒发了他封建叛逆的思想和情感。

在绘画方面，他打破了过去一切的清规戒律，师古而不泥于古，圆通变化，充分发挥了自己的独创性，给写意画开辟了一条康庄大道。

写意和工笔是我国绘画所采用的两种不同表现形式。写意画不像工笔画那样对所描写对象细描细绘，它要求用简练和夸张的手法来表现物象的精神特征，表现画家的胸襟怀抱。从画面上，不仅可以看出画家摄取物象的艺术构思，还可以看出画家的人生态度。

写意画又往往和书法艺术结合起来。它要求画画运用篆法、隶法、草法或楷法，使画笔飞动流走，骨法坚实，运转自如，像写字那样有"写"的意味。

徐渭书法很有修养。他说自己的艺术造诣是"书一，诗二，文三，画四"，吴昌硕也说他的书法超过了颜真卿。无论他画的花卉也好，翎毛也好，人物也好，笔下都有一种剑拔弩张之气，转折的地方非常瘦硬。看得出来，他是有意识地把书法运用到绘画里的。

拿他的《驴背吟诗图》来说吧,地点是郊外,季节是深秋,风在不停地吹着,树上的枯枝败叶和缠在枝上的枯藤随风摇曳,景色很萧飒、很荒凉,他笔下的诗人不是骑在蹇驴上慢慢腾腾寻找诗意,而是提起缰绳让驴子狂奔。杜甫的吟马诗《房兵曹胡马》写道:"竹批双耳峻,风入四蹄轻。所向无空阔,真堪托死生。"骑着奔腾的骏马,奔驰向空阔广漠的原野,一切艰难的环境在诗人眼里算不得什么,即使碰上危险,可爱的马也可以托付生命。类似这种意思,在徐渭笔下形象化了。他画的不是马而是驴子,更说明诗人坎坷的遭遇像骑上蹇驴似的。他笔下的诗人目光炯炯地注视前方,在人生的大道上蔑视困难,向前直闯。这幅画集中反映了徐渭威武不屈的封建叛逆性格。

这幅画的笔墨运用很值得我们学习。振笔画树干,沉笔画枝叶,一点一折,一撇一趯,寥寥几笔,就画出诗人和奔驴的神态,书法和画法结合得很巧妙。徐渭本人就说过:"不求形似求生韵。"又说:"指尖浩气响威雷。"这幅画,别出心裁,不落凡近,笔韵墨致,生气勃勃。在艺术上,这是多么出色的一种创造。

(原载 1961 年 6 月 25 日《成都晚报》)

朱耷的写意画
——纪念我国古代十大画家之十

朱耷（1626—1705），字雪个，号八大山人，江西南昌人，生长在封建贵族的家庭里，是明朝的宗室。

明朝亡后，他不满意清朝统治阶级的残酷统治，往往用画抒怀。落款很特别，把"八大"和"山人"四字分别连缀在一起，看起来像"哭之"或"笑之"两字的样子，借以说明国破家亡、哭笑无常的处境。

他擅长花鸟画。作画的目的是为了抒发亡国的苦痛，寄托身世的悲哀，所以师法徐渭的写意手法。在布局上，刻意经营，别出心裁，一花一木，一鸟一鱼，横涂竖抹，落落疏疏，不受成法拘束，构成了简略而奇肆的图案。

在用笔用墨上，发挥了前人用湿笔的特点：用大笔蘸着浓墨淋漓纸上，巧妙地利用生宣纸的渗透性能，使墨在纸上自然渗化。虽用渗墨，但是不臃肿，利用水墨特点纵笔写意，恣意抒情，寥寥几笔就概括地突出了物象的精神。

杜甫诗云："感时花溅泪，恨别鸟惊心。"（《春望》）朱耷笔下的花一般是溅泪的花，鸟是惊心的鸟，垂着头，瞪着眼，配上剩水残山的衬景，便构成了荒凉萧瑟的意境。在艺术领域里，标新立异，独树一帜。

如他的《荷花水鸟图》，用快笔淡墨画丛生的荷叶和粗老的荷梗，用慢笔浓墨画秀出于丛叶之外的下垂着的孤叶,湿墨淋漓,宿露欲滴。水中危石嶙峋,一只水鸟缩起一只腿,瞪着眼,凄凉地蹲在石头上。整个画面告诉人们,这已经是一个萧瑟的秋天了,尽管还有一朵荷花含苞待放。看吧,败叶迎风,水鸟缩颈,景色寥落,杳无人烟,天地虽大,哪里是归宿的处所呢?这位"金枝玉叶老遗民"通过这幅画表现了他的孤愤。但是他的愤世嫉俗和不向清朝统治阶级妥协的态度,却反映了他的民族气节。他所创造的标新立异的讽刺画的手法,他的高度简练的布局,他的用笔用墨,对现代、近代花鸟画的影响都很大。

(原载 1961 年 7 月 5 日《成都晚报》)

怎样学习书法

书法这枝花开得越发鲜艳了,怎样学习书法,已经成了广大青年朋友关心的问题。

作为一门艺术,书法有着独特的特点,学习它的方法也有独特的一套。

先谈执笔。写毛笔字和写钢笔字不同,钢笔斜执,毛笔直执。执笔要保持端正的姿势,不能身斜头歪,不能低头枕膀。执笔的时候要五指齐力,笔管直立在五指的中间,用传统的说法就是:指欲实,掌欲虚,管欲直,心欲圆。

指头有着不同的作用,大指、食指主力,中指、无名指主转运,小指主来往。执笔靠指,运指靠腕。腕法有三种:腕贴书案的叫枕腕;肘着案、腕提起的叫提腕;腕肘都悬起的叫悬腕。写小楷适宜用枕腕或提腕,写大楷、行、草适宜用悬腕。

执笔不要太高,太高了用不上力;执笔也不要太低,太低了施展不开。不要执得太紧,太紧了笔不听使唤;也不要执得太松,太松了驾驭不住。不高不低,不紧不松,记住指实掌虚的要领,就能运用自如。

次谈间架结构。每一个方块汉字都是由一定的点画构成的,只有把这些点画安排好,才能给人以美感,具有可供欣赏的艺术价值。这种

"经营位置"使点、直、撇、捺搭配匀称的方法叫作结体。隋朝有个和尚叫智永,依据传统经验,传下了"永"字八法。据说王羲之老早就在写"永"字上花了不少工夫,因为"永"字兼备八法,写好它就能运用到一切楷字上去。

"永"字八法的内容是这样的:

一、点叫侧,写时要像落石一样。

二、横叫勒,缓缓写去藏住笔锋。

三、竖叫努,不能写得太直。

四、挑叫趯,蹲锋而出,然后缓缓收住。

五、左上叫策,仰笔趯锋,轻抬而进。

六、左下叫掠,写快一些,笔锋宜轻。

七、右上叫啄,速进快罨。

八、右下叫磔,不徐不疾,藏锋出锋,随心所好。

练习好这八种基本笔法,根据不同字体的特点,配搭妥帖,看上去顺眼,就算掌握住字的间架了。

再谈学习次第。我国书法丰富多彩,由于时间的演进,书体经过了篆、隶、草、楷、行的衍变过程。楷书是学习书法的基础,打好了基础,再由楷到行、草。元人郑构在他写的《衍极》一书里,根据学书者的年龄,定出了分年递进的学书次第,这是一个行之有效的好方法。现把它约简一下,开列如下:

大楷:唐颜真卿《中兴颂》——中楷:唐欧阳询《九成宫醴泉铭》——小楷:晋王羲之《乐毅论》——行书:晋王羲之《兰亭序》,唐僧怀仁集王羲之书《圣教序》——草书:晋王羲之"右军帖",唐张旭及僧怀素"旭素帖"。

虽然各家有自己的独特风格,就像苏轼说的"短长肥瘦各有态,玉环飞燕谁敢憎",但照着上列的碑帖练习,写熟一种再递进到第二种,领会每一种碑帖的特征，掌握它的间架和用笔的方法，是可以办到速成的。

最后谈谈对碑帖的临摹。摹和临是练习书法的必经过程。摹是拿薄纸蒙在法书上面照着写，亦步亦趋，跟着原字的笔道走。初时练习，应当多摹。经验多了，才用临写的方法。

临写时，把纸放在法书旁边，先把原字的结构安排、用笔的起住转折记熟记透，因为经过了摹写阶段，原字的特点还是比较容易掌握的。看一个字，写一个字，做到心中有数，得心应手；不能看一笔，临一笔，那样做气势不贯串，传达不出原字的韵味。对临久了，还可以收起法书，凭记忆空手临写。等到空手临写也能写得和法书一模一样，就可以递进到第二种字帖。

要掌握书法这种艺术得有苦学精神。苦与乐有着辩证关系，勤学苦练，一挥百纸，苦尽甘来，其乐无穷。苏轼说他的朋友石苍舒平生喜欢写字，给自己的书房取名叫"醉墨"，"自言其中有至乐，适意不异逍遥游"。这种乐是从刻苦学习中获得的，读帖、临帖本身便是一种艺术享受。掌握一门艺术的独特的学习方法，经过刻苦地练习，就能把技能变成技巧，也就能领会这种至乐了。

（文章发表时分为上、下两部分，原载1961年11月23日、11月25日《成都晚报》第3版）

第四章

诗词联语叙平生

新春楹联

春联 四副

敢说敢想敢做共产主义风格美
亦工亦农亦学知识分子典型新

问苍茫大地谁是健者
数风流人物还看今朝

南水北调江河都具英气
东风西渐草木同被春光

夜望成钢高炉群如星宿海
春临锦里粮棉堆成金银山

（原载 1960 年 1 月 17 日《成都晚报》第 3 版）

履园剩稿

敦仁寄书以治学相勖,走笔报之(庚辰)

有口供嚅嚅,有歌烧燚廖。
唧唧秋虫语,独有危苦词。
我生二十载,猛志跂前规。
谓斗可取酌,谓山可与齐。
翻念所禀性,野马不受羁。
群经汉师法,心性辨渑淄。
谁能守门户,神王在藩篱。
借鉴乙部书,将以处乱离,
乱离未云已,天地尽疮痍。
都市居不易,民生信艰危。
谈迁与彪固,不办肉与糜。
乃似杜陵客,入门对瘦妻。
娇儿正叫怒,索饭门东啼。
谋食陈编窃,抗颜为人师。
又似僧愍度,过江日颦眉。

攘臂树新义，草草为救饥。
饥寒安可救，悲来不自知。
母誉我佳儿，儿佳果何为。
走胡与走越，徘徊路多歧。
开缄奉华翰，临风想英姿。
高歌惊四座，刺刺被酒时。
昆仑亦有径，琼树亦有枝。
韩孟相追逐，驵蛩终始依。
待子峨眉归，还子雁门踦。

秋夜至万里桥，和纫秋

江水初波碧汉流，背城野色供冥搜。
来寻欹仄迂回路，继子蹒跚勃索游。
落木千章秋瑟瑟，飞鸿远戾思悠悠。
苍头突起收恒碣，未许眉攒万国愁。

一　　院

一院浓荫鸟乱啼，亭亭落日背人低。
闭门作夏新生理，满意北堂萱草齐。

【编者注】白敦仁《水明楼诗词集·亡友雷履平剩稿》(《一院》与《四月一日，

病起》合为《夏日二首》）按：此诗首二句，忆原稿作"济马无端惜障泥，凤池何事怨鸡栖"。此据丙辰冬录稿抄存，私意以为不若原稿之浑成也。履平一生侍母至孝，至老不衰，读"北堂萱草"二句，其了绕膝承欢之状，仍历历眼前也。

读　　史

铁珞鸣珂马足尘，老谋壮事尔何人。
魏军已渡钟离水，载荻群思弃蒋神。

【编者注】白敦仁《水明楼诗词集·亡友雷履平剩稿》附雷履平按：余少交朴社诸子，逢辰寄兴，投简论心，东野穷愁，一发于诗。"解放"以后，遂不复作。戊申季冬，存稿尽失，性又健忘，十不记一。敦仁老友嘱录旧作，追索亡逋，但得六首。过而存之，亦不忘过去意也。诗约写于己卯、庚辰间，距今已三十六七年。因君唤起前尘梦，共沐神州浩荡春，幸进而教之。丙辰冬，履园记。

四月一日，病起

风棂护梦午侵晨，雨脚飘花夏迫春。
病起闲中无客过，满庭芳草绿依人。

读 庄 子

卮言漫衍三十卷，寒灯独夜一身亲。
足音空谷逃虚感，争忍忘情作石人。

端午和敦仁（甲申）

佳节浴兰引兴长，暑风回暝换年芳。
泽间蒲剑含兵气，乱世游人半酒狂。
动地百年谁惠跖，悲天一例集沅湘。
渚宫旧事从君说，慷慨何心与辩亡。

晨耕（庚申）

朝日每从雾里看，脚边荒秽尚盘盘。
炎风朔雪凄凉地，手抚银锄强自宽。

西湖放棹（丁酉）

水软沙柔下棹迟，译歌新唱白狼诗。
腰肢争态眉争妩，赏遍西湖细柳枝。

三峡夜航

怒马奔腾上峡舟,星摇斗动碎光流。
航标浊浪藤萝月,并作夔巫一段秋。

总理逝世述哀(乙卯)

悲风起天际,北望肺肝摧。
棠树千秋念,松声万国哀。
反修昭大义,治世擢群才。
疲懦闻风立,蓬心未许灰。

韶山沐朝日,寰宇入胸中。
虎虎英雄气,谦谦大国风。
亚非风景好,马列战旗红。
公死泰山重,寒云暗几重。

读树梁近作,率成五绝句(丙辰)

漫道风尘失少年,耽书业力老无前。
人生易尽情难尽,一卷凄凄求友篇。

郭子兰膏火自煎,乔黄竟自隔重泉。
因君唤起西园梦,轰醉东风夕照边。

夜雨空山石山音,琅然凄绝醉翁琴。
师门别有千秋业,谁与殷勤拾碎金。

收功翰墨际清时,理遍春蚕未尽丝。
万语难穷相见乐,同笺锦瑟碧城诗。

转眄儿时迹已陈,半生煦沫最情亲。
南窗日射桑榆绿,共沐神州浩荡春。

移居和敦仁

蜂房户牖困郁蒸,散带披襟气自横。
窃比徽之空宅佳,犹贤王寿负书行。
千秋功罪评儒法,旷代交期见死生。
还是少年歌啸地,南台草木正关情。

村舍酬树梁

寂寥自比扬雄宅,床有残书不算贫。
虫臂鼠肝凭置我,青松翠竹好为邻。

鯈鱼共乐思濠上,妙质难求见郢人。
恨不连墙来结宅,一花并作两家春。

树梁六十寿诗

悃愊无华笔有棱,为人乐而向人真。
倨堂自守温温度,近市难缁漠漠尘。
曾共凫鸥盟浩荡,各凭诗酒长精神。
尧天六十休言老,但纫秋兰饯远春。

读 史 五 首

一闭宫花断却春,画檐青琐总伤神。
长门不改蛾眉冶,众女工谗肯让人。

负下由来未易居,笺诗有罪到虫鱼。
多情空斫荆门柱,玉轴扬灰莫笑渠。

深谷高陵几变迁,居然蚁垤辨愚贤。
区区九品分人物,颠倒兰台史一篇。

十丐九儒从可知,芳蘅新采竟谁遗。

书生漫有王尼叹,沧海横流又一时。

南风烈烈势颓城,被丽犹疑草木兵。
小阁春深藏厚夜,高窗不掩待鸡鸣。

【编者注】白敦仁《水明楼诗词集·亡友雷履平剩稿》按:此五首诗作于1968年,录自华钟彦所编《五四的来诗词选》(河南大学出版社,1987年)。敦仁记。

主席逝世纪痛四首

广播犹疑听未聪,述哀偏恨语言穷。
瞻天但有如泉泪,自剪青纱默默缝。

陈迹驱除国步新,征途更为指前津。
哀思已罄人间世,青史皇皇第一人。

反修反帝冠遗编,马列光辉日月悬。
今日三洲同奋起,行看赤帜上云天。

国际歌声动地哀,伤心此望首重回。
中南海畔彤彤日,曾握擎天巨手来。

九日与守元、树梁、敦仁、梦乔游草堂（丙辰）

把酒酬佳节，因君话草堂。
安危严仆射，功业郭汾阳。
风劲天难老，年颓菊正黄。
笔端驱使在，除草有新章。

春日草堂看梅花作（丁巳）

漠漠穷阴恼岁华，巡檐笑对藐姑霞。
何郎老去忘词笔，辜负冲寒老树花。

晴昊繁华着意看，傲霜气骨写来难。
莫从冷艳思繁实，舌本还留一味酸。

旅京三诗（戊午）

壮年辛苦为书颠，老去含情对蠹编。
厂肆重来徒立壁，囊中空有米薪钱。

药裹充囊一病翁，西山指点负枫红。
寒毡坐拥嘲长夜，动楗冲关卷地风。

玉蝀金鳌状帝乡，千衢灯火月如霜。

一言九鼎消余悸，争说西单民主墙。

抵成都（戊午）

适南鹏翼值晴初，一路絮云胜画图。

最是家乡风景好，红霞似锦裹成都。

【编者注】当年年底父亲雷履平与罗焕章到北京校对人民文学出版社出版的《中国历代文选》书稿，而北京天气寒冷，北风刺骨，父亲因身体不适实在难以坚持，故提前返蓉。罗焕章老师继续留在北京工作。《旅京三诗》《抵成都》诗即那时所作。

摸鱼儿（丁巳）

四十年前为"七夕"词，今但忆上半阕。纳凉秋夕，长空如拭，意有所触，因足成之。

近星期画屏无睡，墄阶同看河鼓。雕陵鹊去须臾景，赢得果香千户。宵易曙，便未饱珍糜，并命同侬汝。闲愁几许？恁机巧难乞，天高休问，切切吟蛩语。

长空乍换了金风玉露，渐霜玄发千缕。暮年回首迷离梦，删尽兰成愁赋。携手处，浑未省银潢清浅天孙妒。清言记取，看触手笙簧，驱臣蹇拙，酬我祷词苦。

行香子·拟稼轩,柬小韩

庚辰年旧作,早已遗忘,小韩从旧书中得此。

前者呼吁,后者呼喁,厉风济万窍为虚。盱衡今古,圣者谁欤!岂醒者梦,静者躁,智者愚?

空肠芒角,空堂桔莸,对空山眇眇愁予。濠梁之上,相得斯须。任物非我,我非子,子非鱼。

【编者注】小韩,即江小韩,父亲的老朋友,四川师范大学教授。晚年出版有100多万字的《金元曲小令注》。

鹧鸪天·建国三十周年前夕,读叶帅报告喜赋

节日心情火一盆,
卅年一世几寒温。
联盟广泛空前史,
旭日恩光到棘榛。
闻鹊夜,
警鸡晨,
玄毫竹素解留人。
长征路上花如海,
忍负"转移"一代春。

庚申元日（口号）

四害风埃竞马牛，不惊七鬯固金瓯。
攘除赖有千钧棒，岁到猴年为说猴。

宏图四化锦前程，处处笙箫尽颂声。
已见骅骝开道路，驽骀伏枥也长鸣。

禹甸初阳一线回，晴光红孕小园梅。
闹年锣鼓迎春笛，翻作进军战鼓催。

家人赌酒趁年新，稚子试衣笑语频。
明日台湾归禹域，同携爆仗再喧春。

纪念建党六十周年（辛酉）

风雨长征路，栖栖六十年。
犁庭清四穴，历史写新篇。
怀抱行多兴，前途别有天。
白头矜对比，登座说桑田。

（以上诗词来源于雷履平先生笔记本中）

师友存稿

无　题

大业遗宫败火流，鸡人声断叫钩辀。
他年铜辇思环燕，此日银妆隔女牛。
异国胶弦难续命，华清锦瑟可忘忧。
少翁纵有招魂术，不拜文成汉时侯。

【编者注】白敦仁《水明楼诗词集·亡友雷履平剩稿》按：这首诗乃履平十九岁时旧作，凭记忆录存，字句或有小错，恨不能起履平而质之。

霜天晓角

移宫换羽。弦语足哀彻。沉醉南园丝竹，前春事、燕能说。
倦客。愁思叠。后游惊乍别。诗酒芳菲庭院，才几日、又消歇。

夜飞鹊

沧波旧游地，魂梦常通，凄绿改尽愁红。河桥一带柳荫路，年时曾伴欢惊。烽烟散离会，探秋前邻里，竟已难逢。堂前谢燕，算归来、却误帘栊。

因念故家池馆，经纪渐无人，分付东风。何意重栽芳树，碧荫夹径，依旧重重。画楼绣阁，自徘徊、淑景情浓。又遥天催暝，疏钟伴晚，愁驻归骢。

菩萨蛮

关前又误双鱼信，归期漫数应无准。明月几时圆，此时刚下弦。
枕屏围彩凤，薄醉迷残梦。依约记寻春，四山飞乱云。

少年游

娇花宠柳惹流连，小队凤城边。绮陌行歌，江浔藉卉，胜赏记当年。
重来又是春三后，花柳遣相干。泽畔孤吟，扁舟独载，光景未荒寒。

蝶恋花二首

种得垂杨千万树。迟暮春寒,独战风和雨。记绾长亭三月暮。断云飘雨风飘絮。

旧约佳期空记取。魂梦音书,一例无凭据。纵使轻躯扶梦去。殊乡不是销魂处。

箭径酸风吹雨到。南院西园,断送春多少。细语叮咛谁与道。帘花未落迎征棹。

独倚高楼思悄悄。无奈东邻,竟日香红绕。一任朱颜愁里老。钗盟钿约萦怀抱。

琵 琶 仙

春水涵空,总低映、旧日亲栽红药。曾是吹笛阑干,无端伴离索。凭望眼、蛛丝漫织,更谁解、旅愁绵邈。六桨波柔,千香径折,情事依约。

待重趁、京洛尘香,奈冶游、心期怕抛却。颠倒绿情红意,遣韦郎销削。闲昼永、临花对酒,料隔江、雨冷花薄。也应呜咽江声,共伊孤酌。

临江仙二首

换到春衫心便怯,宵来瘦骨生禁。分携两地梦难寻。小怜新浴罢,珍重薄寒侵。

一自鸳帏人去后,凄凉是处关心。远天鱼雁又沉沉。粉檀香易散,明月不如今。

婉娩年华愁里度，风流雨散云屏。鸳鸯凤枕解留情。南谯传鼓角，容易到三更。

强起挑灯思悄悄，愁多不下帘旌。瑶笺小字欠分明。下弦初过了，怎待月华生。

长亭怨慢

又斜照低迷烟树。上巳清明，悉成幽阻。只恐花骢，后期难认翠微路。客情依黯，争踏向天涯去。送目远岑时，合未识、奔波尘土。

愁苦。便拈红拾翠，忍问弄箫俦侣。梨花榆火，尽消得旧情无数。料刻意伤别伤春，定愁损萧娘眉妩。待帘影西窗，重剪春灯低诉。

【编者注】白敦仁《水明楼诗词集·亡友雷履平剩稿》按：以上词十首是履平二十岁时与余唱和之作，余尝以刻入《焦桐集》者。

三台令二首·和石帚师

秋草。秋草。凄绝绵绵远道。嫦娥红粉新妆。塞北江南恨长。长恨。长恨。迟了遥天雁讯。

秋柳。秋柳。攀折曾劳纤手。高楼翠袖轻寒。愁入西风管弦。弦管。弦管。春在别家庭院。

【编者注】白敦仁《水明楼诗词集·亡友雷履平剩稿》按：此二首词作于1949年秋。亡友雷君履平，与余齐年而长余数月。自十二岁订交，形影不离者殆六十年。每有新篇，无一字不举以相示。余常人也，贵远贱近，为易得，不知加意护惜。自履平之殁十年，常思编次遗集，而存稿竟已散失，始痛人琴之两亡也。仅搜得遗诗词各十二首，大半为少年之作，亟存之，或非履平意。然二人形影，固不得由生死隔离也。前年为先室人营葬地，已在磨盘山麓预留合葬穴位。盖先师石帚先生及履平之墓皆在此山，如此师友，何可忘怀。今年农历腊月初九日，余虚岁已踵八十，预自寿一联，先告履平，知当拊掌大笑也。联云："值太公西来岁；先东坡十日生。"丙子冬十二月。敦仁记。

（以上诗词，原载白敦仁《水明楼诗词集》，巴蜀书社，1997年1月）

赠王庆余先生

庆余同志深于气功，虽道术峻立，而不为物财。《汉书·方术传》注引《汉武内传》曰：王真"习闭气而吞之，名曰'胎息'"。余方卧疾，庆余以胎息之术，解疾疗伤，予已缓解。今以五言相赠，以答厚贶。不识有当否！

中岁隐南廓，超然是子綦。
寡营知缮性，抱义耻于时。
采蕨聊供饵，裁荷欲制衣。
君心犹物外，吾亦久忘机。

【编者注】吴明贤教授对我整理父亲遗稿非常关心，尽力支持，并多次催促。其与王庆余先生也相交甚好，此诗便是其转抄予我，并收入"师友存稿"中。

（作于1980年9月20日）

时事有感

读党十二大文件，纪以四绝句（壬戌）

四化宏猷入画图，同看巨手转天枢。
廿年留有新经验，来续人间马列书。

【作者注】邓小平同志在开幕词中提出的坚持社会主义道路，集中力量进行现代化建设的四项最基本的保证，这是邓小平继十一届三中全会以来提出的坚持四项基本原则之后的又一事关全局的重大方针。

会鼓传芭兴未阑，谁持秋菊继春兰。
千秋共运开新径，薪尽火传话接班。

【作者注】十二大成立了中央顾问委员会，这在国际共运史上也是一个创举，解决了我们党在事业上后继有人的问题。

拨乱情知主义真，党风一正万风淳。
飞文入纸天花落，化作神州浩荡春。

【作者注】十二大通过了新党章,对党员和党员干部及党的基层组织有更高的要求。陈云同志说,执政党的党风问题,是关系党的生死存亡的大问题,有计划、有步骤地进行整党,使党风根本好转是坚持社会主义道路的一项最重要的政治保证和组织保证。

窥窃陈编且岁时,扶衰立懦记恩私。
江淹才尽情难尽,垂暮著书颂转移。

【作者注】学习十二大文件,深受鼓舞和教育,为祖国争光,为党争气,为后代造福。

今重来北京,感愧交集,纪以二绝

复旦光华丽九垓,舜羹今已见尧回。
中南海畔彤彤日,曾握擎天巨手来。

文史三冬业早荒,白驹空老意惶惶。
苍梧一叶嗟何补,踯躅前门纪念堂。

【作者注】今年十一月到本月初,我在北京写了几首旅京小诗,其中这两首是怀念毛主席的。这两首诗的题目是"一九五七年六月,曾谒毛主席与中南海,二十一年来碌碌无成。今重来北京,感愧交集,纪以二绝"。

鹧鸪天·中国民主同盟四十年纪念（辛酉）

虎豹九州咒蒋家，

绿沉金锁扬书骅。

北溟初汇朝宗水，

南国已开自由花。

抒彩笔，

颂春葩，

卅年方与为民嗟。

光风转薰长征路，

辛苦何辞作尾巴。

【作者注】关于"作尾巴"，张表光曾说："国民党骂我们是共产党的尾巴，为了人民民主，当尾巴有什么不好？"

元旦二首（口号）

延安整风将勿同？又运丹心补化二。

好率神州人十亿，来攀珠穆朗玛峰。

化茅为艾总关情，树薰滋兰尽此生。

天际雷声惊坏户，芳春未许鹈鸶鸣。

【附】

元旦发言

在这庄严的迎春会上,我代表川师民盟中文小组的九位盟员向在座的同志恭贺新年,预祝在新的一年里为"四化"立新功。

为了贯彻党的二中全会精神,我学习了文件。听了院党委新领导班子关于贯彻二中全会精神的措施,特别是川师1984—1990年欲把我院办成系科齐全的、有重点学科的省属师范大学的规划,激情满怀,不能自已。写了二首《元旦》(口号),诗写得不好,但代表了我们这些从事文学教学几十年的老教师的普遍心情。

第一首诗是:

> 延安整风将勿同?又运丹心补化二。
> 好率神州人十亿,来攀珠穆朗玛峰。

中央领导同志把这几年的艰苦创业比之于攀登珠穆朗玛峰,登高山是要花很大力气的,过了这一山,以后攀登其他山就容易了。建设"两个文明"任重道远,关键在于整党。党风一正,什么困难都不难克服。帮助整好党,是民主党派的光荣任务和神圣职责。我们决心全身心地投入整党,使党群关系有一个显著的改善。

第二首诗是:

> 化茅为艾总关情,树蕙滋兰尽此生。
> 天际雷声惊坏户,芳春未许鹈鴂鸣。

邓小平同志、陈云同志关于加强思想战线工作的重要讲话,如一声春雷,在我们思想上引起了强大震动。我们应该关心下一代的成长,站在抵制和清除精神污染的前列,防污染,拒腐蚀,用社会主义思想占领思想文化阵地。我想，清除精神污染，我们是有优秀传统的，"文以载道""诗言志"。今天，我们就应该载社会主义之道，言共产主义之志，全面提高教学质量和科研水平，把我们的教学和科研纳入宣传和普及马克思主义、毛泽东思想这一根本任务上来。这样，既清除了精神污染，也建设了精神文明。建设精神文明是建设中国式的社会主义的一个内容，希望我们都能在这一领域内进行探索。

元旦将到，万象更新，祝同志们新年快乐！

（约作于1984年元旦前夕）

附一 雷履平先生发表文章年表

【1955—1960】

1. 必须正确地钻研教材.《成都晚报》,1955年.

2. 上莲池的今昔.《成都工商导报》,1955年7月8日.

3. 人民公园谈往.《成都工商导报》,1955年11月11日.

4. 成都的花市.《成都日报》,1956年3月10日.

5. 鲁迅谈独立思考——纪念鲁迅逝世20周年.《成都日报》,1956年10月19日.

6. 苏轼的词.《成都日报》,1957年1月19日.

7. 苏轼的生平、思想和艺术成就——纪念苏轼诞生920周年.《四川日报》,1957年1月21日.

8. 董诰的《成都府图》.《成都日报》,1957年2月24日.

9. 谈王闿运的杜甫草堂联.《成都日报》,1957年5月5日.

10. 黄吉安的《青陵台》.《草地》,1959年第9期.

11. 成都史话——辛亥革命前的成都剪影.《成都日报》,1959年10月25日.

12. 历史悠久的中蒙文化交往——祝蒙古人民共和国39周年国庆.《成都日报》,1960年7月10日.

13. 春联五副.《成都日报》,1960年1月17日.

14. 学习毛泽东思想,更好地继承文学遗产.《四川日报》,1960年4月27日.

15. 新春门对一副.《成都日报》,1960年12月30日.

16. 龚自珍诗研究.《四川师范学院学报》,1960年创刊号.

【1961】

1. 有关《不怕鬼的故事》的几本书.《成都日报》,1961年2月12日.

2. 一唱雄鸡天下白——谈贴鸡的风俗.《成都日报》,1961年2月15日.

3. 顾恺之——纪念我国古代十大画家之一.《成都晚报》,1961年3月16日.

4. 善画金碧山水的李思训——纪念我国古代十大画家之二.《成都晚报》,1961年3月19日.

5. 贾培之塑造的文天祥.《成都晚报》,1961年3月22日.

6. 王诜——纪念我国古代十大画家之三.《成都晚报》,1961年3月30日.

7. 少而精.《成都晚报》,1961年4月14日.

8. 钓鱼城.《成都晚报》,1961年4月8日.

9. "白描大师"李公麟——纪念我国古代十大画家之四.《成都晚报》,1961年4月13日.

10. 充分发挥水墨作用的画家米芾——纪念我国古代十大画家之五.《成都晚报》,1961年4月29日.

11. 继承我国古典文学评论遗产——文联座谈"双百"方针的发言.《四川文学》,1961年第4期.

12. 米有仁和他的《潇湘白云图》——纪念我国古代十大画家之六.《成都晚报》,1961年5月10日.

13. 大胆地批判,也要大胆继承——试谈川剧《王三巧》的改编(屈

守元　王文才　雷履平).《成都晚报》,1961年5月18日.

14. 倪瓒和他的《秋庭嘉树图》——纪念我国古代十大画家之七.《成都晚报》,1961年6月7日.

15. 王绂的竹墨和山水——纪念我国古代十大画家之八.《成都晚报》,1961年6月15日.

16. 写意画大师徐渭——纪念我国古代十大画家之九.《成都晚报》,1961年6月25日.

17. 朱耷的写意画——纪念我国古代十大画家之十.《成都晚报》,1961年7月14日.

18. 听扬琴《三难新郎》(屈守元　雷履平).《成都晚报》,1961年7月21日.

19. 谈邹容.《成都晚报》,1961年7月27日.

20. 古代蒙古人民的英雄形象——读《格斯尔传》.《成都晚报》,1961年8月23日.

21. 诗的含蓄美——读司空图《诗品》札记.《四川文学》,1961年第8期.

22. 宁静肃穆的文殊院.《成都晚报》,1961年10月7日.

23. 曾孝谷在春柳社的戏剧活动.《成都晚报》,1961年10月21日.

24. 说深.《成都晚报》,1961年10月28日.

25. 狮子山晨曲.《成都晚报》,1961年11月22日.

26. 怎样学习书法(上).《成都晚报》,1961年11月23日.

27. 怎样学习书法(下).《成都晚报》,1961年11月25日.

28. 对于贯彻执行党的"八字"和"双百"方针的体会——1961年11月26日在《四川政协》编委会座谈会上的发言.《四川政协》,1961年第2期.

29. 志古堂与周达三.《成都晚报》,1961年12月2日.

30. 说透.《成都晚报》,1961年12月16日.

31. 爱国诗人宇文虚中.《四川文学》，1961 年第 12 期.

【1962】

1. 什么叫类书.《成都晚报》，1962 年 1 月 7 日.

2. 一章瑰玮壮丽的史诗——读李劼人《重庆在反正前后》.《成都晚报》，1962 年 1 月 14 日.

3. 教学三准.《成都晚报》，1962 年 1 月 23 日.

4. 春节风俗谈.《成都晚报》，1962 年 2 月 6 日.

5. 元宵灯节史话（平子　元之）.《成都晚报》，1962 年 2 月 17 日.

6. 太平御览.《成都晚报》，1962 年 2 月 18 日.

7. 乌尤剪影.《成都晚报》，1962 年 2 月 24 日.

8. 太平广记.《成都晚报》，1962 年 2 月 25 日.

9. 乐山大佛.《成都晚报》，1962 年 3 月 3 日.

10. 册府元龟.《成都晚报》，1962 年 3 月 10 日.

11. 狮子山看桃花.《成都晚报》，1962 年 3 月 16 日.

12. 精雕细刻——川剧《情探》谈屑.《成都晚报》，1962 年 3 月 29 日.

13. 谈豪放——读司空图《诗品》札记之二.《四川文学》，1962 年第 3 期.

14. 石刻题跋索引.《成都晚报》，1962 年 4 月 14 日.

15. 中国地方志综录.《成都日晚报》，1962 年 5 月 16 日.

16. 访绵阳李杜祠.《成都晚报》，1962 年 6 月 6 日.

17. 学习毛主席《在延安文艺座谈会上的讲话》，进一步理解"古为今用"（教研组　雷履平执笔）.《成都晚报》，1962 年 6 月 14 日.

18. 曲海总目提要.《成都晚报》，1962 年 8 月 9 日.

19. 元好问《论诗绝句》选笺.《成都晚报》，1962 年 9 月 20 日.

20. 向传统借鉴——文言文教学方法浅谈.《中学教育通讯》，1962 年第 9 期.

21. 李清照（周晓　郁可①）.《四川文学》，1962 年第 10 期.

22. 迎春话历书.《成都晚报》，1962 年 12 月 31 日.

23. 你知道清明节吗？.《红领巾》，1962 年第 7 期.

24. 郑成功收复台湾.《红领巾》，1962 年第 12 期.

【1963—1964】

1. 谈谈陆游的《咏梅》词.《成都晚报》，1964 年 2 月 19 日.

2. 这条路走对了——听西城区曲艺队现代曲艺杂记.《成都晚报》，1964 年 3 月 11 日.

3. 牢记苦水，永保甘泉（屈守元　雷履平）.《成都晚报》，1964 年 3 月 13 日.

4. 京剧《芦荡火种》观后.《成都晚报》，1964 年 8 月 6 日.

5. 三苏祠巡礼.《成都晚报》，1963 年 7 月 25 日.

6.《早春二月》宣扬资产阶级人道主义.《成都晚报》，1964 年 9 月 19 日.

【1974—1979】

1.《封建论》浅析.《四川师范学院学报》，1974 年第 1 期.

2. 地主阶级的复辟梦——读《水浒》的结尾.《四川师范学院学报》，1975 年第 4 期.

3. 哪能容得寄生虫——读王安石《和王乐道烘虱》.《四川师范学院学报》，1976 年第 1 期.

4. 以纲带目　打击复辟势力——读《韩非子》.《四川师范学院学报》，1976 年第 2 期.

6. 照耀在知识分子前进道路上的光辉灯塔——学习《毛泽东选集》（第五卷）有关知识分子思想改造的论述.《四川师范学院学报》，1977 年

---

① 郁可，雷履平先生笔名.

第 2 期.

7.《古文选》前言（教研室　雷履平执笔）.《四川师范学院学报》，1977 年第 4 期.

8. 峥嵘岁月　风华正茂——读周总理青年时期的旧体诗（雷履平　罗焕章）.《四川文艺》，1977 年第 4 期.

9. 戳穿"四人帮"利用文学遗产篡党夺权诗文阴谋——纪念《延安文艺座谈会上的讲话》发表 35 周年（雷履平　罗焕章）.《四川文艺》，1977 年第 5 期.

10. 加强改造　不断前进——重新学习《讲话》的一点体会（屈守元　雷履平）.《四川文艺》，1976 年第 5 期.

11. 诗要用形象思维.《四川日报》，1978 年 1 月 21 日.

12. 讲课怎样才算精.《四川师范学院学报》，1978 年第 1 期.

13. 李贺诗的意境.《四川文艺》，1978 年第 2 期.

14. 读毛主席《贺新郎·读史》的体会.《四川文艺》，1978 年第 10 期.

15. 苏轼词的风格（雷履平　罗焕章）.《社会科学研究》，1979 年第 3 期.

16. 关于古典诗词的教学.《四川师范学院学报》，1979 年第 4 期.

17. 李白笔下的成都（雷履平　周玉清）.《成都日报》，1979 年 7 月 16 日.

18. 王闿运的工部祠联语.《成都日报》，1979 年 8 月 23 日.

19. 杜甫的《成都府》诗（雷履平　周玉清）.《成都日报》，1979 年 9 月 20 日.

【1980—1985】

1. 李白.四川广播电台广播稿，1980 年.

2. 毛主席《冬云》诗浅说.四川广播电台广播稿，1980 年.

3. 谈谈苏轼的《念奴娇·赤壁怀古》词.四川广播电台广播稿，

1980年.

4. 羽扇纶巾及其他——给川台的信，答听众问.四川广播电台广播稿，1980年.

5. 岁华多丽话成都.《龙门阵》，1980年第1期.

6.《情探》的思想和艺术（雷履平　徐艾）.《川剧艺术》，1980年第1期.

7. 赵次公的杜诗注.《四川师范学院学报》，1982年第1期.

8. 杜甫的咏物诗.《草堂》，1981年第1期.

9.《茅亭客话》里的四川人物.《四川师范学院学报》，1981年第1期.

10. 成都漫话.《锦城成都》.上海教育出版社，1981年2月.

11. 今日锦城真似锦（雷履平　郭昆林）.《话成都》，1981年.

12. 古代诗人眼中的成都.《话成都》，1981年.

13. 柳宗元的山水游记.《四川石油报》，1981年第10期.

14.《水经注》与写景散文.《四川文学》，1982年第2期.

15. 左思彩笔绘成都.《文明》，1982年第2期.

16. 记成都杜甫草堂所藏赵次公杜诗注残帙.《草堂》，1982年第2期.

17. 成都茶园.《中国风貌》，1982年第2卷第2期.

18. 朱彝尊《词综发凡》在词学理论上的贡献.《四川师范学院学报》，1982年第4期.

19. 古典诗词的炼字与炼意.《四川文艺》，1982年第11期.

20. 雷履平自传.《中国少数民族现代作家传略》.青海人民出版社，1982年11月.

21. 我国散文发展概况和韩愈《张中丞传后叙》.《四川石油报》，1982年第15期.

22.《梅溪词》四论.《四川师范学院学报》，1983年第3期.

23. 论杜甫夔州律诗.《草堂》，1984年第2期.

24. 成都满城（少城）考.《成都大学学报》，1985年第3期.

【1987—1988】

1. 丁开《可惜》鉴赏（雷履平　赵晓兰）.《宋诗鉴赏辞典》.上海辞书出版社，1987年12月.

2. 丁开《建业》鉴赏（雷履平　赵晓兰）.《宋诗鉴赏辞典》.上海辞书出版社，1987年12月.

3. 真山民《泊舟严滩》鉴赏（雷履平　赵晓兰）.《宋诗鉴赏辞典》.上海辞书出版社，1987年12月.

4. 真山民《杜鹃花得红字》鉴赏（雷履平　赵晓兰）.《宋诗鉴赏辞典》.上海辞书出版社，1987年12月.

5. 柯茂谦《鲁港》鉴赏（雷履平　赵晓兰）.《宋诗鉴赏辞典》.上海辞书出版社，1987年12月.

6. 郑思肖《伯牙绝弦图》鉴赏（雷履平　赵晓兰）.《宋诗鉴赏辞典》.上海辞书出版社，1987年12月.

7. 郑思肖《送友人归》鉴赏（雷履平　赵晓兰）.《宋诗鉴赏辞典》.上海辞书出版社，1987年12月.

8. 文及翁《山中夜坐》鉴赏（雷履平　赵晓兰）.《宋诗鉴赏辞典》.上海辞书出版社，1987年12月.

9. 梁栋《金陵三迁有感》鉴赏（雷履平　赵晓兰）.《宋诗鉴赏辞典》.上海辞书出版社，1987年12月.

10. 梁栋《四禽言》鉴赏（雷履平　赵晓兰）.《宋诗鉴赏辞典》.上海辞书出版社，1987年12月.

11. 梁栋《渊明携酒图》鉴赏（雷履平　赵晓兰）.《宋诗鉴赏辞典》.上海辞书出版社，1987年12月.

12. 梁栋《野水孤舟》鉴赏（雷履平　赵晓兰）.《宋诗鉴赏辞典》.上海辞书出版社，1987年12月.

13. 谢翱《铁如意》鉴赏（雷履平　赵晓兰）.《宋诗鉴赏辞典》.上海辞书出版社，1987年12月.

14. 谢翱《书文山卷后》鉴赏（雷履平　赵晓兰）.《宋诗鉴赏辞典》.上海辞书出版社，1987年12月.

15. 史达祖《梅溪词》校注（雷履平　罗焕章）.上海古籍出版社，1988年4月.

16. 张镃《满庭芳·促织儿》鉴赏.《唐宋词鉴赏辞典》.上海辞书出版社，1988年8月.

17. 史达祖《三姝媚》鉴赏.《唐宋词鉴赏辞典》.上海辞书出版社，1988年8月.

18. 史达祖《临江仙》鉴赏.《唐宋词鉴赏辞典》.上海辞书出版社，1988年8月.

19. 史达祖《湘江静》鉴赏.《唐宋词鉴赏辞典》.上海辞书出版社，1988年8月.

20. 史达祖《齐天乐·白发》鉴赏.《唐宋词鉴赏辞典》.上海辞书出版社，1988年8月.

21. 吴文英《齐天乐》鉴赏.《唐宋词鉴赏辞典》.上海辞书出版社，1988年8月.

附二 雷履平先生往事追忆

父亲雷履平先生事略

雷 敏

雷履平（1917.6—1984.12），名保泰，笔名平子，祖籍内蒙古敖汉旗，1917年出生于成都上同仁路7号一个蒙古族家庭。1937年考入四川大学中文系，1939年转入华西协和大学中文系。1942年毕业于华西协和大学，其毕业论文《匡谬正俗校注》受到当时教育部的嘉奖。1943年在华西大学国学研究所任助理研究员。在读中学和大学期间，一直半工半读、勤工俭学，先后在满族、蒙古族合办的少城小学、三英中学兼课。大学毕业后，在南薰中学、天府中学、成华大学任教，一时声誉蜚起。特别是在当时颇负盛名的成都县中，与屈守元、白敦仁二位先生极受学生崇敬，久久被人称道。

新中国成立后，雷履平先生先后被分配到华阳县中、华英女中。1952年华阳县中改为成都三中，遂专教此校。1956年被评为成都市优秀教师，当年秋季调入四川师范学院（今四川师范大学）中文系任教。1957年任四川少数民族参观团副团长，赴北京参观，受到毛泽东、刘少奇等党和国家领导人亲切接见并合影留念。

雷履平先生调入川师后,着重从事中国古代文学的教学与研究。在教学上兢兢业业、一丝不苟,注重深、透、精三者之间的关系,教学效果非常好,其严谨的学风一直为教育战线上的同行所景仰。"文革"后,1978年1月恢复职称评定,第一批被提升为副教授。1982年3月光荣加入中国共产党,当年又被评为成都市"五讲四美"为人师表先进个人。他不仅致力于本科学生和研究生的教育和培养,还积极从事集体科研项目的研究、整理。曾参加编写人民文学出版社1980年出版的《中国历代文选》,此书1980年荣获四川省政府二等奖。曾参加"国家古籍整理出版规划项目"《韩愈全集校注》的工作,此书1998年荣获四川省政府一等奖。

雷履平先生个人的科研着重于中国古代作家和古典文论的研究。发表论文有:《苏轼的生平、思想和艺术成就》《苏轼词的风格》《爱国诗人宇文虚中》《杜甫的咏物诗》《赵次公的杜诗注》《论杜甫夔州律诗》《李贺诗的意境》《诗的含蓄美》《谈豪放》《元好问〈论诗绝句〉选笺》等,分别发表在《四川文学》《社会科学研究》《草堂》《四川师范学院学报》等刊物上。他晚年十分珍惜时间,个人研究课题主要集中在南宋词上,以马克思主义美学理论为指导,探索宋词不同流派的审美观,写出了不少具有学术价值的论文,如《词综发凡笺正》《〈梅溪词〉四论》等,其中《〈梅溪词〉四论》获四川省社会科学成果奖三等奖。他和罗焕章校注的《梅溪词》一书由上海古籍出版社1988年出版,此书获四川省第四届哲学社会科学优秀科研成果荣誉奖。雷履平先生虽然去世多年,但政府和学术界对他的学术成果仍然给予很高的肯定。

雷履平先生生前曾先后担任过成都市第一届、第二届、第三届、第五届、第六届、第七届政协委员,成都市第六届、第七届政协常委,成都市第四届、第五届人大代表,四川省第六届人大代表、人大常务委员会民族事务委员会委员,中国作家协会会员、作协四川分会常务理事,成都市文联委员。他在加强各民族团结中积极工作，常在所发表的文章署名前加上"蒙古族"三个字。在民族文学研究上，曾拟研究元代蒙古作家萨都剌，研究蒙古文学史，并花了很多时间对清代成都驻防营的建置、坊巷的布局、学校的设置等情况做了认真、仔细地调查，写下了《成都满城（少城）考》一文，发表于《成都大学学报》1985年第3期。

雷履平先生出生在成都，从小就热爱成都。对成都的历史沿革、地理位置、风景名胜、文物古迹十分熟悉，长期在报纸、杂志上宣传和介绍成都，以回报这片土地的养育之恩。

雷履平先生为教育和文化事业以及中国古代文学研究工作奋斗了一生，在教育界、文化界产生了一定的影响。他逝世后，人们缅怀他、纪念他，《教育导报》《成都盟讯》《四川盟讯》《成都大学学报》等刊物刊发了他的回忆录和纪念文章，《中国作家协会会员》《当代中国少数民族人名录》《中国少数民族现代作家传略》《四川省社会科学手册》《成都少数民族》等书都载有他的生平介绍。

（约作于2010年）

父亲笔下的狮子山

——读父亲雷履平《狮子山晨曲》《狮子山看桃花》有感

雷 敏

1956年秋,父亲雷履平调入四川师范学院(今四川师范大学)中文系,从城里来到城郊狮子山。有人说这里太穷乡僻壤了,完全是黄土高坡,确实建校当初一切都需要重新开始。但对已经在各种环境下教书二十多年的父亲来说,这里有求学上进、睿智聪明的学生才是最主要的,何况还有藏书丰富的图书馆,还有川大和华大(华西协合大学)相知的同学。几年过去,父亲已非常热爱脚下这片土地。在父亲眼里,狮子山是充满勃勃生机的,是多丽多彩的。

父亲虽然出生在蒙古族家庭,但生活、学习、工作都在成都,是成都的沃土、山水滋养了他。他热爱成都的山川草木、地理环境,熟悉成都的历史沿革、文化发展,长期在报刊上介绍、宣传成都,回报成都这片沃土的养育之情。那蜿蜒起伏的狮子山在父亲看来,恰是成都这块美丽的锦缎上镶嵌的一排晶莹的珠串。

那时,父亲所在的古代文学教研室全体教师全身心地投入到教学中,认真备课、上课,互相听课、评课,一起搞教研、教改,为培养高质量的人才努力付出自己的辛劳;学生珍惜宝贵的时间,努力、勤奋地读书、学习和写作,整座狮子山呈现出一片繁忙的景象。作为作家的父亲,用眼睛去观察,用心灵去发现,用彩笔去描绘他所生活和工作的狮子山校园。在父亲富有情感和色彩的妙笔下,狮子山充满着动人美丽的景象。他的两篇关于狮子山的散文发表在20世纪60年代初的《成都晚报》上,一篇是《狮子山看桃花》,一篇是《狮子山晨曲》,也就是狮子山建立新校区不久。

我第一次到狮子山是 20 世纪 60 年代末，当时学校也受到"极左"思潮的影响。十来岁的我随母亲到学校看望"集中受训"的父亲，第一次到了狮子山。我们坐公交车从西门花牌坊到九眼桥，汽车未到致民路，母亲就开始晕车，又从九眼桥转车到成渝路上的川师校牌站下车，母亲晕车已非常厉害。校牌站离学校大门有一段很长的坡路要走，校门到第一教学楼又是一段软脚坡，我搀住母亲慢慢走，可以说一路艰辛。

见到父亲是在他与十来位老师合住的教室里。教室里打满地铺，床席间的空隙处摆放着各自简单的洗漱用品和学习用具，满眼所见皆是心酸。那时，学校大门两旁有高耸油绿的塔柏，教学楼前有枝叶交错、浓荫密布的梧桐和荷花元素构成的椭圆形的喷水池。这些校园美丽的景点，在当时我怎么没有一点点印象呢？

20 世纪 80 年代后期，我已经是师大一员了。那时狮子山在成都人眼里是最美丽的地方，自然也是我眼里最美的地方。一到春天，桃花绽放，花开满山，成千上万的游人从四面八方涌来，三五成群、欢声笑语地穿过校园去狮子山看桃花。山坡上的小路、田园，农民的前院、屋后，都挤满了观花的游人。人们走累了，或坐在田坎上，或坐在铁路两边斜坡的丛林中歇歇，列车驰过狮子山脚时都要拉响长长的汽笛声。看花观景的，吃茶打牌的，野炊做饭的，放风筝舞风车的，欢声、笑声和汽笛声让整个狮子山都沸腾了。

回想那时我们去狮子山看桃花，就是走出户外去田野中享受春日的暖阳，享受大自然的赐予，与父亲那时看桃花迥然不同。父亲笔下的看桃花，一步一景，情由景生，赞美桃花，由物及人。在写作上，小处着眼，大处着手，简单几笔就把狮子山描绘成一个多姿多彩的天然屏障。再从画屏上的桃花细细深入，写桃花的千姿百态、绚丽色彩，写老桃树的特征，再由近到远，描绘出整个狮子山如花的海洋，进而揭示出他要表现的深刻含义——对勤劳的狮子山人的赞美。

以前对狮子山的热爱，确实停留在外表上多一些。现在，工作和生活在狮子山这片土地的时间长了，我也像父亲当年一样从内心深处深深地热爱这片沃土，也是它使我从不断成长到变为成熟。这片土地有太多的师大人为它付出，也留下了太多太多师大人的足迹以及难以忘却的师大故事。

读父亲的《狮子山晨曲》，使我更了解狮子山这片土地，更深深地眷恋它；读《狮子山看桃花》，比我在生活中吃上一颗水蜜桃还要解渴，还要甘甜，还要令人回味。

美丽的狮子山，曾经的花农每年给城市输送去大量新鲜的花木、蔬菜和水果；狮子山的校园每年也要给国家培养大量合格的学生。原来地处僻远、美丽如画的狮子山已置入城市的喧嚣中，但这片园林似的学校会不断引起人们对过去的美好记忆，对那段时光的感怀。过去和现在，在狮子山这块土地上生活和学习的人们，今天乃至更久远都不会忘记狮子山这座绿色满天、花开四季的园林，以及园林中每一位辛勤劳作的园艺人。

我爱美丽的狮子山，我爱美丽狮子山的校园。

（原载2016年3月23日《四川师大报》第4版）

谁言寸草心　报得三春晖

——读父亲雷履平笔下的成都有感

雷　敏

"羊有跪乳之恩，鸦有反哺之义"，这是人类、甚至动物也要遵循的规律。感恩是人需要懂得的最基本的道理，是人性中最不能缺失的情感元素。感恩应该是一件很平常的事情，不应该附加任何条件，而它一点也不会降低自己的人格和尊严。学会感恩，就会有爱心和奉献之心；学会感恩，就会关注他人和所处的社会。

在我29岁时，我还没来得及感恩于我的父亲，他就过早地离开了我们。我与父亲接触较多的时间是在他的晚年。他对教育事业执着追求的精神，对工作踏踏实实的作风，对学生无微不至的关心，以及乐观、旷达的人生态度，都是他晚年给我留下的印象。随着年龄渐老，他未竟的工作反而越多，虽然他体弱多病，但他忘我工作的毅力反而越强。因此，我对父亲的印象也就更深。然而我的幼年和少年时对父亲的印象却相反，与他在一起的时间感觉并不多，教诲我的时间可能用得更少，而他的全部精力和时间基本上都花在教育工作上，以及培养优秀的大学生上。在学习上，父亲帮助我的时间没有他个别指导的学生花的时间多，这些我都没有一点怨言。在第一个教师节，我发表了《我的老师》一文，文中的老师就是我的父亲。为什么在第一个教师节想到我的父亲呢？这是我从内心感激他对社会所作出的贡献和对家庭所承担的责任，这种责任表现为他渊博的知识、深厚的文化素养、精湛的教学技艺，以及对教育事业的热爱和对我们子女潜移默化的影响。身教胜于言教，其学识、人品、开阔的胸襟为我们做出了表率，这难道不是一位可敬、可亲的老师吗？

父亲雷履平出生在一个蒙古族世家，他成长和学习在成都，一生执教也在成都。在读四川大学期间，同时在少城小学、三英中学教书；大学毕业后，先后在南薰中学、天府、成都县中教书。1949年后，又任教于华英女中、华阳县中。故乡成都的山水、沃土养育了他，他用自己博学的知识，抑扬顿挫的情感变化，精于教学讲析的艺术技巧，在成都教书一辈子，深受学生爱戴和欢迎。他的教学效果和教学水平，在四川语文界是有口皆碑的。这是父亲对社会的一种自觉回报，也是对成都人民的感恩。

父亲热爱成都的山山水水和一草一木。他对成都的历史沿革、地理环境、文物古迹十分熟悉，对成都的山水名胜、旖旎风光非常热爱，并长期在报刊上宣传和介绍成都，以回报这片沃土的深情厚意。读他的文章，可以看到父亲对故乡山川景物的喜欢和赞美自然流露在字里行间，也让我对故乡历史文化名人产生了发自内心的景仰和推崇。

《岁华多丽话成都》是父亲1980年发表在《龙门阵》第一辑上的文章，文中详细介绍了鸡日、人日、灯会、花市、游江等风俗。苏轼《和子由蚕市》诗云："蜀人衣食常苦艰，蜀人游乐不知还。"四川人早已俗好娱乐，今天四川旅游业的蓬勃发展是有着历史原因的。旅游业的兴起，有助于人们缅怀过去、审视现实、激扬意志、策励未来：

> 成都的风土人情，既有和其他城市相同的地方，如端午竞渡、七夕乞巧等，也有上面谈的只是它具有独特地方色彩而沿袭至今的几种习俗。岁华多丽话成都，让我们在追怀美好风俗的同时推陈出新，捧出多彩的花束，高举璀璨的明灯，划动时代的航船，擂响进军的战鼓，把诗情画意的成都装点得更新、更美。

《左思彩笔绘成都》是父亲1982年发表在《文明》第2期上的文章。左思是古代西晋初年杰出的诗人，他花了十年工夫写成了著名的《三都赋》。文章一出，当时京师洛阳的人争相传抄，洛阳的纸张也因此涨价，成就了文学史上人们羡称的"洛阳纸贵"的故事。父亲就其中一篇《蜀都赋》对成都细微地描写进行了生动、形象的诠释：

> 像一幅幅用彩笔精勾细勒的图画，山川的秀丽，历史的烟云，社会的风貌，人才的荟萃，物产的丰蔚……都一一在我们面前展现。既有传统辞赋的求美，也有他所追求的逼真；既有诗人的激情，也有历史学家的冷静，那样美，又那样真。
>
> ……………
>
> 多么庄严啊，西南的灵关山像敞开在它前面的门户；多么华贵啊，西北的玉垒山像簇拥在它后面的屏障；柔波泛绿的内江和外江盘绕在它的四周；神姿仙态、千险万阻的峨眉山屹立在它的对面。大路高举双臂，流水奏着欢歌，路连路，水连水，通到四面八方。从此，千里沃野的祖国西南，便添了这个物产丰蔚的重镇——成都。

父亲在文章结束时，缅怀历史上给成都作出贡献的诗人，并对进入现代文明的成都进行了赞美：

> 晋代的成都与今天以电子工业和纺织工业闻名的新兴的成都是不能同日而语的，也是无法比拟的，但诗人用生花妙笔记录了历史的脚步，讴歌了古代成都人民的进取精神，能给我们以爱国主义教育。对这样的诗人和他的作品，历史和人们是不会忘记的。

《今日锦城真似锦》是父亲1981年发表在《成都日报》编辑部编的《话成都》一书上的文章。文章开始，父亲用抒情手法勾勒描绘了成都的美丽和繁华：

> 成都，这座历史悠久的名城，犹如祖国衣带上一颗晶莹的珍珠。它有平如坻掌的土地，四时如春的气候，花木繁荫的庭院，四通八达的铁路、公路、水道和航空线，美丽如画的公园名胜古迹，星罗棋布的高等学校，还有像雨后春笋般出现的工厂在四郊林立。

接着详细介绍了过去与现在的成都:"历史上的文化名城""手工业发达的城市""千年古城换新貌"。在文章的结尾,父亲深情地祝愿成都明天更加美好:

> 成都,这座千年古城,已变得容光焕发、生机勃勃。可以预料,未来的成都定是更加美丽,人们将从内心深处发出由衷的赞美——"今日锦城真似锦!"

二十多年过去了,成都今非昔比。乘改革的东风,它已成为最佳的旅游休闲城市,最适合居住的文明城市,也是西南地区经济、文化、政治的中心。父亲二十年前对家乡成都美好的祝愿,今天已经变成了现实。成都的天更蓝,阳光更灿烂;人们的生活更幸福,身心更愉悦。

父亲对故乡的眷恋和热爱是用他的心声去讴歌的。20世纪五六十年代,父亲四十来岁,成都具有悠久历史、文化的土壤滋润和培养了他广博的知识、敏锐的观察力以及活跃的思想。他先后在《成都日报》《成都晚报》《成都工商导报》《四川日报》等报刊上发表了近二十篇关于成都的历史文化,以及成都的风土民情和变迁的文章,如《董诰的〈成都府图〉》《谈王闿运的杜甫草堂联》《成都史话》《宁静肃穆的文殊院》《成都的花市》《人民公园谈往》《上莲池的今昔》《狮子山看桃花》《狮子山晨曲》等。

父亲治学不囿一隅,无古今之界限,总能把今昔进行对比研究,"不薄古人爱今人"。他个人虽然着重于对中国古代文学的研究,但也喜欢对成都的历史文化、历史沿革、地理风貌、风土民情进行细致的研究,对成都历史上的文化名人以及长期在四川居住的文化名人进行生平、思想与艺术成就方面的探索。《苏轼的词》《苏轼词的风格》《谈谈陆游的〈咏梅〉词》《〈茅亭客话〉里的四川人物》《杜甫的咏物诗》《成都满城(少城)考》等论文,分别发表在《四川师范学院学报》《四川文学》《草堂》《社会科学研究》《成都大学学报》等刊物上。

父亲热爱成都，也喜欢成都的饮食文化。他喜欢吃成都的芙蓉糕和沙琪玛，也特别喜欢喝成都的花茶。每天早晨，一起来就是烧水沏茶，啜茗读书。他喝茶从口到肚的水流声仿佛能听到，满屋的茶香扑鼻而来，茶成了他的唯一嗜好。《成都茶园》是父亲1982年发表在《中国风貌》第2期上的文章，成都周围的茶乡和闻名的茶叶在文中如数家珍。读了他的文章，你也会爱上成都特色的茶园，爱喝成都独有的香茗：

在成都，我所偏爱的莫过于茶园了。

这是因为，在茶园内，有人默然独坐，啜茗读书，沉思冥想；有人呼朋唤友，促膝谈心，笑语声喧；有人对坐弈棋，有人围坐谈艺。各人面前都摆着热腾腾的一碗茶，使宁静的茶园变得生气勃勃。

四川是茶的故乡，东川的兽目、绵州的松岭、彭州的仙崖和剑南的绿昌，都是唐宋以来产茶的地区；雅州的露芽，蜀州的雀舌、鸟嘴和彭州的石花，都是唐宋以来名茶的品种。名茶又集中在成都附近的州县，成都人吃茶可以说是得天独厚的。

父亲列举了成都的茶铺，它们星罗棋布般坐落在成都的大街小巷。人们品茗、休息，会渐渐忘记一天的疲劳，而望江楼的茶园算是品茗和休憩极佳的去处：

望江楼的茶园，就修建在绿竹林旁。春天，满园尽是含苞的嫩笋、抽节的新枝，若你在这儿品茗，定感生机盎然；夏天，浓荫带着绿色，阳光透过竹叶，形成万千小小的清圆的光圈，坐久凉生；秋天，金风和露，浓竹凝烟，又是一番风韵；冬天，霜雪压枝，岁寒相共，更显示出竹子的坚毅。加上薛涛井井水清冽香甜，有些茶客还把茶具携到竹林深处，坐在垫席上一面吃茶一面赏竹，尽情领略茗香竹韵。

父亲笔下的成都是美好的，是值得每一个成都人眷恋的。成都确实是一座文化名城，遗憾的是很多灿烂的文化历经兵荒马乱未能保存，很多历史遗迹历经沧桑变化难觅踪迹。在弘扬民族文化、树立成都形象时，优秀的历史文化遗产是值得我们借鉴的。一个城市的过去和一段往事的记忆，有时一直伴随在我们的周围，当我们重新撩拨开它并重新走进和认识它时，往往又会给我们新的启迪和感悟。

"人生到处知何似，恰似飞鸿踏雪泥。泥上偶然留指爪，鸿飞那复计东西。"父亲离开我们，离开养育他的成都已经很多年了，而父亲生前对成都的祝愿和他笔下的成都都是美好的，对成都人民的创业进取精神是发自内心深处的赞美。我想，对父亲这样的作家以及他讴歌成都的作品，历史和人民是不会忘记的。

（原载《夕照明》2007年第2期）

我的老师

雷 敏

结束考试的铃声划破教室里的寂静,参加"文革"后第一届成人高考的学员陆陆续续地走出考场。学员边走边议论起自己的考试情况,一些考生总是对我说:你考得好哦,身边守着的就是一位老师。

确实,家里守着一位老师,一位学问、知识广博的老师——我慈祥的父亲。他既是我们的父亲,又是抚育我们成长的第一位老师。他待人和蔼、平易近人,对儿女亲切关爱,与他在一起我们总是倍感温暖。

我记事起就知道父亲是一位老师,是一位把教好书作为快乐的老师。我们家并不富裕,但藏书非常多,堂屋四周摆满了书柜和书箱,因为父亲在青年时就把当好一位老师作为奋斗目标。堂屋的左边是父亲的卧室,两窗户之间放着父亲伏案的书桌,当父亲不在家时,我们这些子女就争着抢占这张书桌做作业,常常两三人挤在一起互不相让。

记得有一天,我放学回家见父亲坐在书桌前埋头不知写什么,桌上堆起厚厚一叠书,有些打开的,有些合上的,多数书还夹着片片纸条。我悄悄地进屋把书包往凳子上轻轻一放,准备溜出去玩,谁知书包没放稳,从凳子上"咚"的一声落了下来。父亲转过身微微抬起头,视线从他的眼镜上方射了过来,他瘦削的额头上泛起一条条深深的皱纹,说:"你应该先完成功课再出去玩。"他过来牵着我的手使我靠近他的身旁,然后抚摸着我的头说:"给你买了两本书。"说完从提包里取出书来放在我的手里。我一看是两本《儿童文学》,高兴地举起书跳了起来,而当时的小学生除了课本外有其他故事书的人是很少的。父亲见了我高兴的样子,脸上也露出了会心的微笑。

时光如流水，转眼我中学毕业了。家里的境况也发生了显著变化：单家独户的小院不再是花草映衬、树木苍翠，而是花残叶枯、藤落枝凋；房屋年久失修，屋漏墙倾；室内桌椅破损，书橱空空。父亲被关进"牛棚"后，回家的次数屈指可数，但他仍旧没忘记自己是教师、是儿女的父亲，依然记得关心和教育我们是他的责任。一天，他匆匆回到家，见我无精打采、不知所从的样子，便指着桌上布满灰尘的课本说："这些书不要丢了，要复习；可以借一本通史来读读，要了解一点历史。""谁还主张读书，谁又有心思静下来学习呢？"我当时心里这样想。但知道父亲挨过批、挨过打，整天在不是人生存的环境里生活，现在刚"解放"，不必与他顶嘴，我只是默默地点头不语。现在回忆起当时父亲的话语，仍然历历在耳、言犹未绝，心里感到阵阵痛楚。谁又理解他当时言语不多的初衷呢？其实，他是要我了解一点历史，"借古观今"，认清真、善、美和假、恶、丑，不要让历史的悲剧再在我们身上重演，要我弥补耽误的宝贵时间。

父亲因长期劳累而经常生病住院。一天早晨，我去医院看护他，进病房就见父亲斜躺在病床上，瘦削的脸上没有一丝血色，鼻梁上挂着的眼镜显得比以往大些，但他仍然两眼凝视着握在手里的一本厚厚的研究生论文，入神地看着书中的每一行文字，哪怕是一个标点也不放过。我走到他的旁边说："您一早就看论文，也不注意休息一下。"父亲欠身笑了笑，把话扯到了一边，说："这次你们要外出学习，你去吧，别耽误了学习机会，趁年轻时多学点东西。我的病，你不用担心。"父亲既有严重贫血，又有慢性萎缩性胃炎，经常头晕目眩、食欲不振，这能使家里人不担心吗？可他从来都把自己的病置之度外，全身心地扑在教育事业上，一直到他与我们永别。

父亲不只是一位好父亲，更是一位好老师，他的一言一行始终影响和教育着我。今天，我们庆祝全国第一个教师节，是为了让全社会的人们尊重教师、尊重知识、尊重人才，是为了让每个做老师的人感到自己所从事的事业无限荣光、无限伟大,要是我的父亲——在这块教育土地上耕耘了五十年的父亲,能同大家一起欢度这个光荣的节日,他该有多高兴啊!

(原载1985年9月25日《四川师大报》第4版"教师节征文选登",略有删改)

回忆我的父亲

雷　敏

父亲雷履平离别曾与他朝夕相处的老师和我们两年了。在这两年中，每逢遇见曾与他相识的老师，接触到他所教过的学生，以及看到他生前生活、工作过的单位和处所，一事一物无不勾起我对他的深深怀念。

我是我们家子女中与父亲共同生活时间最长的一个，特别是他逝世前六年我一步未曾离开过他。我了解父亲，他确实是一个值得我尊崇并引以为自豪的人。

父亲生前的最后六年，是他一生中最幸福、最快乐的时期：他由一位与党"肝胆相照，荣辱与共"的民盟盟接员成为一位优秀的共产党员；他曾先后被选为四川省人大代表、成都市政协常委、中国作家协会会员；他在恢复职称评定后第一批被提升为副教授；他著述较多，也是他思想艺术最为成熟的时期。

父亲一生十分热爱党、热爱社会主义。他常常给我们讲："没有新社会，就没有我们全家，就没有我这个穷教书人的出头之日，只有搞好教学、科研工作，多培养出优秀的学生，才能报答党的恩情。"他的一生就是凭借着对祖国、对党的炽热感情，凭借着作为人民教师的权利，在教育这个阵地上勤勤恳恳、任劳任怨地工作着、奋斗着，特别是在他的晚年。

父亲的晚年像一只春蚕吐着御寒的丝，也像一支蜡烛燃烧着自己照亮别人。疾病纠缠着他瘦削的身躯，他毫无畏惧地仍然坚持教学、科研，全身心扑在教育事业上。他对工作更加热情，干劲更大，即使寒冷的冬天也要到教室给同学们上课。他既患有萎缩性胃炎又严重贫血，每顿饭吃得很少，一个冬天都没有感觉身上暖和过，但他依然冒着呼啸的北风赶到教室，手指冻的发白变青，也只是搓搓手、抱抱茶杯，仍然坚持上课。有时下雪下雨，老师和同学们都劝他不上课了，而他总是执意把学生请到家里来上课，他对工作就是这样兢兢业业。父亲讲课非常生动有趣，十分注重教学效果。学生们曾说："听先生讲课是艺术享受，获得了知识，也陶冶了我们的情操。"

父亲病逝前两年，他先后五次住进医院，每次住院都是身在病床而心里仍想着国家、想着集体、想着研究生。两年中，他先后出席省人大会议、市政协会议和文联会议，以及"为人师表"会议等大会，有些会期长达二十天，但他就是这样带着疾病也带着人民的重托开完了会议。在住院期间，他卧病床榻，一边接受医生的治疗，一边支撑着病弱的身体给研究生修改毕业论文，先后修改过黎孟德、张莉莉、赵晓兰等的论文。学生们谈道："雷先生对论文的篇章结构，乃至字句的修饰，标点符号的选用，皆一一仔细斟酌，甚至把自己所持的新观点、掌握的新材料都贡献在研究生论文里，经他批阅的论文初稿大都朱墨琳琅，经他改动的字句仿佛点铁成金。"经父亲修改指导过的论文，都获得了国内专家、教授以及学术界的好评。

在医院里，对于学校和同仁们无微不至的关心和照顾，父亲由衷地感激，这也成为鞭策他坚持下去的力量。他在医院里给自己规定："除倒床外，每天至少读三小时宋元集进行补课，把教学和科研突击上去，用自己有生之年为整理古籍做一点力所能及的工作。"父亲是这样说的，也是这样做的。每当见到面容苍白、极度瘦弱的父亲坐在病床上看书时，我们都极力劝阻他，但他却显得精神抖擞的样子，和蔼地笑一笑又继续读书。父亲去世那年的十月，又因严重贫血使血色素下降到5克多，头昏目眩，低烧不止，才不得不到川医（今成都华西医院）住院。在病床上，他向医生打听自己还能活多久，以便安排好自己的工作。我们做儿女的听了父亲的肺腑之言，不禁流下苦涩的泪水，内心更痛苦不堪了。父亲又对我们说："患什么病都不要紧，只要能给两年时间，大概可以把手头的几项任务完成。"父亲就是这样，生命不息，战斗不止。我们哪里能料到，父亲在十二月住院时便溘然长逝了。

父亲一生勤读书，知识渊博，治学极广；勤思考，思想新颖，想象广阔；勤动笔，著述较多。后来，整理他的遗物，发现他曾发表的文章有一百多篇，资料卡片不计其数，诗词、散文、戏剧、文论、古典文学等领域无不涉猎，并发现了未曾发表的两篇论文：一篇是《论杜甫夔州律诗》，一篇是《成都满城（少城）考》。《梅溪词校注》一书得到上海古籍出版社充分肯定，同时在他去世后还曾收到浙江人民出版社、黑龙江人民出版社的约稿。现在，父亲讲授的《文心雕龙》《词综》《古文词类纂》录音磁带，其洪亮的声音仍然回响在学生的耳际，其广博的知识和高度的语言技巧仍然吸引着众多的学生，他们只是深深惋惜没有亲自聆听父亲雷履平的教诲。

（原载《成都盟讯》1987年第2期）

养育之恩　在生难忘

——回忆我的父亲母亲

雷　敏

在四川师范大学的校园里，我的前辈和我的同事甚至在成都语文界的老师都比较了解父亲雷履平。在父亲去世多年后，仍有一些老师在写文章回忆他。四川师范大学人文理论研究所主办的《夕照明》在2007年第2期刊发了赵峥嵘老师《回忆雷履平老师谈诗》一文，文中写道："我崇敬雷履平老师。他讲课的风采，他那和蔼的笑容，永远留在我的心中。""雷老师博古通今，口才甚佳，讲课深入浅出，明白晓畅，朗诵古典名句抑扬顿挫，感染力特别强。他晚年入党，教学愈益勤奋。在逝世前的生病期间，他仍坚持在病床上辅导研究生，对党的教育事业可谓鞠躬尽瘁，死而后已。"

父亲得到人们的回忆和怀念是与他的奉献精神和所做的工作分不开的。人们了解他、尊敬他，甚至以他为楷模，我为有这样的父亲感到自豪。人们对父亲的了解和崇敬，使我更加感谢我的母亲，是母亲无怨无悔的奉献和勤俭持家养育儿女，才全力以赴地支持了父亲的科研和教育事业。今天，有机会刊载我在母亲最后生病住院期间在她的病榻前写的一篇回忆母亲的文章，这篇文章是我对母亲养育之恩发自内心的一种诚挚感谢，也希望更多的人了解人世间有一种最伟大的爱就是母爱，最伟大的人就是自己的母亲！（2010年元月）

我的母亲永远不会离去，她的音容笑貌永远铭刻在我的心中！

写下这篇文章是在母亲的病榻前，我看见母亲憔悴的面容，骨瘦如柴的身躯，被病魔折磨得一天比一天消瘦，她在与疾病地抗争中越来越无能为力了。见到眼前的一切，我多么希望祈求上帝救救我最善良的母亲，但我的眼泪却感动不了上帝。

在世界上，我们常用"伟大"来赞美母亲。的确，母亲是最伟大的，这伟大主要出于平凡。没有母亲的伟大，就没有人类的繁衍生息和社会的进步；没有母亲的平凡，就没有今天儿童的天真烂漫，少年的朝气蓬勃，中年的成熟理智；没有母亲的平凡，就没有每个人的成长和成熟的经历。

我的母亲跟世界上所有慈祥、善良的母亲一样是伟大的，这伟大同样基于一种平凡，一种默默无闻的平凡，一种无所求无所取且完全是为儿女们奉献的平凡。我的母亲没有做出惊天动地的大事（世界上很多母亲同样也没有），但在我们做儿女的心里，她是很了不起的人。她一生的精力和心血，以及做过的每件事情，足足使我们做儿女的始终不能超越，不能超越她的伟大，不能超越她的胸怀。

我们做她的儿女，今天我们又都做了母亲和父亲，拉扯大了自己的儿女，消磨了我们的精力和时光，消耗了我们的经济，我们感到自己也老了，我们的体力和精力逐步不如过去了。可我们的母亲拉扯大了我们七个儿女，到老了能松松手、清闲清闲时，仍然还为儿女们操心操劳，并帮着我们拉扯儿女。在她手里拉扯大了十来个充满生命力的孩子，现在我们都各自长大了，虽然并没有做出了不起的成就，但在各自的人生道路上个个都能自强、自立。虽然现在我们在很多方面已经超过了我们的上辈，但他们无怨无悔，不奢求于任何回报。

从我记事起，模糊的印象是家里的条件一点也谈不上优越，物质上一点也不富裕，跟其他家庭相比可能是差的。但在邻里的眼里，我们好似比他们好，只因他们感到我们弟兄姊妹比较能干且能够和睦相处，一天到晚无忧无虑的样子。这一点可能是家庭精神财富丰富的原因吧。父亲一生教书五十年，全部奉献给了教育事业，他自己所拥有的知识可谓学富五车，但在物质上又十分贫乏。如果不是我们七个儿女的拖累，他不会早早地离开我们。说起条件差，有些事仍还记得。

一次，父亲没吃早餐就从家里赶到学校去上课，在车站等车时买了一个烤红薯，但为不误掉班车就忍着饥饿把红薯放在了包里，下车后红薯却无翼而飞了，于是他只好饿着肚子讲完了课。其实，当时条件好的家庭，类似父亲这样的知识分子，早餐一定是有鸡蛋和花生米的。

家里生活条件艰辛，子女多是最主要原因。在这样的环境下，父母自然受到拖累。我与母亲的生日相差几天，都是腊月出生的。母亲是39岁时生的我，等我能说话、能走路时却一点也不懂事，在一次母亲小月时还争着要吃她唯一的一个鸡蛋，并说她吃得多些。等我长大了，母亲在她过生日的时候曾对我说起过这件事，我更加懂得她的辛劳了。她抚养我们成长是如此的含辛茹苦，我总希望她能吃到更多更好的东西，我有好吃的也总想留给她吃，这样我精神上就能得到一些安慰。

我们长大后各自都安了家，母亲喜欢到处走动。母亲的晚年在大姐家住的时间最长，但是她最喜欢的还是西门新一巷。1939年，我们家为躲日本人的飞机，就从城内搬到了城外西门。西门城门洞城墙离我们家不远，我们小时常常去攀爬。现在，城市不知扩建了多少倍，原来的家周围逐渐繁华起来。母亲长期生活在那里，也在那里把我们一个个抚养成人，那里的一花一草、一景一物以及邻里街坊都使她难以忘记。从她的闲谈中，我们听到的都是过去的事多一些，过去的苦、过去的酸甜苦辣和过去的美好时光都在她的记忆中挥之不去。的确，那时候家里虽然生活较艰苦，条件也较简陋，但膝下的儿女挤在不宽敞的屋子里有说有笑、有吵有闹，她也有做不完的事，调停不完的口角纠纷；一家人吃饭围着一个大圆桌，冬天又围着三尺见方的锅灶，我们也有说不完的乐事和趣事。母亲能把我们的肚子填饱，能做到锅里有舀的，坛里有泡的，身上有穿的，对于当时的人来说，能做到这一点已经是很不容易了。那时春天刚到，院子里就晾满了要泡的青菜，一两个两尺高的泡菜坛就足以见得家里嘴之多；夏天辣椒成熟了，豆瓣一般要做三四十斤，做豆瓣时火辣辣的手在晚上要泡在凉水里才能睡觉。这些东西虽说送饭，却也这样拉扯大了我们儿女七个。家里周围宽敞，也喂一些鸡、鸭、鹅，间也种一些豆角、篱笆豆、南瓜等蔬菜。那时候我们的生活虽然过得很艰苦，但也使我们留恋，也值得我们珍惜，何况在那里生活几十年的母亲呢。

小时候，我们兄弟姐妹多，生活在一起难免磕磕碰碰。睡觉时各放各的半边蚊帐也是时常有的，做母亲的难免照顾不到每一个人。我们有时在灶火旁睡着了，吃饭的时间回来晚了，难免吃不到饭。如此，做儿女的就不能说母亲有偏心，而哪一个儿女又没有得到她的关心照顾就自然长大了呢，我们每一个都能道出很多事来说明她的慈祥和关怀。

初中毕业时，母亲希望我多读一点书，不要像她那样吃了文化少的苦头。母亲只有小学文化水平，但她懂得的道理、知道的知识有些比我们还多。那时，她把我读的书放在我的面前，要我随时温习；她还托人关照我继续读高中，又请父亲的好朋友李克容老师给我补习中学欠缺的书本知识。我小学和中学阶段由于"文革"没有认认真真地读多少书，只是以后就没有间断过对知识的渴求。

母亲年轻时也渴求知识，渴求懂得更多的道理，也迈进了学校的大门，但后来因家庭子女多又放弃了，从此母亲知识的获取多数得益于父亲。父亲学识渊博、才华横溢，这也潜移默化地影响着母亲。在家里，我们也常听到父亲吟咏古代的诗词、练习戏曲的唱段。父亲是个川剧迷，年轻时在学校还曾登台表演，这些也自然影响着我们和母亲。在"文革"那种人际关系十分淡漠的岁月，母亲是父亲唯一的知音。1949年前，父亲曾被反动当局以"快邮代电"的方式赶出学校；在"文革"时期，父亲又身陷囹圄，作为"反动学术权威"又差一点离开人世。在不同的时代，以同样的形式接受一个不能容忍的残酷现实，家里的人难以接受，父亲就更难以接受和理解。父亲不只是受到皮肉的折磨，更多的是精神上的折磨和摧残。父亲曾给我一支钢笔，笔杆是另外一支的笔杆，原笔杆被造反派一拳打在父亲的胸口上时打断了，要不是这支笔别在父亲的上衣兜上，这一拳不知会怎样。母亲曾说，要不是她给父亲宽慰，在精神上给父亲活下去的勇气，要不是父亲看到一家人和睦相处，恐怕父亲当时也觉得没有活下去的意义了。有一天晚上，母亲睡后醒来，见父亲站在床边，一只手握着一把安眠药，她急忙跳下床抢下药，说天大的事有我们给你撑着，还怕有绝人之路吗？别人不理解你，我们理解你。有了母亲和我们兄弟姐妹的关心照顾，父亲感受到了家庭的温情，虽然此后父亲经历的路仍然十分艰难，但他还是硬挺了过来。

父亲在学校挨批挨斗，母亲和大姐在家里也受到学校造反派的批斗，并被要求"站高板凳"。家里被造反派洗劫一空，家所在的新一巷巷道里也被"造反派"写满了一些恶意针对父亲的标语。其中，有两幅标语是用墨汁写在四号院子前面的墙上，一个字二尺见方。这些标语就像毒针扎在我们的眼里，影响着我们每个子女的前途。一天晚上，我瞒着母亲，端着一盆水，带着一把洗衣刷去刷那些标语，但墨汁深浸在石灰墙上，任你怎样刷也刷不掉一点点。随着沧桑岁月的流逝，雨水冲刷，风霜侵蚀，石灰墙上的标语才自然脱落了。

我十多岁时随母亲第一次到学校看望"集中受训"的父亲，也是第一次踏上狮子山。我们坐公交车从西门花牌坊到九眼桥，汽车未到致民路，母亲就非常厉害地晕车，又坚持着从九眼桥转车到成渝路上的川师校牌站才下车。校牌站到学校大门有一段很长的坡路要走，校门到第一教学楼又是一段软脚坡，我搀住母亲慢慢地走，可以说一路艰辛一路难。父亲与十来个老师住在一间教室里，床席一张挨着一张铺在地上，各自的枕边放着些洗漱用品和学习用具，眼前所见的一切使人一阵阵心酸。

母亲基本上没有离开过成都，她在家里受到父亲的影响，在外界受到文化氛围很重的俗雅文化的影响。母亲知道很多川剧故事，什么《白蛇传》《情探》《拷红》《辕门铡侄》等。母亲生病住院，我从重庆出差赶回来，谈到重庆时她却知道"好个重庆城，山高路不平。吃的两江水，笑穷不笑淫"，这是过去的重庆留给她的印象。谈到家里，她说父亲节衣缩食就是为了购书，没有别的嗜好，就是喜欢读书。当时儿女多，为了交学费，就是卖自己的陪嫁品也不卖书，还吟了一副对联"门对千竿竹，家藏万卷书"，说明藏书多有百益而无一害。父亲去世后遗留下的书，母亲希望我们不要丢弃了，她还一本一本地盖上了父亲的印章。那时，知识经济时代还没有到来，母亲却知道书有存在的价值，知道知识可以从书中去获取。母亲经常对我说，你父亲一生就爱读书，经常晚上看书很久，有时手里拿着书睡着了，我常给他驱蚊放帐。

母亲给儿女更多的时间，让我们把精力投入到学习和工作中；给父亲更多的时间和空间，让他完成自己的科研和教学。父亲精湛的教学技艺，凡与父亲共事的人无不交口称赞，我想这与母亲的无私奉献也是分不开的。

我的父亲母亲都是蒙古族人，祖先来自白山黑水、大漠草原。"天苍苍，野茫茫，风吹草低见牛羊"的美好景色，时时都浮现在我们的眼前。蒙古族祖先虽然是骑在马背上生活的民族，但这一切都是为了生活、为了生存、为了发展和壮大的需要，不过他们仍然祈求安定平和的生活。我们的先人随八旗驻防从内蒙古到了湖北的荆州，后来又从荆州调到四川成都，到了成都后居住在成都的少城，世世代代从此就繁衍生息下来。我们血管里虽然流着蒙古人的血液，但也可以说是地道的成都人，既有粗犷的性格，也有细腻的思想，这养成了我们一家人不服输、不受谁的气以及得理不让人却也不欺负任何人的性格。我和母亲都没有到过内蒙古，但到过高原，见过一望无际的草原，见过成群的牛羊，也见过蓝天白云与天地相接的景色。那时，我与母亲到高原不是去旅游，而是避难；不是去欣赏壮美的自然景观，而是逃离无法再生存下去的恶劣环境。1960—1962年是严重的"大饥荒"时期，一家人饥寒交迫，也可以说到了没法生活下去的地步。当时，奶奶得了水肿病，脚肿得发亮，没有药吃——现在看来不是吃药的问题，而是严重缺乏营养，缺乏最基本的食物保证。为治奶奶的病,只能用清水隔五插十地煮上一根黄鳝给她吃。奶奶去世后,父亲到成都满蒙人民学习委员会借钱安葬了奶奶。在奶奶病重时,父亲都舍不得卖一本书,而奶奶也不允许卖满屋的书,但可惜的是那八千多册书却在"文革"中全被抄走了。母亲说,早知这样,你父亲也不那样节衣缩食购书成癖,那样家里生活可能要好些,你奶奶也许会挺过去。其实,那时母亲的身体状况也非常差,她走不到一条街的南巷子也要昏倒,而父亲以及我和其他兄弟姊妹那时是怎样度过那段艰难岁月的也就可想而知了,于是父亲只好强迫母亲带着我去阿坝大姐那里改变一下无法生存下去的困境。那时到阿坝的路程要三天,第一天到了罐县(今都江堰),后来又到了旋口,到了旋口是晚上,不能过渡口,只好住伐木工人的工棚。我记得那些工人非常热情,腾出自己的床位让我们住,还在屋里升起熊熊的炭火供我们取暖,这也是我第一次感受到社会的温情,并在我的脑海中留下了很深的印象。在去阿坝的路上,我们看到了满山遍野的红叶,看到了蜿蜒起伏的座座青山,看到了盘旋于公路下的滔滔岷江水。到了阿坝之后,大姐热情地接待了我们,酥油茶、糌粑和牛羊肉使我们很快恢复了体力。那时阿坝没有受到多少自然灾害的影响,大姐是父母的长女,16岁就去了阿坝藏区工作,确实是因为家里条件太艰难了,才让大姐较早地去经历人生的艰苦磨炼。

母亲这次算是出了一次远门,由于家里的事情多,大家也离不开她,以后她到外地的时机更少了。我读中学时,母亲与父亲去了一趟简阳科分院检查身体。那时我的身体常出现这样那样的毛病,经常全身长满麻疹、脚气出水,他们一出门就惦记在家生病的我,检查完自己的病后就匆匆赶回了成都。父亲去世后,为了给母亲换一下心情,三姐把她接到广元住了一段时间。

侄女小燕是母亲带大的,小燕对奶奶非常好,她也忘不了奶奶待她的好。小时候,小燕经常生病,母亲背着她到处跑医院。亲情是一根无形的纽带连接着彼此,在需要亲情的帮助时,母亲也绝不放弃公允。在新一巷，家里人偶尔与邻里发生纠纷，母亲总是站在公正的立场而从不偏袒自己的人，她总是先叫回自己的人然后才与别人论理。母亲从不激化矛盾，总是化干戈为玉帛，巷里邻居都说母亲好。

母亲长期养成了节约、勤俭的习惯，到老了也仍然如此。她没有添置过多的衣服，也不愿意屠宰什么鸡鸭滋补身体。家里什么破一点的、旧一点的东西，她也舍不得丢弃，常说放在那里也不要你给它饭吃。现在，我们也多少受到她的影响，养成了节约的习惯。

母亲的善良也处处体现。邻居家的一位年轻人，从管教所出来后一时找不到工作而衣食无着，母亲便乘车到子女家给他筹措，问这家有没有旧衣服，那家有没有穿不得的裤子，最后又把自己垫的棉絮和自己的零花钱给了他。儿女工作忙，有时看望她的时间少了一些，她总是要唠唠叨叨甚至还要骂我们几句，但大家见面后一切又是那样的祥和与自然，我想这也是母亲对儿女想念的一种方式吧。母亲住进武警医院，仍然想着病好后到各子女家走走，也想走走她的兄弟家，她对大家的牵挂始终没忘。

姥姥曾对我们说，你母亲一生勤劳没有闲歇过，年轻时候为了一家大小操劳，冬天为了把缸里、钵里的水装满就从井里提水，棉裤常常都是湿的。去年夏天，母亲到川师住了一段时间，她走动比较少，自然接触外界也少些，但她不想闲歇着而总是找事情做，择菜、切菜都非常细心，生怕我们吃到不干净的东西。

母亲生病近五十天，病情仍不见好转，情况一天比一天差。我们知道与母亲相处的时间不多了，但我们做子女的却一点办法也没有。母亲得的是胰头癌，如果能使她站立起来，能使她和我们一起健康地活着，我们愿承担我们做儿女的一切责任。母亲在病魔的摧残折磨下坚持活着，如果不是得的癌症，她一定能战胜疾病挺过来的。母亲最近两年多次生病住院，她一次次地从病房回到家里，这说明母亲的身体本身不差，再加上母亲对待疾病没有过多的精神压力，没有沉重的精神负担，这一点与我父亲一样，难能可贵。母亲躺在病床上五十天，这五十天没有下过床，经历了五十天的输液，到慢慢地不能进食，输液一次要扎几针才能找准血管，痛得她直叫。这一切都使我们的心像针扎一样难受。她面容蜡黄、身躯消瘦，用手接触她的身体感觉到的都是硬硬的骨头、松弛的肌肤，我们的心像灌满铅似的异常沉重。

我不愿意再写下去，我不愿意再想下去，我祈祷我的母亲健康，我深深地感谢我的母亲。

（原载《夕照明》2010 年第 1 期）

【编者注】母亲石素华，蒙古族，生于 1917 年 12 月，卒于 2002 年 6 月。其长期担任街道居委会主任，新中国成立初期被选为区人大代表。

忆我的姥爷雷履平教授

刘 馨

　　姥爷去世那年，天气格外的寒冷，连日的寒潮使十二月的天变得阴沉沉、黑压压的。风呼呼地吹着，小雨夹着飞雪淅淅沥沥，让人很是烦闷。傍晚，爸爸在煮饭，我正在洗菜。这时，妈妈回来了，她站在门口，眼里噙着泪水，低低地对爸爸说："爸走了。"爸爸一阵沉默，我的眼泪一下就涌了出来，呆呆地站在那里。我不知道是因为刺骨的冷水，还是因为姥爷离去的消息，我的身体阵阵发冷、发抖，但我没有号啕大哭，因为我连哭的力气都没有了，只有一阵阵冷颤伴着我。那年我七岁，懵懵懂懂的我已经懂得了什么叫死亡，可怕的死亡残忍地带走了我亲爱的姥爷。

　　小的时候，我对姥爷的记忆并不十分深刻，只知道姥爷是川师的教授，很忙。所以，他不会像其他人家的爷爷一样陪我做游戏，带我去公园游玩。他甚至不能每周都回到位于花牌坊的家，偶尔碰到他在家，他总是笑眯眯地说一声"馨馨回来了"，再亲切地摸一摸我的头，我就跑去玩了。有段时间他在学校住，妈妈也会带着我去学校看望他。记得去川师我们要转几次公交车，走过几段很陡的大坡，才能走到川师的校门口。从校门口到姥爷的住所还有很长的一段路要走，这时妈妈和我总要相互鼓励："加油！加油！马上就能见到姥爷了！"印象中，姥爷的房间里放满了书柜、堆满了书，清瘦的姥爷总爱穿着中山服、戴着老花镜坐在书桌前。他的书桌上有一盏玻璃罩的台灯，总是透射出白色的光亮。书桌旁还放着一尊塑像：瘦削的脸庞，微微昂起的头，棕色的长袍。我不知道这尊塑像是谁，就摸着塑像尖尖的胡子调皮地问姥爷："这位爷爷是谁呀？"姥爷摘下老花镜，很温和地告诉我这尊塑像是大诗人杜甫。那时年龄实在太小，也不知道杜甫是何许人也，只知道姥爷让我一定要好好读书。

我对姥爷的深刻记忆是在后来他频频地住院中。

记得有一次，我和爸爸守着姥爷输液，姥爷的精神稍微好了一点点，就让爸爸把病床摇起来。姥爷靠在病床上，让我把柜子里的书递给他。爸爸说："您还是多休息休息吧。"姥爷轻轻地叹道："时间不够了啊！"爸爸为了让姥爷开心，就说："爸，告诉您一个好消息，我荣获了'成都市劳动模范'的称号。"姥爷果然很开心，脸上露出了笑容，然后很温和地对爸爸说："你在专业技术上要精益求精，要加强自身修养，文化上也要跟进，多读书总归是好事情啊。"听了姥爷的一番话，爸爸终于在39岁那年开始艰难地迈向了自修大学之路。

还记得一个很冷的冬日，我和妈妈去医院看望姥爷，等走到姥爷病床前时我已经冻得脸色煞白，手脚也有些僵。姥爷见状，很慈祥地让我上床，让我把脚放在被窝里暖和一下。我钻进了姥爷的被窝，姥爷就一只手输着液，一只手捂着我冰冷的小脚。那一刻，我感到温暖极了，我觉得姥爷是最疼我的人，是世界上最好的老人！这是我唯一一次和姥爷的亲密相处，但这一瞬间的温暖让我一辈子都难以忘怀。

后来，姥爷又因胃出血住院了。这一次病情十分凶险，姥爷的脸瘦得尖尖的，嘴唇焦裂，没有一丝血色。我和妈妈去看望姥爷，他无精打采地躺在病床上。接着姥爷又便血了，盆子里鲜红的血触目惊心。妈妈帮姥爷换了内裤，姥爷虚弱地说："麻烦你了。"妈妈哽咽着说："爸，这怎么是麻烦我呢，您是我的爸爸啊！"妈妈刚要去洗内裤，这时姥爷突然说："我好想吃抄手，你们先出去给我买点吧。"于是我和妈妈买抄手去了。等我们回到病房时，放在盆子里的姥爷的内裤竟然晾在了阳台上。妈妈一下子冲出了病房，再也忍不住地在过道上呜呜地哭起来。姥爷啊，他就是这样一位怕给别人添麻烦的人！尽管病得那样头晕目眩、痛苦不堪，他居然还挣扎着起床到卫生间用颤抖的双手把内裤洗了，而那时姥爷的生命其实已经进入了倒计时。

　　姥爷去世后，在悼念现场，我看到了很多前来悼念的老师和学生，看到房间里放了无数的花圈，挂了无数的挽联。我看到一副挽联是这样写的："平生持正不阿有似贞松秀冬岭；异日传芭代舞无穷秋菊继春兰。"那时不懂姥爷为何这么备受尊敬，后来我看到了四川师范学院的《悼念雷履平同志专刊》，才知道姥爷是一位优秀的教育工作者——"人品，学问誉满巴蜀""讲课效果之好，川师内外，有口皆碑"。姥爷曾经说过："要求研究生看的书，我必须自己先看；要求研究生钻研的课题，我必须自己先钻研；必须比研究生先走一步，才能站在较高的角度指导研究生进行科研。"好几位研究生在悼念姥爷的文章里，都不约而同地提到了姥爷在病榻前仍然坚持给他们批阅论文的情景。我想，正是因为姥爷有着渊博的知识，严谨的教学态度，任劳任怨的精神，才会受到那么多学生的尊敬和爱戴。从姥爷的事迹中，我也才真正体会到了什么是"春蚕到死丝方尽，蜡炬成灰泪始干"。

　　随着年岁的增长，我对亲情理解得更透彻些，更爱翻阅姥爷的著作，对姥爷的认识也更加深刻。姥爷不只是优秀的教育工作者，更是一位优秀的作家。我以前看到的都是姥爷古典文学方面的专业著作，后来看到了姥爷的《成都茶园》《狮子山晨曲》《狮子山看桃花》，才发现姥爷不仅古典诗词的论文写得好，写起散文来也是行云流水、得心应手。姥爷的散文，文辞优美，辞藻华丽，读起来轻松惬意，让人身临其境。读姥爷的文章也倍感亲切，仿佛姥爷就在我们的身旁。读《成都茶园》，我仿佛已经置身暖和的阳光下，坐在竹椅上闻着沁人心脾的茶香，听到了敲锣打鼓的川剧声；读《狮子山晨曲》，我仿佛已经看到了狮子山上日出的光芒，仿佛整座狮子山都沐浴在温暖的阳光下；读《狮子山看桃花》，我仿佛正在感受烂漫的春光，正穿梭在桃花林中与蜂蝶共舞……姥爷的文章很美，美丽的景，美丽的人，美好的生活。其实，看看这些文章的写作时代、写作背景，正是姥爷艰辛之时，但是姥爷并没有感叹生活的贫乏，他对生活充满了热爱，他用他的眼睛去发现美，用他的妙笔去写出美。他让我明白，只要你的心中充满了爱，你的眼前就永远是春天！

时光飞逝，转眼间姥爷离开我们已经三十二年了。有时，坐在书桌前看着姥爷留下的一个玻璃镇纸、一个蓝色的笔洗，脑海中就会浮现出姥爷的身影。我想象着姥爷用镇纸压着泛黄的宣纸，戴着老花镜在灯下用毛笔写着小楷的情景，那一定是温馨又诗意的……

（原载《夕照明》2016 年第 1 期）

后 记

1984年12月19日,父亲永远地离开了我们。第一次经历失去亲人的痛苦,这种痛苦在以后都化作了对他深深的思念。在与父亲朝夕相处的日子,也就是他晚年的生活里,他仍然把精力和心血放在自己的教书事业上,放在对学生的培养上。可以说,父亲执教一生,勤奋努力一生,辛勤笔耕创作一生。父亲去世多年,他在教学和写作方面的才华仍然得到了社会的充分肯定。

父亲在青年时代就把当好一位优秀的教师作为他终生奋斗的目标。39岁那年(即1956年),已经在成都的各中学和大学执教二十多年,具有丰富的教学经验和一定社会名望的他调入了成都新建的第一所高等师范院校——四川师范学院。在以后的工作中,虽然经历了不少酸甜与苦辣、成功与挫折,但对教学认真的态度和对学生负责任的精神始终如一。

小时候,我对父亲的印象不是很深刻。高中毕业后恢复高考,我到川师参加补习,住进了中文系办公楼二楼父亲的单间宿舍与他生活在一起,这才算是与父亲在感情、思想上真正地接触。

我们家原住在成都西门花牌坊新一巷一个单家独户的简陋小院里,家里的生活条件与邻里乡亲没有什么差距,只是家里藏书较多,街坊邻居无法堪比。父亲调入川师后,每周只能回家一次,那时从家到学校至少要坐两个多小时的公交车，还要走一段乡间小路才能到达。父亲回到家，也都忙于他的事情，或看望他的老师，或与他的老朋友交流聚会，或逛逛书店、文具店买一些书和纸笔之类的东西。我记得，居住在市中心的白敦仁、钟树梁、徐艾、王怀文、李克容老师与父亲往来密切，父母都叫我们称呼他们为"伯伯"。到了1966年后的"文革"十年里，父亲几乎就不在家。父亲被抓走，母亲和我大姐被批斗，父亲花费大半生心血购置的八千册书籍以及长期积累的资料、撰写的学术论文被抄走，只剩下大大小小、空空荡荡的书柜和书橱。而原存一点书香、文化氛围的家庭环境荡然无存，原有一点雅致的堂屋挂着的字画也没有了，家什横七竖八、缺脚断腿地堆在一起，屋里屋外的石灰墙壁都写有"打倒雷履平""打倒反动学术权威"等墨汁渗透的黑字，不时还散发出阵阵难闻的气味。这样的家庭，倒像是一个"笔诛口伐于華门闺窦之间"经过文化激战的前沿阵地。经过这次劫难，受伤害的不只是父母，还有我们这些子女。我那时还小，也确实无法辨别父亲是真正的"好人"还是真正的"坏人"，但提到"父亲"二字也不像其他孩子提到父亲那样喜形于色。我们更信赖母亲，她勤劳善良，忍辱负重，节俭持家，没有多少文化以及自己的爱好喜尚，但严格管束和抚育我们，我们也不时从母亲那里得到温暖和幸福。

大概是在1971年后，偶尔也能见到父亲，但他与我们的接触仍然很少。那时，各种运动和任务一波接着一波，先是"批林批孔""评法反儒"政治运动的开展，后来就是师训班，到泸州、乐山、宜宾各地去培训当地的中学语文教师，再后来就在学校积极参加各种教材的编写工作。父亲能全身心投入到大学教书的本行，是在1977年恢复高考且学校步入正常工作的轨道后，而我与父亲的接触、认识和了解也就是从那时开始的。

高考报名再次开始，审查报考资格的人却说我不具备参加高考的条件，没有下乡当知青也不具备留城当社青的条件。不久，经父亲同事推荐，已满 22 岁的我终于走上了川师附属小学的讲台，当上了临时的语文代课老师。当时，在学校担任教师的基本上也是中师毕业的，我是 1974 年秋"文革"后第一批高中毕业生，在小学代课还是符合条件的。从此以后，我就与川师结下了不解之缘。在附小工作两年后的 1979 年，母亲见我还是没有正式的工作，便与父亲商量：你已到退休年龄，你退休后可以让小儿子有一份正式的工作。在母亲的要求下，父亲很不情愿地向单位主管领导提出了退休要求，但父亲内心却是不情愿的——那时国家才真正开始重视教育、重视人才，他想在自己的晚年努力工作一段时间，为一生喜欢的教育事业多作一点贡献，在学术上也做出一点成绩，也不虚度人生。由于学校的发展确实也十分需要像父亲这样有事业心、教学经验丰富、科研能力强的教师，于是学校向上级主管部门申请了一个特殊指标，从而解决了我的正式工作问题。1980 年初，我从附小重新安排到川师大古代文学研究所从事资料室管理工作。

  资料室管理工作主要是购书和给书盖章、分类、贴书签、上架，以及开放资料室供研究生学习和借阅图书。由于单位人手少，协助办公室工作也是我分内的事情。当初，我还有一项简单工作，后来对我专业能力提高影响很大，就是给所里屈守元、汤炳正、魏炯若、王文才、王仲镛老先生和我父亲上课时录制教学磁带。回想那时，一天到晚虽然都比较忙（晚上还要开放资料室），但很充实。在研究所工作期间，父亲也几次住医院，单位都抽调我到医院专门护理父亲的日常生活。父亲住院的主要原因，都是血色素较低和浅表性胃炎伴有胃出血。父亲的饮食非常少，身体的抵抗力自然较差，加之经常感冒，感冒时又总爱吃一些速效感冒胶囊进行应急，现在看来这些药又伤脾胃又对肝和血液不好。所以每次住院就是输一点血、吃一些药，精力好些、症状缓解就出院。出院后，父亲又全身心投入到教学和科研中。如此反复，终究没有彻底解决父亲的病因和病情。现在说来，当时父亲的病这么重，为什么登上讲台或见到他所培养的学生就全忘了他的疾病，也不考虑他的身体还能支撑多久呢？在整理父亲的资料和笔记过程中，我更加明白和理解父亲了。"人生是这样短暂，应该珍惜生命，大刀阔斧做一番事业，怎么可以纠缠在个人的不幸上，用苦语、硬语来发泄个人牢骚，还用哀愁来窒碍读者的心胸视野呢？"（《谈豪放》）父亲确实是这样的，在教学中、生活上只字不提在"文革"中受到的思想和精神的迫害以及物质的损失。父亲靠对党的忠心，靠对社会主义的理想信念，靠一个教师的责任，成就了学校对他的百般信任。在父亲去世后，我内心常常充满着愧疚：在与父亲相处的最后日子，我没有尽到做儿子的责任照顾好他，在他的工作中也没有能力担当起他的助手。我真正感觉到父亲是一位严于律己、宽以待人的好父亲，他总不愿拖累和麻烦任何人，甚至包括自己的亲人。另外，他具有常人少有的乐观精神和积极态度，面对疾病和困难，首先考虑的不是自己的死生，而是时间对他来说太少太宝贵，太需要值得珍惜和弥补！

在与父亲相处的日子里，父亲对我的教育是不多的，但他身体力行、身教重于言教，潜移默化地影响着我。学校为了提升职工的工作能力和专业素养，开始对职工进行培养，并希望青年人边工作边攻读大学。同时，还向省教委请示，让职工去参加"文革"后四川省教委组织的中小学教师才有资格参加的第一届函授成人高考。当时，学校去的人不少，录取的比例很低，只有六人录取为本科生。1984年秋，我五年漫长的学习之路开始，而父亲却又住进了医院。父亲对我已经快要30岁才成为一名正式大学生还是感到很高兴的，毕竟"文革"十年耽误的不仅仅是自己的子女还有他自己，他嘱咐我一定要珍惜机会努力学习，不要考虑他住院的事情。

在工作和学习中，我开始接触相关的学科知识，接触系统的汉语言文学学科内容，只是感觉要学习的东西太多，自己掌握得太少，但我坚信：有父亲在我身边，我一定会笨鸟先飞。万万没想到，父亲在年底就溘然长逝了，我头脑一片茫然、一片空白，但我坚信一点：不放弃学习，不放弃努力，一定要在今后的工作中、事业上做出成绩，绝不辜负父亲生前对我的期望。

父亲最后一次住院是他很不情愿去的，他认为拖一拖就会好一点，还认为那年冬天太冷——大雪纷飞、寒风刺骨，住院也很不方便，而且每次住院也没有从根本上解决一点问题。父亲离开家时，书桌上仍摆放着经常使用的书籍、笔记本、备课本、卡片，以及各种颜色的铅笔、圆珠笔和钢笔，甚至从图书馆借回的一大堆图书还放在书桌旁的木凳上没有翻检。父亲知道自己身体太差，但想着也不至于这次住院就再也不能回家，这一切确实来得太突然，全家都始料未及。

在没有父亲的日子里，他崇高的品德、正直为人的作风、钻研学科的精神一直激励着我，他遗留下的书籍、笔记本、录音磁带、发表或未发表的文章件件般般都伴随着我，这些都是我必须努力的动力。

父亲去世后的第二年即1985年第一个教师节，我在《四川师大报》第一次发表了一篇散文《我的老师》，而这个老师就是我的父亲。他不仅是我启蒙时教学语、教走路的第一位老师，也是让我真正认识什么是有价值人生的第一位老师。后来，我一边努力工作，一边勤奋学习，除了完成学业外，还参加了研究生班的学习，不断提升自己的专业素养和写作能力。从1985年开始，我在《成都盟讯》《四川盟讯》《四川图书馆学报》《教学与管理研究》《四川师范学院学报（增刊）》等发表了回忆父亲的文章以及专业的书评和专业论文，并在1992年11月被学校评定为中级职称。1993年以后，我又在《诗词报》《成都少数民族》《中国文化论丛》《四川师大五十年学术集粹》《元明清名诗鉴赏》等发表文章，还申请了校级科研项目"误导信息研究"，并在2001年10月被学校评定为副高职称。

在此期间，关心我的领导和老师让我抽时间整理父亲遗留下的资料，给父亲出版一部文集。在父亲去世后，父亲的老朋友屈守元、白敦仁、钟树梁、徐艾老师以诗文会友的方式始终没有改变，他们曾两次叫我参会。第二次是在父亲去世后的第十年，也就是1994年的冬天，屈老师、白老师、钟老师他们把自己写的纪念父亲的诗文交给我，而白老师还是用毛笔在宣纸上书写的。在这次与父亲的老朋友、我的前辈交谈中，发现他们对父亲的感情并没有因父亲过早的逝世而显出丝毫的淡漠，仍在诗文中表现出深深的怀念之情。从他们深切的眼神和富有情感的话语中，对我整理出版父亲的教学文集、诗文集寄予着很大的希望，但他们也知道父亲去世的太突然，整理资料的难度也是不小的。其实，我在古代文学研究所从事资料室管理工作时也参与过不少学术资料的搜集、整理和编排，对父亲的相关资料的搜集也一直没有停止过，但并没有集中时间对父亲的资料作一次细致、完善地整理。

　　1997年9月，学校中文系和古代文学、古代汉语研究所合并成立文学院，我被安排到学院教学办公室，而这对我来说又是一个全新的工作。学院成立不久，扩大了招生人数，拓宽了专业设置，扩大了招生范围，增加了办学层次，教学、科研、管理各方面都发生了巨大变化，而这一切对我来说必须要有相适应的管理方法和管理理念，加之教育部对本科教学的评估工作，我基本上每天就是从家里到文学院，从文学院到教学楼。在这一阶段，我主要的任务就是与学院的负责人、教师一起对本院学科建设、专业教学内容与形式、教学手段与方法、教育主体与教育对象、教学效果与质量等进行数据分析；对教学大纲、题库建设进行系统完善；对教学效果和反响进行社会追踪。由于要参加教师之间的听课和评课，自己对教学的方法和遵照的原则就更加清楚了，而这时我对父亲教学质量和水平的界定就不只是听别人怎样说了，自己心中也有数了。其实，在父亲去世不久，母亲就拿出父亲的抚恤金买磁带翻录了父亲的讲课录音，后来我又把父亲的教学磁带录制成MP3，坚持有空听他的课堂录音，了解父亲的教学内容、精湛分析作品的艺术手法和如何运用语言的技巧，较之以前我对父亲的教学认识又有了一个新的起点，只是系统的整理父亲遗留下的资料还是没有展开。

在学院教学办公室工作期间，文学院被评为教学优秀管理单位，我也被学校评为优秀管理干部，并发表了四篇教学管理论文，其中《论教学秘书的职业精神》在 2005 年入选《当代教育思想文库》一书。2007 年教学评估工作结束，我被学院安排为专职教师，教授全校师范专业基础课——《书写技能训练》。我以前虽然担任过《大学语文》《文献检索》《书法》课的教学，但不是我的本职，而现在作为专职教师就应该以新的面貌出现在讲堂上。所以，我没有课的时候就在家花大量的时间进行书法练习，钻研教学方法以及如何提高学生的书写技能和技巧，并在前后的不同时间段申请了两项校级教学科研项目，一是"《书法》课程教学改革研究"，二是"校级规划教材建设立项"。在这期不间，我还完成了四篇书法教学论文，同时科学出版社 2015 年 9 月出版了我与刘飞滨老师主编的《三笔字实训教程》，这之后给学生上课时就使用上了自己亲手编写的教材。

我从 1978 年开始在学校工作，先后从事过资料室管理工作、教学管理工作和教学工作。从事资料室管理工作，对分类、目录、如何利用检索工具以及整理资料的方法有所了解；从事教学管理工作，了解教学目标和教学方法、教学质量，懂得教师素质和学生综合素质之间的关系；作为专职教师，对如何处理教材的重点、难点，如何把控教学的各个环节，如何提高教学的艺术和方法进行研究；作为教材的编写者，对编书过程涉及的目次、体例、校刊、排版等都比较熟悉，这为我整理父亲的资料奠定了基础。

我到川师后才开始与父亲的生活和工作接触，大约六年光景，但对父亲真正进一步地了解和认识是在他去世后。他对学生的培养和教育，对社会作出的贡献，甚至他在政治上、思想上、教育事业上不断追求和完善自我，都是在陆陆续续整理他的资料中发现的。如此，我才真正感觉到父亲不仅是一个好老师，而且也是一位好父亲，他对我们的爱是蕴藏在心里的，是一种博大的爱。在编父亲的教学文集和诗文集时，其后都附有我在《四川盟讯》《四川师大报》《成都盟讯》《成都少数民族》《夕照明》《师大故事》等发表的回忆和纪念父亲的文章，也是为了让大家更多、更完整地了解父亲的工作和思想，以及创作背景和创作风格。父亲一生喜欢写诗，他也曾说想当诗人，因为"诗人是诚实的，他总是用发自内心的语言，去挑开生活的帷幕；诗人是直率的，他总是毫不留情地去揭露社会弊端；诗人是敏感的，他总是站在时代的前列，去预示光明、朦胧这些政治上的风云晴雨；诗人是思考的，他总是毫不含糊地去回答现实提出的问题"（《杜甫的咏物诗》）。编这两本书的目的之一，也是想真实地还原父亲生活的那个时代和社会环境。

2015年3月我退休后，除了继续担任学校少量的教学任务，整理父亲的资料的工作也排上了日程。花了近一年的时间，我集中整理了父亲的教学笔记、备课本、书信、手稿，不仅在一些卡片、文字中查找线索，还从别人的回忆、纪念文章中发现蛛丝马迹，同时也从报刊、书籍、网络上去搜集父亲的相关资料。父亲去世三十年了，很多资料又十分难找，有时候却又得来毫不费功夫。比如，父亲的老朋友白敦仁老师1997年1月出版了《水明楼诗词集》，他在整理自己的资料时也整理出版了父亲与他唱和的诗词余稿。因为父亲自己所写的诗词在"文革"中散失殆尽，这些资料如要我去找，几乎是大海捞针。另外，有一些文章和诗词手稿，要确定是否父亲所写，还要找父亲修改过的人原始笔迹核对才能确定。现在，要全面整理和查找父亲发表的文章也是一个很艰辛的过程，由于父亲发表的文章多数是在20世纪五六十年代，而"文革"的一场浩劫不仅涉及家里，还波及图书馆、资料室，甚至连出版单位都没有完整保留以前的历史资料。所以，为了找到父亲发表的一篇文章，有时要跑很多地方，要花很多时间，纵然千辛万苦，但到目前为止收集到的父亲在报纸、杂志上所登载的文章还是比较齐备和完整的。这次整理出版的父亲的教学文集和诗文集主要是他过去发表和出版过的文章，下一步将对父亲的教学磁带进行整理。

这次整理出版的教学文集和诗文集在校对工作中遇到的麻烦也是不少。一是原稿字迹不清楚，若是短语就要利用个别工具书校正原文。如《元好问〈论诗绝句〉选笺》一文中的"敝屣富贵"，其中第二字看不清，查了《现代汉语词典》才解决；《谈豪放》一文中的"金鸡掰海"，打字员将第二个字空着，翻检《新华字典》查"鸟"字旁也查不到，不知道读音也就不敢轻易录入，后通过微信请教原文学院黎孟德老师才得以解决；《摸鱼儿》词中有一句"墄阶同看河鼓"，第一个字打不出来，查一般的词典也不能解决，于是打电话请教原文学院古汉语组的黄仁寿老师，黄老师查了《汉语大字典》才解决了这个字；《成都史话》一文中描写蜀中织锦工艺如何发达，文中引唐代陆龟蒙《锦裙说》里描写当时他所见到的一种蜀锦，其中有"它们大小不一，都隔□□丽"句，但"丽"字前二字原稿完全不清，最后我通过网络搜索发现论文《四川唐代纺织产品初探》中引用了陆龟蒙这段话，这样才终于解决了原稿不清的问题。其实，校对中遇到的困难远远不止这些，在校对第一次稿件后，我用修改稿又重新校对原稿，仍然发现了不少问题，可见校对也是一项十分艰辛的工作。

在整理出版父亲的教学文集和诗文集时，我征求了一些专家的意见，希望尽量保留父亲原始资料的真实性，文字和数据不要作过多地修改和添加，只有站在当时历史、文化、社会的大背景下去阅读和分析相关材料，才是符合历史唯物主义者的观点。在整理过程中，我仔细阅读父亲的文章，深感父亲的古代文学、古代汉语基础雄厚，文艺理论水平非常高，写作功底也非常扎实，不愧为中国作家协会会员、四川作协理事。其作品不管是文艺作品还是学术论文，不管是说明文还是政论文，语言流畅、自然，刻画和描写事物以及说明事物十分准确，做到了"写难状之景如在眼前，含不尽之意于言外"，并且作品思想与艺术形式上的结合完全受到了唐宋八大家"文以载道"思想的影响。父亲所写文章也做到了艺术性、思想性的完美结合，现在看起来也并没有因写作时间的久远而失去它的艺术价值和思想价值。在提倡继承和发扬优秀传统文化，建设社会主义精神文明的今天，出版父亲的教学文集和诗文集也一定会发挥出积极的社会效应，产生积极的社会影响。

  在整理出版父亲的教学文集和诗文集过程中，得到了学校以及同仁的帮助和支持，在此衷心感谢四川师范大学祁晓玲副校长，教务处毕剑处长、任立刚副处长，文学院刘敏院长、汪燕刚副院长，成都市满蒙人民学习委员会，语文出版社，以及支持我完成此项工作的所有领导和同仁。由于水平有限，此书在编排和整理上还存在着不少缺点和不足，望广大读者批评指正。

雷　敏
2016 年 7 月 2 日